易中和 著

《儒道》前言（代序）

这本书酝酿于上世纪八十年代末，但由于时间关系一直没能动笔，今年因为世界疫情，澳洲飞往中国的班机停飞，才腾出时间将以往的思绪总结成书。“儒道”的架构，其中有两个人颠覆了我头脑中形成的固定思维模式，开始思考我很小就形成的思想框架。动摇了我的思想认识。一九六三年年春节前后父亲带我分别到我的二爷爷家和我的舅爷爷家。

我的二爷爷是父亲的亲叔叔。由于爷爷去世得早，听父亲说他三岁时爷爷就生病去世了。那个时候日本人尚未发动九一八事变，我们家在腾鳌镇开了一家洋货商店，主要经营日本的搪瓷盆、碗等器皿。爷爷健在时与二爷爷和他们的父亲，即我的太爷爷共同经营。爷爷去世后由太爷爷、二爷爷经营，或许也雇人帮助打理生意。一九六三年春节前父亲带我到二爷爷家，我的二爷爷很高兴，那是我第一次见到二爷爷，当时我虚岁14岁。午饭后，二爷爷小心翼翼地拿出一幅丝绣的伟人像，我一看很震惊，这不是蒋介石的头像吗？父亲似乎也很震惊，就跟二爷爷说：“这个时候您老人家还留着他的头像，现在的世道躲都躲不及，还留着它有什么用？”二爷爷知道我父亲的“右派”身份，什么话也没有说。我小，可能那时还没有我说话的份。我只听二爷爷对我说："这个人好！这个人才好呢！"二爷爷一边指着绣像上的人头，一边说。我不敢多说别的，那时也不知道哪来的勇气，理直气壮地说："他不是卖国贼吗？毛主席说'抗日战争他躲在峨眉山上一担水也不挑，抗战胜利了下山就摘桃子'。"当时我还振振有词。二爷爷非常和蔼地说："孩子你哪知道，二爷爷问你，蒋介石出卖过中国的利益吗？你看过电影《甲午风云》吗？"我说："没有看过。但我知道甲午战争中国战败，割让了台湾给日本。"二爷爷反问我："现在呢？"我当时真不知道那段历史，于是回答："不知道。"二爷爷又说："都说'蒋先生'出卖国家利益，孩子，你学过历史，你说说，中国哪一个不平等条约是'蒋先生'签订的？"反问我时二爷爷将"蒋介石"换成了"蒋先生"。对于二爷爷的反问我真没有研究得那么细。只好说不知道。其实中国近代史别说研究，我连读都没有读过，再说以我那时的年龄还没有到选择专业的程度。而二爷爷、父亲这些人都近四十岁、六十岁。于是二爷爷说甲午战争后，日本携战胜之余威强迫满清政府割让了台湾给日本。是二战时蒋先生派出青年远征军赴缅甸作战，打得相当出色，对英、美战斗多有帮助。于是二战结束分配战利品时英美两国为感谢蒋先生，将非二战的中日甲午战争后割让出去的台湾还给了中国。而我们的历史书却只字未提这段历史。这时我才明白二爷爷说这个人好是有根据的，而我说这个人是卖国贼是因为中共的宣传。以后逐渐长大，我也明白了毛泽东的“蒋介石一担水也不挑，躲在峨眉山上，抗战胜利了便下山摘桃子”是无端造谣。确实，在造谣这方面，中共，尤其毛泽东胆子很大。

另外，蒋先生对汪精卫的投敌行为作了彻底的批判，没有给所谓的“曲线救国”以丝毫的原谅。从开始到最后，汪的投降行径一直被蒋先生所唾弃。这一点共产党也没有意见，尽管中共是那么不愿正视历史。二战后台湾回归中国，中共从未表示过祝贺。凡是与蒋公功绩相关的事，中共总是躲得远远的。

六三年春节，父亲带我到南台前柳河村，主要看望舅爷爷、舅奶奶及家人。恰好初二那天下了大雪，舅爷爷拿了扫雪的工具参加扫雪。这时我问父亲：“烈属还用扫雪吗？”父亲无奈地说：“烈属是烈属，但待遇归舅奶奶，舅爷爷身份上还是历史反革命。”当时我还小，阶级斗争的来由不太明白，对于历史反革命这种身份尚不甚清楚。父亲说旧社会你舅爷爷是南台村的堡长，现在叫南台公社。建国后六一或六二年村上给你舅爷爷定为“伪堡长”，这就是历史反革命。中央搞阶级斗争将历史上的五种人，定为历史反革命，属于阶级敌人。包括五种类型：军、政、警、宪、特。“军”指国民党的连长以上军官；“政”指堡长以上职务的政府官员；“宪”指国民党的宪兵；“警”指警长以上官阶的警务人员；“特”指的是国民党的特务。你舅爷爷四六年时由南台村民选举为堡长，一直到前年，即六一或六二年。因为四六年为国民党执政，你舅爷爷恰好符合上述五种人中的

“政”，正好在线上。他在南台各村有较高的知名度，在“五经”中的“易”上造诣很高，尤其“易传”的象。系辞（上、下），彖辞也叫断辞，即断定一卦中说了什么。另外，舅爷爷的孔子研究也很有名，可惜共产党不推崇孔子，反而批判孔子，“五四运动”就提出过“打倒孔家店”，所以说舅爷爷的两个特长，都是中共反对的。父亲说到孔子也是充满着敬意，但父亲那时对自己的未来不乐观，他曾经跟我说邓家男丁到现在为止没有活超过六十岁的，我就算乐观一点，也就活到八十岁，这已经是很乐观的估计了。所以在有生之年看到共产党肯定孔、孟估计很难，或许你这一代能赶上。

舅爷爷很欣赏孔子的不语怪、力、乱、神。“孔子世家”解释为：孔子言常而不言怪；言德而不言力；言治而不言乱；言人而不言神。孔子的三个学生子路、子贡和颜渊回答相同的问题，可以从答案中看出三人的差距。历史上有孔子在陈绝粮，或孔子厄于陈蔡的记录。其记录有：孔子知弟子有愠心，乃召子路而问曰：“诗云：‘匪兕，匪虎，率彼旷野。吾道非邪？吾何为于此？’”子路曰：“意者吾未仁邪？人之不我信也。意者吾未知邪？人之不我行也。”孔子曰：“有是乎！由，譬使人者而必信，安有伯夷、叔齐？使知者而必行，安有王子比干？”子路出，子贡入见。孔子曰：“赐，诗云‘匪兕，匪虎，率彼旷野。吾道非邪？吾何为于此？’”子贡曰：“夫子之道至大也，故天下莫能容夫子，夫子盖少贬焉？”孔子曰：“赐，良农能稼而不能为穑，良工能巧而不能为顺。君子能修其道，纲而纪之，统而理之，而不能为容。今尔不修尔道而求为容。赐，而志不远矣！子贡出，颜回入见。孔子曰："回，诗云：'匪兕，匪虎，率彼旷野。吾道非邪？吾何为于此？'"颜回曰："夫子之道至大，故天下莫能容。虽然，夫子推而行之，不容何病，不容然后见君子！夫道之不修也，是吾丑也。夫道既已大修而不用，是有国之丑也。不容何病，不容然后见君子！"孔子欣然而笑曰："有是哉，颜氏之子！使尔多财，吾为尔宰。"

舅爷爷最推崇的是颜回。

《儒道》中另一重要人物是一对夫妻，谢明经、金百枝。从书中似乎谢明经的思想启蒙受金百枝影响较多，但思想变化之比较，二人不能绝对说究竟谁影响谁。其实谢与金从文化程度相比不相上下。从年龄上看，谢又长了金三岁，对社会了解应该谢优于金。但金受其父的影响相对多，而谢似乎隔绝于社会和家庭之间。但当时完全接受高小教育的人不是很多。所以谢与金应该对事物的认识，尤其对国家的概念一旦形成了国家意识，对满洲国的鄙夷思想上不会有很大的差距。所以说金与谢应该认识水平、国家意识在同一层面。小说中将金描述的完全可以作为谢的师长，只是想表达金忧国忧民的成熟，而到了重庆以后，金在人情往来、人情世故方面有独到之处。而谢的成熟、老练、与他人相比，倒能得到充分表现。谢的沉稳确适合管理一个部门，或做一部门的领导人。

谢与金共赴渝，训练班的三十三人都具有慷慨以靖国难的凛然正气。虽然训练班最后未能进入抗日前线，但他们都无愧于国民革命军的光荣称号。没有进入抗战前线是因为二战至四五年八月十五日苏联军队已加入中国东北的对日本关东军的最后一击，不需要中国军队的加入，而时间也仅一周，随着日本天皇“终战诏书”的发表，二战在中国结束了。中国将二战胜利定于九月三日。

在国内的战争中由于蒋先生错误估计了形势，先于中共动手，本来蒋先生可以等待国共重庆谈判之后，还人民一个和平民主的国家，让人民有一个休养生息的时间。做到“中共不打，国民政府则不动手”。借军力、财力强于中共的优势等待时机。但蒋先生忽略了一个重要的因素，给了中共林彪集团以关东军的装备，使中共在东北的军事力量优于国军。有上百万的关东军装备瞬间落入苏联人之手，而落入苏联之手就等于落入林彪指挥的东北野战军手中。可以这样说，自中共参与抗战到抗战结束，中共的武装力量从没有获得过如此多的战争装备。而八路军由非正规到统一用上了日本人为抵御苏联人准备的武器、大量的辎重。所以，林彪的底气是从四五年八月八日以后才有的。

而谢明经在东北随陈诚到国军队伍中整饬军纪、政纪，也根本就没有看上日本人给关东军准备的物资。而正是关东军的装备成就了林彪能传檄而定东北，东北野战军的战力与日本关东军的装备应该有直接关系。打到国军从葫芦岛登陆抢夺中共的防守阵地，那是中共攻占锦州的战役，而那时蒋先生才孤注一掷，但为时已晚。中共军队挟北围长春，南、西截击沈阳国军的有利之势，达到了东北共军对国军的东北关门的目的。剩下的战斗，连蒋先生、卫立煌、杜聿明也无可奈何，战争至此已无计策可言。这样，长春的国军、解锦州之围的国军只能思考该从哪里逃离东北。东北的战事就此结束。

而这时谢明经或许有机会返回鞍山，将金百枝及儿子接到上海或南京或其他南方地区。但谢对国军还没有完全丧失信心，可是此前蒋先生却已无信心，将黄金、美钞及其他重要的国家物资运往台湾。

谢明经、金百枝及其儿子是抱有理论上的希望的，或与其对蒋先生、经国兄的信赖有关。唯蒋家父子马首是瞻还支撑训练班的学员。他们对领袖的忠贞和党国信念犹在，他们不甘心，也相信国共争斗不该以此种结局告终，加上像黄令满等人当初赴渝加入国军的背景，谢、金、黄及另外三十人对蒋先生及经国兄还是矢志不渝的。但直到抗战的最后一战，训练班的同仁都未能以身赴死，大约也毋须用这些储备了，就是国共在境内剑拔弩张，训练班的同仁们也没有机会参加战斗。主要是三大战役没有机会参加，剩下的战事与国共双方的战争胜负已无涉。所以有鉴于此，蒋先生不准备再浪费人力资源了。

蒋先生及经国兄对于国共的战事本可以将其延缓，不必急于动手，有四百万军队可与中共对峙。而中共未必敢先动手。而毛是一个闲不住的人，作为集团领袖，他的霸道统治未必能压服住所有的人。如果战争不从东北开始，中共大概率不敢率先动手，而蒋先生可以用重庆谈判对国共双方都有约束力的结果打和平牌。

黄令满在渝是先分到一排的，后来黄和陕西的白崇民结婚了。黄之所以能激昂慷慨赴渝是万分痛恨满洲国认贼作父。黄那时一提到满洲国的皇帝便痛骂其儿皇帝。他恨死了满洲国一群认贼作父的败类。而白崇民在西安事变中还很不懂事，当年以青年学生身份游行支持军队的行动，还游行声援张学良和杨虎城，抨击蒋委员长，对国民政府的不抗日行为予以猛烈批判，对扣押蒋委员长的事件通过游行表示支持。但到了四一年，由于年龄的增长和对时局认识程度的加深，许多当年参与游行的学生开始反思自己行为的幼稚和简单。开始对蒋委员长的治国方针和剿灭共产党的行动有了重新审视。两人均有对满洲国的不屑和对张、杨扣押蒋先生行为的反思，最终走到一起。

抗战后，因苏军的介入使得东北野战军的前身在黑龙江以北建立了中共政权，而蒋先生可能没有看好或小看了林彪等人，且蒋先生偏爱美国武器，轻视了当时日本钢铁工业的水平。如果能早一点对林彪可能主政东北甚至最终形成解放战争破局者这一情况加以重视，蒋先生应早一些让白崇禧到东北，或让李宗仁到东北统率国军。总之国军没有重视东北，更没有重视林彪，蒋先生应该看到林彪在毛泽东眼中的地位，毛可以让陈云、彭真做林的副手，而蒋还不加以重视，这是蒋先生的失策。

黄令满虽然对林彪不甚了解，但他与白崇民结婚后整个训练班学员的妻子只有白崇民一人未曾去过婆家。主要原因是东北最早形成围堵但交通却是畅通的，但黄还有一个目的就是他在齐齐哈尔铁路上认识的那个台湾人，他开始误认为是甲午战争滞留在台湾的福建渔民，而黄很早之前就知道到了吉林和黑龙江交界处有检查，他担心自己到了齐齐哈尔以后身份暴露，故此推迟了探亲。他认为无论林、陈、彭如何厉害，也不是蒋先生的对手。最多两三年国军就能解决中共在大陆的人众，所以黄令满和白崇民商量暂时不回老家，白也没有强烈反对的意见。又加上九三庆祝抗战胜利，于是回齐齐哈尔的事便耽误了。黄从内心认为国共的争雄不会有意外结果，结果真发生了意外，这一误竟误了四十年之久。

黄只能抽时间到西安白崇民的家小住了一段时间。这时白已经坏了黄的孩子，到了国家撤往台湾时黄与白的孩子已经虚岁六岁了。眼看解放军已经兵临城下，黄向简一明请了假，趁着解放军未进城将妻女接到四川。这时四川也摇摇欲坠，最后蒋先生将从未参加过战斗的训练班所有人能集中的尽量集中，登上了一艘海军巡洋舰，去往台湾。到了台湾才知道金百枝和女儿滞留在大陆。

他们见面是四十年之后的辽宁鞍山或者黑龙江齐齐哈尔。黄的女儿已经有了一群孩子，黄到了台北又相继有了三个孩子，且每个孩子相差都是两岁，到了八十年代，孩子们都大学毕业了。

总之，黄与白到晚年都很安逸，无论到黑龙江或是西安都很方便，因为他们的子女都已长大成人，而且到了八十年代末，海峡两岸均祥和无事，可能黄还是那么激昂慷慨吧！在此不一一赘述。

目次

第一章

奶奶出生于一八八八年，到故去活了九十二岁。一九六八年，父亲用一辆手推车把奶奶从她生活的姑姑家接到我们居住的农村，又过了十二年直至她去世。按她老人家当时的打算，能活十年，但寿命的多少是个人不能决定的。我和奶奶感情一般，因为我一直欺负弟弟，奶奶一直偏着弟弟。现在回想起来，很可笑。奶奶的丧事，弟弟也回来了。奶奶故去的前前后后，我一直陪伴在家里。老人家身体不算太好，但九十多岁的人，尤其最后的几年，到家里看望的人总也不断。我的父亲一直在离家不远的农机站打更，这个差事是我的一个表叔托人帮忙找的，每月五十多元收入。这个表叔是奶奶的亲侄，他每年春节都来看望奶奶。现在奶奶故去了，自然要通知表叔。表叔的父亲是奶奶的亲弟弟，奶奶的丧事办的不算太隆重，但是，八十年代已经粉碎了“四人帮”，农村对于丧事从简、一律火化要求得很严格。奶奶临终前一再叮嘱不要火化，当时父亲和我都暂时敷衍。当时我心里明白，实在要求严格，可以埋在自留地里。村上说了只要深埋，不立坟头，村上不追究。不管怎么说，毕竟是办丧事，亲朋还是来了不少人，又加上八零年我家面临几桩大事：第一、父亲的“右派”身份获得平反；第二、我七八年参加高考已经上学；第三、我弟弟结婚。所以在这种背景下，来参加葬礼的人还是很多的。

亲属以外来的都算是朋友，父亲的朋友、我的朋友。父亲的朋友有一位是邻村的冯伯伯。据父亲讲，冯伯伯的家里很富庶，当然指的是旧社会那会儿。冯大概1920年生人，四十年代以后到日本留学，就读于私立的早稻田大学。据冯伯伯说日本自四十年代开始土地改革，政府先在全国范围内实行土地归国有，按土地质量、数量，国民向政府购买土地，分期付款，实行土地货币化。据他讲这项国策在二三十年代就有政府设计，但未能很快执行，而且中国的“孙中山”也有土地改革的打算，也学日本。不搞阶级斗争式的土地分配，农民最终都能得到土地，政府从中扮演土地分配的中介角色，用和平方式解决土地问题。政府避免了农民之间可能发生的土地所有权纠纷。另外，农民之间没有土地资产的纠纷，而且农民的土地有耕作的成本，是有价值的劳动。这些分析是冯伯伯到我家与父亲谈话时我听说的，那应该是七十年代以后的事。冯伯伯家虽然是地主成分，但未戴地主分子的帽子。父亲另一个朋友同时也是我的朋友。他姓连，年龄小父亲两岁，应该是1927年生人，六二年到我们村上，是城市下放到农村的。那时我还没有到农村，我是六八年以后才到农村劳动，到农村以后认识的连叔叔。关于他的身份，父亲不让我详细打听，他的个人喜好是在劳动中逐步了解到的。又一次青年点的同学读宋词，其中有一句“红杏枝头春意闹。”一位同学无意中流露出来，他便顺口说道“红杏尚书”。以后同学们每每与其聊到唐诗、宋词，他也不回避我们，但他的出身一直不便问，只知道他回乡以前在重庆公安局工作，六二年实在忍受不了饥饿，才奔着农村的自留地回乡的。参加在自留地挖墓地的还有一位刘姓朋友，人们都叫他“红胡子”。他的胡须的确是红颜色的，人也像俄罗斯人，皮肤白皙。当时我们读《水浒传》记得有一个赤发鬼刘唐，现在看来赤发鬼可能真是外来族人或是少数族人。唐诗中有“胡姬押酒劝客尝”，那个时候阿拉伯人越过地中海和亚平宁半岛的意大利人都纷纷到东方讨生活。这个红胡子是俄罗斯人后裔也未可知。他也是下放到我们村的城市工厂工人，可见在饥饿面前人们都难以坚持。中国六十年代前三年人的确整年没有机会吃上一顿饱饭。我记得六零年冬到六一年冬，不知吃饱是什么滋味，就渴望能吃上一顿饱饭。记得又一次红胡子说中午到家三个孩子没人给做饭，大孩子12岁、小的8岁，每个孩子拿一个玉米面饼子，吃一口饼子，拿大粒盐蘸水吃一口，他看到后泪水不由自主地流了下来。但是三个孩子跑着吃玉米饼子，争着往嘴里放大粒盐还挺高兴。红胡子是什么地方人我也忘记了，但他的原籍肯定不是在我们村，况且他孩子能吃到玉米面饼子，能吃饱已经很不错了。这些情况大约是七十年代初期，可能是七二年或七三年。现在红胡子的孩子应该都过六十岁了。红胡子的孩子比我们幸运，二十一世纪开始的十年，六二年、六三年出生的人回忆生活时有人说他只记得小时候吃到肉很难，买副食一般都要“券”，比如豆制品等等。提到吃肉，有一个下乡青年下地劳动脚踩在豆茬上扎了一个窟窿，医院简单地处理了一下，结果化脓了，后来医生从脚跟处查出一小节豆槎，知道了化脓的根源，伤算是治好了，但是伤口不愈合，又去找医生，医生说到北大桥黑市买一斤肉吃上就好了。我们下乡的村庄，农贸市场都取消了，北大桥实际是黑市场，有卖猪肉、羊肉和鸡蛋的。人们需要就悄悄去买，当时很贵，知青的脚不愈合，现在看是因为营养不良，果然，吃了肉不久伤口就愈合了。红胡子从城市的工厂申请下放到农村，我和他相处近四年，都在副业队，也就是农村烧砖瓦的窑地。在那里我认识了好多人，多半是农业生产不内行的。奶奶的丧事这些人也帮了不少忙。还有一个人，他并不在副业队劳动，但由于有共同的爱好，比如他在文学上的造诣，使我很敬重他。我和他以及他的远房叔叔关系比较好。经二位肖姓叔叔介绍，我们成为了好朋友。他读小学时一次学校出现过一则“反动标语”，全校当作重大政治事件，上级限期破案，那时他才三年级，由于平时沉默寡言，成了被怀疑对象。学校组成了调查小组，放学不让他回家，一个孩子，校领导千方百计劝说威胁，告知“只要承认不给任何处分”。他经不住大人的威胁利诱，加上连续三天不让休息，不得不承认那起非他所为的政治事件。这事是十几年后我到农村才知道的，他告诉我他到初中以后学习成绩一直很好，没有意外考人高中应该不成问题。但，真的出了意外。初中三年级他的班主任姓张，给他做鉴定时非常含蓄地将这段陈年往事当作优点写入升学鉴定：该生很诚实，能主动向老师承认小学三年级时书写过反动标语的事实。六十年代阶级斗争年年讲、月月讲、天天讲，谁能放过这件事，谁又敢放过这类事情？就这样他没有升入县高中，后来的历史也证实了即使升入高中，也无法升入大学。因为六六年高中毕业生不允许考大学，全国统一停止了高考。他在与我的交往中表现出两个特长，第一，对《红楼梦》的喜爱，金陵十二钗的诗烂熟于心；第二，对陶渊明有深入研究。另外他对于自学日语也非常投入，功夫下的可不少。七八年恢复高考时我鼓励并动员他参加，由于他的婚姻变故，无论我如何再三鼓励，他都表示拒绝。如果他能参加当年的高考，是很有把握被录取的。就这样，一个很有希望成为大学生的有志青年，没能改变自己的人生。他是1946年生人，大我四岁，他的父母早年去世，他在农村生产队为队里到城市推销蔬菜，一个席店的部门领导给他介绍了一个女青年，两人结婚后日子过得不错，七六年诞下一女。但他的妻子受当地村民挑拨，带着女儿改嫁他人。他的晚年生活很不如意，十几年前我去过那个村庄，见过他，已经苍老很多。现在不知他的境况，但愿能比我想象中过得好吧！我参加工作时，在一所完全中学做教员，八二年，我班上有个学生叫钟士志，其父钟兴国。见到钟兴国的时候我突然想起来我在农村认识的一个朋友，叫钟士英，原来钟士英是钟士志的堂兄。我还清楚地记得这个学生家长到我劳动过的农村向他哥哥讨要玉米。钟兴国的哥哥叫钟兴凯，六十年代在当时的农村中学做教员，可能被打成“反革命”，被迫离职。钟士英还有一弟一妹，当时家庭生活窘迫，就向弟弟借了50斤玉米。结果弟弟前来讨要玉米，哥哥没有准备好，惹得弟弟很不高兴。刚巧我在钟士英家，见了当时的场面，便自告奋勇到同一个生产队一位哈姓的回族朋友处借了50斤玉米，总算化解了窘境。现在回想，为50斤玉米，兄弟可反目，都是那个时代的责任。城里和农村一样，为了生存，兄长可以不顾尊严，大有向人乞讨之尴尬。我与钟士英关系甚好，此事幸有回族哈姓朋友相助，这位朋友性格豪爽，平时又和我一起打球，因此我开口求助，其当即应允，对此我记忆犹新。

还有一位朋友，年龄和我父亲相仿，是六十年代北京大学经济专业毕业。五七年本不是右派分子，因为毛泽东在国务会议上说“我看右派分子是少数，最多不过百分之五。”他是按百分比定上的右派分子，因为他家是地主出身，六二年城市支援农村，其实是精简，也称下放，回到他的家乡。他家距我家不到十公里，我家在集市的路边，是去集市的必经之路。我家是草房，六十年代末正赶上要修缮，盖房顶的草是芦苇，正赶上他的生产队有芦苇要出售，他替生产队销售芦苇，我记得当时是一角钱一斤，我家需要一千斤，父亲便跟他讲好了8分钱一斤。父亲和他搭讪时得知他姓竹，就是竹子的竹，老家是距我家西边不远处的一个村庄，家里早已无任何亲属，若不是下放到农村，整个家族早已迁居无人了。他在北京工作从未想过能回老家，真是天意弄人。办我奶奶丧事的时候，他到集市赶集正好看到我家办事情的场面，前后三天他都留在我家帮忙。八零年他是右派里最早平反的人，因为他工作关系在北京，落实政策最早。但是组织上不让他回北京，他也将近退休年龄，时过境迁，他也无心再回北京了。提到竹先生这段往事，我倒是想起文革刚开始时我们到北京搞串联的一些往事。

文革刚开始我便回到了农村，我们村有一位古姓的老者，他是张学良发动西安事变时的东北军士兵。文革刚开始红卫兵到处找人批斗，有人提到古先生，据说有个比较有身份的人说古先生是东北军的老军人，不属于批斗对象，他因此躲过一劫。古先生听说我要去北京串联，便找到我，拿出一封信，说六二年他从西安回辽宁时路过北京，一位故人向他借了二十元钱，古先生让我帮他讨要，并介绍欠债的人姓龙，叫龙善一，是辽宁汤岗子附近的宝石山人，北京的住址石老娘胡同。信封的署名是古中楷、古喜庆、古符。我到北京后还真去了石老娘胡同，他已迁走，据他邻居家跟我同龄的小孩说，运动一开始居委会便公布了回乡人名单，龙善一很快就被街道赶回了辽宁。

古姓老者大概是二十年代左右生人，文革开始时应该接近五十岁了，父亲让我称呼他为伯父。他有四个儿子一个女儿。可能是在军队养成的习惯，生产队长一喊到他，他立即大声回答“到”或“有”，俨然一副伺候军官的勤务兵的形象，直到清理阶级队伍运动的结束，他都一直未受牵连，安然无恙。至于那位欠债的龙善一，古姓老者应该也没有机会找到吧，至少文革期间他也不可能去宝石山寻觅此人。

古姓老者是幸运的，但另一个人则非常不幸，文革中因为写标语时出了差错，其实也不应该算是错误，便被鸡蛋里挑骨头予以批斗，最后被殴打致死，这件事直至文革结束也没有结论，此人叫千兴元，有两儿一女，老婆在他死后改嫁，据说嫁给了盘锦的一位粮食局长。千兴元的去世始于他主动请缨书写政治标语，标语并没有错，但是当时被定性为政治事件。他写“打倒一切牛鬼蛇神”，紧接着又写了“毛泽东思想万岁”。有人认为这样不好，容易将“牛鬼蛇神”与“毛泽东思想”联系起来，文革期间这类事件可不少。千兴元被定性为“污蔑毛泽东思想”，被打入大菜窖，最后殴打致死。大菜窖是东北冬天储存白菜、萝卜的地方，我下乡的地方是一个乡镇，镇内有四个大队，每个大队有若干个小队，人民公社的生产队多数种植蔬菜，生产蔬菜的地方都得修大菜窖，夏天和秋天不用，冬季和开春需要用来储存蔬菜。那时正值夏季，菜窖不用，当时处在清理阶级队伍运动高涨的时期，这个菜窖恰巧在我们大队，便被临时征用作为运动基地。全大队各生产队，凡是被清理的阶级敌人都要被送到菜窖。当时毛泽东语录中有一句“清理阶级队伍，一是要抓紧，二是要注意政策”。政策是肯定来不及注意了，但是清理阶级队伍是必须抓紧的。千兴元出这么大的事自然要送到大菜窖。进大菜窖的有五种人，即“地、富、反、坏、右”。“地、富、右”不用清理，因为身份上一目了然。而“反”和“坏”是界限不清的。千兴元将牛鬼蛇神等同于“伟大领袖”，要彻底触及他的灵魂，当然也不可能不触及他的皮肉。就这样，千兴元的两个儿子千福山和千福国，一个在蔬菜队劳动，一个在大田队劳动，大菜窖里出什么事，他俩也不可能知道。千兴元也是六二年下放到农村的，由于他的家不在我村的居住地，所以很多人也不认识他。他的大儿子千福山跟其他年轻社员联系很差，二儿子千福国因为精于算计，为人不实在，发生了事情也没人给他二人通风报信，所以千兴元被打死时两个儿子是没有及时赶到现场的。后来千兴元妻子改嫁到盘锦，千福山、千福国也将户口迁走了，直到文革结束落实政策也再无二人的消息。

一个大菜窖承载着文革清理阶级队伍运动中很多令人心酸的回忆。本来都是同村庄的乡亲，一个运动开始，弄得人人自危。人民公社不断有人被揪出来批斗，到七十年代初期，多少人枉死。千兴元的死亡绝不是个例。上山下乡知青的大批下放及年轻干部的到来，本应将青春活力带到乡村，但相反的是人们的原始野蛮性情却都在复活。日后社会主义大集的全民说谎的思潮，应是源于那时吧！

七十年代初，我们的村庄开展了一场农业学大寨运动。此次效仿不同于过去只是挖河网、开沟渠，而是很大动作，这个大队的党支部书记有很大的设想，他打算挖一口大水井，长100

米，宽80米，深15-20米。土地是原大队的窖地。六九年冬开始施工，准备七零年四月份完工。书记说根据他的设计这个大井相当于100米×86米×15米的水窖或水井。书记将其命名为社会主义大井。开工时公社党委书记来临祝贺，大队书记说有了这个大井今年全大队都改水田，水稻产量一亩相当于高粱两亩。从明年开始，社员们都吃大米，生活比大寨还好，社员生活更富裕。那时几乎全大队所有的社员都参加了挖社会主义大井的工程，将社员分成三个班，夜班、中班和白班，像工厂一样倒班工作。大队将全部高音喇叭都拿到工地，又成立了毛泽东思想宣传队，整个工地热闹非凡，大有超过大寨的趋势。我们大队书记俨然一副陈永贵模样，以设计了社会主义大井而无比自豪。参加挖井的社员都按军事化管理，生产队参加挖井的社员各队伍都称为“连”，再低一级的称作“排”。本来各生产队社员都以本队为集体，现在有了一个共同的革命目标，于是大家的关系自然更近了一层。到了四月份，社会主义大井的工作基本结束，但大井里的水仍没有增多的迹象。想象中的每天早晨大井里的水像水池那样波光粼粼，在井边伸手就能触摸到满溢的井水那种景象并没有出现。这时各生产队准备改种水稻的整地工作已经完成，在市郊雇的会种水稻的朝鲜族农工已经到位。水渠也修好了，稻种也买好了准备育苗，水稻不能不种，否则对社员不好交代。好在五八年大跃进时在杨柳河上修了一个拦水闸，既然大井水不够用，为解燃眉之急，将杨柳河水抽上来，引入各生产队的水渠。杨柳河是一条鞍山东部地区常年有水的河流，五八年修的水闸当时也不知做什么用。总之，当年也是一个工程吧，现在代替了社会主义大井，各生产队压缩了水稻种植面积，总算实现了水稻种植的目标。虽然产量不如意，但至少也算是旱田变水田了。雇佣朝鲜族的水稻种植专家的费用，也用当年生产队的其他收入进行了支付。七二年水田又改回了旱田，社会主义大井为什么不出水，无法按预计的想法满足水稻种植，到现在也说不清楚。支部书记向公社领导如何交代，社员也不知道。那年水稻实验虽然失败，但每一户农民大概都分到了一百多斤水稻，过年时都吃的大米，准确说是自己生产队种植的水稻。至于计算农民的劳动与报酬是否成正比，社员也无权过问。生产队用水田代替旱田没有成功，主要是对大井的水量缺乏科学的估计，社员们付出四个月的劳动，目的是为了学大寨，因为大寨的成功主要就是粮食大丰收。社员们没有埋怨指责支部书记，尤其那个年代一向是“出发点正确”，损失与否普通社员并无话语权。

农村的劳动一直持续到文革以后，初高中毕业生共三四届，国家没有能力分配工作。但毛泽东预先就想好了办法，一句“知识青年到农村去接受贫下中农再教育很有必要”就将全国几千万知识青年问题解决了。而这几千万人向农民学了什么呢？实际就是向农民要粮食。说什么再教育，到了后期根本没人去受教育，至于后阶段的“实现磨练”，也不能说是受教育。而且多数人都设法留在城里，下放到农村去的人也想方设法通过关系回城，实际“到农村接受贫下中农再教育”只停留在了口号上。文革时期的知青政策是失败的，是知青无法安排工作的权宜之计。七零年代以后的工农兵上大学，部分学员得到了教育，七七年以后恢复了高考，改变了知青政策。知青政策浪费了十一年时间，文革后及时改变政策，亡羊补牢，邓小平先生于危难之际挽救了中国，使国家得以按部就班重新发展，实属不幸中之大幸。恢复高考后，我们生产大队的知青一共有十几人考上大学并从此改变人生。

记得可能是父亲刚下放时我到过我的老家。老家只有二爷爷一家人，说一家人其实只有二爷爷、二奶奶和他们的小儿子。父亲带我到二爷爷家，我记得很清楚，二爷爷拿出一帧蒋公的领袖像，我一看很震惊，这不是蒋介石的头像吗？父亲似乎也很震惊，就跟二爷爷说：“这个时候您老人家还留着他的头像，现在的世道躲都躲不及，还留着它有什么用？”二爷爷知道我父亲的“右派”身份，什么话也没有说。我小，可能那时还没有我说话的份。我只听二爷爷对我说：“这个人好！这个人才好呢！”二爷爷一边指着绣像上的人头，一边说。我不敢多说别的，那时也不知道哪来的勇气，理直气壮地说：“他不是卖国贼吗？毛主席说‘抗日战争他躲在峨眉山上一担水也不挑，抗战胜利了下山就摘桃子’。”当时我还振振有词。二爷爷非常和蔼地说：“孩子你哪知道，二爷爷问你，蒋介石出卖过中国的利益吗？你看过电影《甲午风云》吗？”我说：“没有看过。但我知道甲午战争中国战败，割让了台湾给日本。”二爷爷反问我：“现在呢？”我当时真不知道那段历史，于是回答：“不知道。”二爷爷又说：“都说‘蒋先生’出卖国家利益，孩子，你学过历史，你说说，中国哪一个不平等条约是‘蒋先生’签订的？”反问我时二爷爷将“蒋介石”换成了“蒋先生”。对于二爷爷的反问我真没有研究得那么细。只好说不知道。其实中国近代史别说研究，我连读都没有读过，再说以我那时的年龄还没有到选择专业的程度。而二爷爷、父亲这些人都近四十岁、六十岁。于是二爷爷说甲午战争后，日本携战胜之余威强迫满清政府割让了台湾给日本。是二战时蒋先生派出青年远征军赴缅甸作战，打得相当出色，对英、美战斗多有帮助。于是二战结束分配战利品时英美两国为感谢蒋先生，将非二战的中日甲午战争后割让出去的台湾还给了中国。而我们的历史书却只字未提这段历史。中国在世界获得地位，应该自中华民国开始，蒋公北伐理论上很快就能统一中国，孙中山去世很早，实际上民主革命理论上的国家统一是由蒋公完成的，同时蒋公也是公认的国家领袖。但是他的“统一中国”为什么说是理论上的，各省、地区各有军队统辖一方，如东北、西北、山西、四川，只要接受中央政府的领导，例如东北易帜更换了中央的国旗，蒋公则不再追究。他的理论当时很灵活，例如对阎锡山、冯玉祥，都是只要承认中华民国的存在，满足中华民国统一的条件，即不再追究过去。蒋公的北伐是成功的，现在来看，国民革命自一九二六年开始北伐，到一九三零年全国政令统一仅用了五年。至于说到一九二七年的“四一二”屠杀共产党人，现在整理一下当时的思维，国民党当时是民主革命，首要任务是消灭全国的分裂势力，即各地的军阀，而不是解决土地问题。中共对当时的时局是认同的，因为北伐依靠的是地主、富农的子弟参军。不能一方面利用地主富农提供的人力、财力搞革命，而另一方面批判地主和富农并抢劫他们的财产，这在理论上说不通。如同抗日战争中共在根据地对地主富农实行减租减息政策。想要没收地主土地不能操之过急。如同民主革命，不能一方面要富人提供钱粮另一方面打击富人，政策应有轻重缓急之分。这时我才明白二爷爷说这个人好是有根据的，而我说这个人是卖国贼是因为中共的宣传。以后逐渐长大，我也明白了毛泽东的“蒋介石一担水也不挑，躲在峨眉山上，抗战胜利了便下山摘桃子”是无端造谣。确实，在造谣这方面，中共，尤其毛泽东胆子很大。

另外，蒋先生对汪精卫的投敌行为作了彻底的批判，没有给所谓的“曲线救国”以丝毫的原谅。从开始到最后，汪的投降行径一直被蒋先生所唾弃。这一点共产党也没有意见，尽管中共是那么不愿正视历史。二战后台湾回归中国，中共从未表示过祝贺。凡是与蒋公功绩相关的事，中共总是躲得远远的。

我家祖居山东莱州，顺治时期清朝移民，山东很多无地、少地的居民越过山东半岛，通过辽东半岛进入辽宁，还有人从陆路进入辽西，再逐渐进入吉林，后来还有直接到达黑龙江的。其实山东人有两次移民，先是到云南，是中原填边疆。到云南的山东人是否又移民东北，个中内情实在难以说清。山东人一说是大槐树，一说是小云南。说大槐树则不说小云南，反之说小云南亦不提大槐树。我的父亲是2007年12月份故去的，记得在这之前十五年左右，我曾和父亲说过，有钱了，生活好了，古人说“富贵还乡”。我想带父亲回山东莱州老家看看，寻访旧时亲友。父亲口头答应，但至死未能成行。现在看来我应该早一点出川资，让家姐陪父亲回乡才是。记得我的表兄六十年代末从鞍钢调动工作到四川攀枝花，一次父亲过生日我的两个表姐、表妹到我家，我提到这个表哥，问及其生活近况并表示请二位打电话告诉表哥表嫂回鞍山一趟，往返路费由我承担。事情办得很快，不到半个月表哥表嫂就回来了，大家见面甚为感慨，此处不赘述。

关于山东人的传说很多，但只听说湖广填四川，没听说山东填云南。可能有过类似的移民而我们不知道这段历史吧。但东北的确地广人稀，而山东一直是全国的人口大省，文革以前全国人口除了四川就是山东。后来听说河南后来居上，人口大有赶超山东的趋势。至于四川，由于分出去一个直辖市重庆，人口在全国来说已不再是最多的省份了。听父亲说我们家移民时来的人不少，因为清政府的移民政策好，且由山海关内外土地太多，当时全国人口只有三亿六千万，人口从三亿到四亿是一个漫长的过程，很难快速增长。但现在看来可能人口增速太快了，东北大约有一亿人口，建国后全国兴办工业，人口不断向东北聚集，但这些却又是百姓不该过问的。

我的爷爷是二爷爷的哥哥，只活到三十七岁，奶奶说他是得了急性病。旧社会卫生条件不如现在，得急病很快去世的比比皆是。我的父亲有四个姐姐，仅他一个男丁，从小娇惯。爷爷家按旧社会说法属于人丁不旺。父亲在世时告诉我邓家男丁没有活过六十岁的，因为爷爷、二爷爷都没有活超过六十。我还有一个老爷爷，日本人侵略中国时他在本溪钢铁厂当厂长，刚建国就调到冶金部工作，但他活到多大年纪就不清楚了，因为建国以后联系甚少，仅仅也就是有人去北京回来后报个平安而已。

旧社会讲无父为孤，父亲只有三岁时，爷爷就故去了。爷爷在世时，家里经营一家洋货商店。店面按现在的标准看，颇具规模，五间日式小瓦房全部用来对外营业。爷爷去世前后，店面一直由曾祖父管理，我家在我们移民的人群中算是比较富庶的。同年移民的人以胶东半岛的人居多，这些年我也一直在找寻邓氏的同宗同族。在中长铁路上，我找寻到甘泉镇和汤岗镇，甘泉镇上邓姓老乡不少，因为我家的店铺经营规模较大，甘泉老乡赶集到腾鳌镇的，中午到我家吃午饭的大有人在。当时招待客人很节俭，四人一桌，四个菜加一壶酒。那时候人都很规矩，四人均分一壶酒后开始吃饭，没有人再要求添酒，似乎这就是不成文的规矩，大家都默默地遵守。记得小时候父亲说到别人家做客都是客客气气的，没有人破坏约定俗成的规矩。

我的母亲也是同乡人，据说我外公的父亲，也就是母亲的爷爷曾是清朝举人，全家受过良好的教育。母亲能嫁入邓家，与我家做买卖有关。我的母亲姐妹四个，兄弟两个，一共六人。听说我母亲家到这一辈经营菜园子了，没有继承读书人的衣钵，但开菜园子生活也不错。我懂事时知道我大姨夫家姓杜，他家只有一个女儿，在鞍山读师范学校，毕业后一直在学校当教员，先是小学，后到中学。因那时师范类学校停办了几年，中学教员紧缺，没办法，有些小学直接升格为中学，这是中国独有的现象。我只知道大姨夫叫杜连中，后期才了解原来是大姨之前结过一次婚，因为丈夫去世，才改嫁到杜家，改嫁后没有生育子女。记得小时候有段时间我在大姨家生活，每逢周日，大姨就带我去外婆家，那时我还没上小学，很多的记忆已经模糊，再难回忆。二姨夫姓王，叫王永庆，二姨家四个男孩一个女孩。刚建国时二姨夫在辽宁的一个比较偏远的县城任县长，那时的县，也就是一个科级建制的小县城，比电影《焦裕禄》里的兰考县强不了多少。现在看来可能当年焦裕禄也就是科级待遇。我的大表哥文革前上的大学，学的日语；二表哥和两个表弟现在均已退休。我有一个姐姐，1948年生人；我弟弟1952年生人，现已故去；还有一个妹妹1955年生人，已退休。

我的四姨夫叫揣益三，五七年被打成右派，好在六二年以前已经转到甘肃酒泉，躲开了下放农村的风潮。四姨三个孩子揣策、揣丽、揣摸，都在酒泉工作。我的大舅建国前学习理发手艺，后来去鞍山给人理发返程时不幸车祸去世，留下五个孩子。当时外公外婆力劝舅妈带着孩子改嫁，但是舅妈有传统的“从一而终”的观念，不肯应允。老舅是鞍钢中板厂工人，我在鞍钢工作时的工厂与中板厂仅有一墙之隔，老舅妈是小河口以西的人，嫁给老舅后生了两男两女四个孩子。我的四个姑姑，都已故去，大姑家的表兄毕业于东北大学化学系，一直就职于鞍钢，现已八十二周岁；表姐六十九岁，已退休；二姑家的表哥表姐均居住在攀枝花，也已退休；三姑家三个表姐均已退休；四姑家大表妹和大表弟已故去，二表弟二表妹退休在家安度晚年。

在农村还有我与父亲的几个朋友，一共七人，第一郑魔，建国前毕业于东北大学，家里是地主成分，由于建国前他一直在外读书，未参与土地经营，故未被扣上地主分子的帽子。我与他相识源于我家的一本《古文笔法百篇》，那本书被他借去而忘记归还。此书有两篇堪称华丽，一篇是王勃的《滕王阁序》，另一篇是杜牧的《阿房宫赋》。我还记得里面收录了陶渊明“无中生有”的《桃花源记》。郑魔并非其本名，但凡认识他的都这样称呼他，久而久之，习惯了，他本人也认同这个称呼。魔与不魔，只要跟他交往久了，他也不计较别人如何称呼他，况且这个称呼也并无恶意，反正我一直很尊重他，几乎每次跟他在一起交谈，都有所受益。第二是刘家女婿，他是文革前的高中毕业生，因为叫停了高考，所以他没机会上大学，毕业后就回乡了。生产大队送他到小学代课，他的字写得不错，乒乓球打的尤其好，为什么叫“刘家女婿”，是因为他的岳父是当时腾鳌镇的镇长，女儿原在市内的小学做教员，经人撮合，二人成婚。后来刘家女婿还跟我在同一单位共事四年，这是后话。

郑魔不注重穿着，每天往返鞍山一趟，拿一个旧提袋，到“五一路饭店”捡拾别人所剩食物，每天都有收获，也因为他的穿着，汽车售票员从不找他麻烦。另外，他乘车从来都是找一个角落悄悄坐下，直到下车一言不发。我和刘家女婿在镇里碰到他总跟他搭讪，他也愿意跟我们聊天，因为他的学识，我们从内心敬仰他。郑魔的知识储备相当丰富，因为是地主出身，旧社会时给了他很多学习上的便利，他非常聪明，一生中躲过所有的政治风暴，一直到去世，也没有受过政治迫害，但是空有一身抱负，也只能委身小镇做了一辈子的农民。记得有一次他向我和刘家女婿传授《登徒子好色赋》，这是屈原学生宋玉写的一篇文章，登徒子攻击宋玉好色，宋玉为自己辩解“大夫登徒子侍于楚王，短宋玉曰：‘玉为人体貌闲丽，口多微辞，又性好色。愿王勿与出入后宫。’王以登徒子之言问宋玉。玉曰：体貌闲丽，所受于天也；口多微辞，所学于师也；至于好色，臣无有也。王曰：“子不好色，亦有说乎？有说则止，无说则退。”玉曰：“天下之佳人莫若楚国，楚国之丽者莫若臣里，臣里之美者莫若臣东家之子。东家之子，增之一分则太长，减之一分则太短；着粉则太白，施朱则太赤；眉如翠羽，肌如白雪；腰如束素，齿如含贝；嫣然一笑，惑阳城，迷下蔡。然此女登墙窥臣三年，至今未许也。登徒子则不然：其妻蓬头挛耳，龃唇历齿，旁行踽偻，又疥且痔。登徒子悦之，使有五子。王孰察之，谁为好色者矣。是时，秦章华大夫在侧，因进而称曰：今夫宋玉盛称邻之女，以为美色，愚乱之邪；臣自以为守德，谓不如彼矣。且夫南楚穷巷之妾，焉足为大王言乎？若臣之陋，目所曾睹者，未敢云也。”王曰：“试为寡人说之。”大夫曰：“唯唯。臣少曾远游，周览九土，足历五都。出咸阳、熙邯郸，纵容郑、卫、溱、洧之间。是时向春之末，迎夏之阳，鸧鹒喈喈，群女出桑。此郊之姝，华色含光，体美容冶，不待饰装。臣观其丽者，因称诗曰：‘遵大路兮揽子祛’。赠以芳华辞甚妙。于是处子悦若有望而不来，忽若有来而不见。意密体疏，俯仰异观；含喜微笑，窃视流眄。复称诗曰：‘寐春风兮发鲜荣，洁斋俟兮惠音声，赠我如此兮不如无生。’因迁延而辞避。盖徒以微辞相感动。精神相依凭；目欲其颜，心顾其义，扬《诗》守礼，终不过差，故足称也。于是楚王称善，宋玉遂不退。”这里仅举一例，郑魔在古典文学上的知识储备相当深厚。我与刘家女婿受其影响很深，虽然郑魔对于史学的研究稍有欠缺，但对文学尤其是诗歌颇有研究，当时有观点将古典诗歌说成是现实主义和浪漫主义，郑魔不赞成这种分类，尤其对于现代文学理论的态度，他更加不认同。他说诗歌上李、杜并举不妥，杜甫的诗虽然写得也不错，但无法与李白相提并论。他认为毛泽东的诗很好，但仅仅简单评价而已，不做过多探讨。可能是毛泽东过分强化阶级斗争，阶级性无科学可言，这个问题此刻不予论证。

《登徒子好色赋》文采极好，尤其“增之一分则太长，减之一分则太短；着粉则太白，施朱则太赤。”可谓千古名句。宋玉写这一段费尽心思。郑魔的水平在于背诵古典名著和诗歌，可能少年时读书背诵是必修课吧。郑魔靠的是少年求学时对古代文学的背诵积累了很多古典文学名家名段。他的这些积累实在是缺乏欣赏之人。我和刘家女婿渴望从郑魔那里得到些古典文学知识，他也乐意向我俩传授他的这些积累，在那个时代，或许只有刘家女婿和我才有能力接受郑魔的教诲，多数人是不屑于同他探讨古典文学的。我很感谢能在小镇上认识这么个人，从他身上我学到了不少知识，在那个时代，从别人的角度看，几乎是不可思议的现象。

刘家女婿毕业后在小学做过几年教员，但是公职一直没有办下来。凭着他的机灵和不甘心，不断进取，又通过他岳父的关系，选中了小镇的房产管理所。管理所管理小镇的镇管房屋，这些房屋都是当年的无主户或者虽有户主却不便管理的房子，由政府收归国有代为管理。例如我家当年做生意的商店，后来分了家。我家一个大院，太爷爷死后分成三份。我家、二爷爷家、老爷爷家，但老爷爷家无人管理，索性交到政府。政府管理后，成为公房，一般分给县里派到各乡镇的公职人员。刘家女婿住的房子，就是公房。而后来小镇成立了房管所，又自建了一些住宅。我们家的房子共有十多间，办商店前店后厂同时有居室。我们家建国成立以后都离开了小镇，房屋基本上没有人管理，经过近十五六年，到六二年父亲回到乡下时老房子有的几乎摇摇欲坠。房子没有人居住，老化损坏得相当快。老爷爷那一支人倒是人丁兴旺，家里的长子比我父亲大两岁，可能与我老姑同岁，一九二三年生人，他的两个弟弟一个在北京，一个在新疆。老爷爷还有一个女儿，一直在吉林大学任教。老爷爷长子在本溪时就参加了地下党，很早到了华北加入了华北的抗日军政大学晋察冀分校。四八年辽南解放，随部队到东北，说是辽南，其实苏联人到东北同日本关东军作战，打完关东军后到了大连，根本就没有回国，可能五七年之后才离开辽南。毛泽东一生做了很多错事，但将苏联军队赶出东北这件事绝不是错事。不过也是感谢斯大林五三年三月五日逝世得早，否则，以俄罗斯人对土地的占有欲，斯大林能否同意还真难说。刘家女婿到小镇房管所后，学习了瓦工手艺，而且似乎技术还不错，以他的聪明劲儿，无论学什么都能很快掌握要领。一九七五年二月四日辽宁海城发生了里氏7.3级地震，我们这个小镇也是灾区，但并不严重，有些建筑不牢固的房屋也有倒塌的现象，但是程度比海城轻多了。

一九七五年哈姓回族兄弟介绍我到海城油酒厂工作，临时工，日工资1.86元。那时只要到大队开一个介绍信，问题就好办得多，但因为父亲的右派问题影响我的办事胆量。那时大队的“挖社会主义大井”的书记已经调到公社工作，新书记姓赵。哈姓回族兄弟告诉我开大队介绍信的是由他来办。果然凭借他在大队的人际关系我顺利进入油酒厂。说是海城油酒厂其实厂址在小镇，用海城的名头。油酒厂主营两项业务，一是每年豆子成熟之季榨油，一是政府计划内再拨一定数量的玉米或者高粱用于酿酒。但粮食供应时紧时松，如果粮食供应不上，可到河南采购地瓜干，但酿出的酒质量很差。好在直到一九七八年四月，无论是用地瓜干或者进口伊拉克的蜜枣，都维持了生产。那时临时工都关心生产情况，说是关心并不是临时工觉悟高，而是粮食等酿酒材料如果不能满足生产，临时工都得被解雇。

我和刘家女婿关系更进一步是我到了油酒厂之后。刘家女婿几乎与我同一年进入油酒厂，不同的是他是正式工人，比我有身份。在油酒厂工作期间，经历了几件大事，如七六年七月二十八日唐山大地震、九月九日毛泽东病逝。人们将此前三月份吉林从天而降的陨石雨与唐山大地震联系到一起说是天塌地陷。北京方面，七六年一月八日和七月六日周恩来和朱德故去，一年中发生这么多大事，中国即将发生变化。

中国变化之前我和刘家女婿已经很熟了。我们相约到厂书记家，说是书记，其实是副书记，书记是部队转业到地方分配到厂当一把手。副书记那个时候就有了品牌意识，他原来在小学当校长，酷爱古典文学。到了酒厂以后决定从酒上下功夫，在酒的窖泥上用南果梨发酵，将南果梨与泥组合，抹在酒窖四周，发酵时间为一个月。平时酿一窖酒只用4天，改良后虽然酿酒时间变长了，但是口味确实提升不少。后来创出了辽宁名牌叫“腾鳌老窖”。七十年代中后期，这个品牌确实为酒厂带来了效益。这个副书记可能仍健在，估计至少95岁以上了。刘家女婿约我到书记家是以我们都爱好古典文学，向书记讨教为理由。因为七六年我托我妻子的姑姑在沈阳新华书店买了一套《史记》，拿到手后我如获至宝，每天废寝忘食地研读。如《淮阴侯列传》、《殷本纪》、《留侯世家》、《绛侯周勃世家》等等，天天在看。那个时候在小镇应该算一个有知识的青年。我和刘家女婿与书记儿子周晓醒关系很好，总跟他下棋，后来我离开酒厂到了学校，与他的联系逐渐减少。之后听说书记全家迁往海城居住，书记的二儿子周晓曦当上了副县长，按照封建礼仪，副县长就是县太爷，尤其是海城那样的大县，百万以上的人口。当年辽宁省委书记李铁映下放到海城任县委书记据说都是邓小平亲自安排的。海城在八十年代以后的几年开办了南台箱包市场、西柳服装大集，直至今日仍非常有名。但后来可能是固步自封，没有发展壮大。总之，现在辽宁处在追赶其他省份的位置，因为经济上落后得太多，没有人愿意到辽宁来投资，不像五六十年代，那时辽宁地位高，全国都往辽宁跑。

刘家女婿对古典文学也是相当喜爱。我曾经给他介绍过《淮阴侯列传》，蒯通见韩信劝说其放弃在刘邦处的地位，与刘邦、项羽三权鼎立。蒯通说韩信有齐、赵之地，左投则刘邦胜；右投则项羽胜；不如三人各自为政。韩信思忖良久，说“汉王遇我甚厚，载我以其车，衣我以其衣，食我以其食。吾闻之，乘人之车者载人之患，衣人之衣者怀人之德，食人之食者死人之事，吾岂可以乡利倍义乎！”蒯通曰：“臣以为足下必汉王之不危己，亦误矣。大夫种、范蠡存亡越，霸勾践，立功成名而身死亡。野兽已尽而猎狗亨。夫以交友言之，则不如张耳之于成安君者也；以忠信言之，则不过大夫种、荡蠡之于勾践也。此二人者，足以观矣。愿足下深虑之！且臣闻勇略震主者身危，而功盖天下者不赏。臣请言大王功略：足下涉西河，虏魏王，禽夏说，引兵下井陉，诛成安君，徇赵，胁燕，定齐，南摧楚人之兵二十万，东杀龙且，西乡以报。此所谓功无二于天下，而略不世出者也。今足下戴震主之威，挟不赏之功，归楚，楚人不信；归汉，汉人震恐。足下欲持是安归乎？夫势在人臣之位，而有震主之威，名高天下，窃为足下危之。”韩信谢曰：“先生且休矣，吾将念之。”……信持其首，谒高祖于陈。上令武士缚信，载后车。信曰：“果若人言，‘狡兔死，良狗烹；高鸟尽，良弓藏；敌国破，谋臣亡。’天下已定，我固当烹！”上曰：“人告公反。”遂械系信。至雒阳，赦信罪，以为淮阴侯。

副书记年龄与我父亲相仿，油酒厂成立后为酒厂做了许多工作，创立了“腾鳌老窖”品牌，这种超前意识即使放到现代亦不遑多让，比同时代那些抱残守缺终日只为饱食的人不知道要强多少。我和刘家女婿在他家里畅谈古典文学，我又向其介绍了《伯夷列传》、《项羽本纪》和《孔子世家》，副书记十分高兴，颇为感慨地说道：“怪不得你们二位关系这么好，原来一直在研究学问，你们将来肯定会有所作为”。

刘家女婿总能有些消息传递给我。他的内弟在北京当兵，是空军。北京总能传来敏感的信息。例如七七年邓小平没出山之前，他说过“你办事，我放心。”而北京盛传“邓小平办事，全国人民放心。”我和父亲都希望邓小平复出，对他很有好感，我的一位表叔认为邓小平东山再起的可能性很小。“四人帮”左倾，邓小平右倾。当时北京已有反右倾翻案风的传闻。七七年五月在北京体育场邓小平公开观看足球赛的报道，给很多人以鼓励。但人们总嫌消息来得太慢。我的一位亲戚说邓小平的右倾不得人心。而十月份揪出“四人帮”以后，没有人再议论左倾或右倾了，认为邓小平恢复工作是肯定的，只是时间问题。一直等到一九七八年，没有等到太好的消息，那时我已经到鞍钢上班了。每天工作三班倒，真正的“三班倒”，不是挖社会主义大井的伪三班倒。有一次下班，公社的高音喇叭广播“党中央的十一届三中全会公报”。第二天一位姓郭的朋友在上班途中发出“好消息太多”的感慨，甚至说好消息多到难以消化的程度。这位朋友是复员兵安排到鞍钢三炼钢厂做炉前工的。此前我们还议论三炼钢的工厂管理不好，说车间的工人缺乏主人翁精神，到车间领料没有人懂得节约，上千元的合金刀头用不上一天就报废，没有人对领取的工具负责，刀头扔的遍地。现场无人管理，主人翁精神不复存在。我所在的无缝钢管厂生产情况也不是很理想，这位郭姓朋友的夫人在原来是下乡青年，后来海城招工安排到我工作过的油酒厂。八十年代后酒厂倒闭，她在倒闭之前已经转到鞍山市第二机床厂。有些事情真的不好说，一九七八年本来我不准备去鞍山师专读书，所以录取后我没去报到。之前提到过的连叔叔说做教员“心肝脾肺肾，就那么点工资，哪有鞍钢工人读师专的，太不合算。”我的睡眠很差，中班、夜班下班后睡不着，半夜12点接班总是很困，早晨下班到家又很精神，无法入睡。所以先去信向师专请假，又加上儿子是12月27日出生，以此为由说下学期再报到。经过几个月的三班倒，最后还是决定去读书。自己也认为以后就是当教员的命吧！报考时就知道自己没有五年工龄读书肯定不带工资，已经有两个孩子，也不敢报考离家太远的学校，家里也不具备供我读书的条件。父亲的右派问题直到一九七八年还没有解决。我一九七九年春天才去学校报到，学校看到我有请假的申请，也就留下了我。上学以后才知道我们班只报考一个志愿的大有人在，多数为农村民办教师，只要能考上大学就能改变民办教师的身份获得公职。当然，我的同学大多数也不足五年工龄，也不能带工资读书，家庭生活普遍很困难。

至于连叔叔说的“心肝脾肺肾”，教师工资低的说法我也自然无暇顾虑了。连叔叔六二年以前在重庆公安局任职，据他讲公安局的工作练就了他很会睡眠，能做到想睡二十分钟就睡二十分钟，到时准醒。我与他在一起劳动五六年，但他这个睡眠的好习惯我始终没学会，他也不能理解不会按时睡眠的人那种饱受折磨的痛苦。他是极力反对我放弃鞍钢工人的身份去读书，现在看来也难说读书好还是留在国有大型企业好。

我和刘家女婿与酒厂副书记的往来，因为年龄关系总觉得时间不够用。书记的古典文学功力很深，比如传统的《前后赤壁赋》、《前后出师表》、《滕王阁序》、《陈情表》、《讨武曌檄》；宋词多首；李杜诗篇。总之在一起谈说起来顿觉书记的功力的确非同一般。但他与郑魔不属于同一类型，郑魔不管你会与不会，只管自己表述；而书记总能给你腾出时间，谈话最终都能使你从容不迫。怪不得我父亲说“周旭东（书记的名）这个人很好”。但父亲却从未肯定过郑魔的为人，只说郑魔功力不错。那个时候我们都停留在读书背诵阶段，没能拿出时间写些什么，顶多将作家的评论记录下来而已。时过境迁，现在连当时表达过什么都记不得了。虽然记忆中刘家女婿的钢笔字写得不错，但因为没有文字交往，如今也已回忆不起他的笔体了。

七零年到七五年上班以前，每到春节我都会在家准备酒菜招待朋友，父亲也不反对，还曾经参与过几次。如果年轻人居多，父亲就象征性地喝一杯酒，算是打个招呼。但如果是连叔叔或者哈姓回族朋友前来做客，父亲就会从始至终作陪。我到酒厂工作后，每年能从酒厂带回些老窖酒，招待朋友自然觥筹交错畅谈人生。哈姓回族朋友后来当上了大队支部书记，取代了挖社会主义大井的书记的位置。后来听说他在土地流转过程中贪占太多，甚至连他弟弟的份额都给侵占了。无奈潜逃至辽阳县的一个村庄，不敢回乡。直到2020年，他年龄已经超过75岁，罪名也不算太重，可能是得到消息不会再追究他的责任，所以才敢回到家乡。

师专毕业以后我分配到鞍山市第四十八中学，自从七零年以后，城市只有中小学而无大学。我的一位朋友七七年考入沈阳师范学院政教系，希望毕业时能通过我安排工作。但是他寄给我的信却错投到第二十八中学，后辗转到第三十八中学最后通过一位鲍姓女教师才交到我手，可那时工作分配已结束，我没能办成他所托之事。一九八二年，东北师范大学文革后首次在东北地区招收函授学员，全市报名1000多人，在鞍山二中考试，东北师大试卷以难度大著称，当时一共三十五个考场，1100多人参考，很幸运，我居然考上了。报到时我才知道原来全市仅录取13人，录取率是千分之十三。而这次考试为我后来九十年代转入鞍山师范学院创造了硬性条件。

在二中考试时我见到了朋友郭万顺的姐姐，那时她从小镇转到城里分配到二中当教员。郭家是中医世家，郭万顺的父亲就是一位很有名气的中医，郭家人以谦和著称，郭万顺的长兄在鞍钢工作，是一个干部，其妻在小镇医院就职。郭万顺的弟弟在营口武装部工作。我那几年春节招待的朋友，郭万顺就是其中之一，其他人还有钟士英、冯金华。冯金华是山东人还是河北人我不太清楚，听口音应是山东人氏。后来因为我离开了小镇，与这几位朋友的联系就暂时中断了。

刘家女婿大约是八十年代与其妻同时调转到鞍山市铁西区教育口的。我在鞍山只见过他一次，互留了电话。后来我从四十八中调转到鞍山师范学院工作，在中文系当过四年的系主任，由于工作关系与朋友交集甚少，交往逐渐淡漠，现在看来责任在我。

首先我回城后因为生计关系在民盟办的夜校授课，一方面为了增加收入，另一方面因为同事介绍我加入了中国民主同盟，民盟八十年代初开始在鞍山办夜校，而且办得有声有色，所以我到夜校授课也是顺理成章之事。刘家女婿与我的关系逐渐淡漠现在看来也有些误会成分。八十年代初刘家女婿在镇房管所的一个同事受房管所领导之托，看好我家的老房子，我的房子有两间半，在院落西侧，东侧两间半是我老爷爷家的。建国后不久我们举家迁回鞍山，没有人管理，老爷爷在北京安家，房子也被政府接管。房管所听说刘家女婿与我关系很好，便让一位孟姓管理员通过刘家女婿与我接洽，要买我家房子。我家房子的优点是临街，但房子的木料一般，我家拿不出钱修房，且房子与公房一条房脊，拆掉的话等于毁掉两间，如果修缮房屋还得给另一家修房山墙。我估计房管所所长也知道这种情况，所以想借机会买下来，将来留作自用。当时谈成的价格是三千二百元，属于市场价，如果从小镇经济发展角度看，还能多卖几百元，但是我们已经回城，从自身角度考虑还是出售为宜。我常常思考当年的关系不应是如今这种不远不近的结局。比如我在鞍山师范学院做系主任时，郭万顺的儿子恰好在中文系读书，郭万顺买了礼品到我家看我，显得少了亲近而多了客套。当然客套主要是他，少时他也是那般客气。当年那种促膝长谈的感觉是无论如何也找不回了。我可以问心无愧地说，我对他们的感情没有丝毫的变化。当年从农村考出来，朋友相见时表现的是衷心的祝贺，是只有很要好的朋友才有的那种问候。所以当他带着礼品到我家，情感上感觉怪怪的。

小镇上的朋友还有一位姓郑的，我父亲先认识的他，如何认识的我不清楚。他到我家时我父亲让我称其为郑叔，他顶多大我十岁，他家在小镇对面，隔河相望，与我所在小镇分属两个县，我们是海城县，他是辽阳县。他的夫人比他年轻不少，我还没回城时他就有四个孩子了，都是男孩，学习格外好。我离开小镇时他的长子已经考入海城高中并被当作重点学生予以培养。当时他想把孩子转学回辽阳，学校坚决不放人。他的另外几个孩子学习成绩也是非常优秀。后来听说他的长子次子都考上了长沙的解放军科技大学。我分配到中学做教员后，经常看到郑姓朋友骑着自行车到市里卖绿豆芽，只要见到他必打招呼，对他家情况反复打听并让其给郑婶带好。

我最先向他借的书是线装的《东周列国志》，我的书也尽量借给他阅读。记得他家有《古文观止》，我家也有。文革开始时父亲便自行将其焚毁，可能是被整人整怕了。我还跟郑叔借过《三国演义》、《唐诗三百首》和《安娜卡列尼娜》，郑叔家的书并不多，但他总能在其他地方借到书。父亲和我总把他的书借来阅读，他知道我们父子读书较快不会耽误他自己阅读和还书，所以乐得让我们反复借阅。郑叔家是胜利大队，种植的主要农作物与我们大队并无区别，他这个人沉默寡言不善表达。从他供四个孩子读书可看出他家副业搞得不错，他到辽阳的公社采购绿豆，回来后自己生豆芽拉到集市上售卖。一般一斤绿豆能生出7-8斤豆芽，一斤卖四五角钱，他一次带两个大筐到集市，能有一百四五十斤。他的四个孩子很听话，考的解放军院校都不收学费。我的一位表姐的儿子考入大连的海军舰艇学院也是免收学费的，那个时候大多数人对军队院校没什么兴趣。郑叔家一直想要个女儿，结果连续生了四个男孩，生产大队计划生育小组肯定是要干涉的，不可能任由他家再生下去。他也没理由、也不好意思再生下去了。从1978年高考至今40多年过去了，我也一直没有回到郑叔的村庄，其实那些年真想去他家看看，了解一下他的近况以及孩子都过得怎样。哈姓回族朋友三个儿子就没有走读书这条路，都结婚比较早，据说大孙子都接近20岁了。

读郑叔借给我的《东周列国志》时，刘家女婿清楚地记得管夷吾病榻论相，他玩笑地将卫公子开方说成开平方。书中的内容我们一般都过目不忘。我们几乎每天都讨论齐桓公时的三奸易牙、竖刁、开方的故事。因此我说刘家女婿之后似乎忘记了当时的友情，至少不那么友好了，我感觉非常不正常。但事实上，我也是并没有跟他频繁联系，我有责任，应检讨的是我。

高校毕业后，我参加了中国民主同盟。民盟的一位朋友原是四十八中的语文老师，姓鲍，蒙古族，年龄大我几岁。她自八三年开始攻读“周易”，恰巧我买了《十三经注疏》，该书第一部即为《周易》，我八二年开始研读《周易》，内容包含“经”和“传”两部分，“经”包括卦名、卦辞、爻明、爻辞；“传”

包括“十翼”，内容比较丰富。我用了超过5年的时间钻研《周易》，主要研究“易传”为孔子的研究结果。例如“象辞”有大、小象，大象为卦象，小象为爻象。“象”曰“天行健，君子以自强不息”；“象”曰“地势坤，君子以厚德载物”。这两句前者为乾卦的象辞，后者为坤卦的象辞。另外每一卦都有彖辞，“彖”也叫“断”，所以彖曰也称断曰。总之象辞、彖辞、文言，都出自孔子，所以十三经其实都与孔子有关。在研究古文献方面，从古至今没有可与孔子比肩之人。

前面我介绍的一位自学日语的朋友，一九八二年的一天他到四十八中找我，在办公室我接待了他。他告诉我四小队刘述达一家6口都被杀了，刘述达、任素玉、刘的妹妹刘艳荣，以及三个孩子，最大的孩子不过十岁。刘述达家在二大队西门外。从他家门口向西一百多米，就是大菜窖。“西门外”是旧社会说法，旧社会把小镇分成四个行政村“永安”、“保安”、“福安”和“寿安”，四个村按东、西、东南、西南分处，每个村还有卫星村，即小的村落，例如永安村南面就有个小的村落，五八年修河网，小村落就拆除了。保安村邻近的小村落后来变成保安村第一生产队。福安村南边有个自然村叫谢家堡，寿安村南边的村落叫立开堡。这样小镇成立人民公社时，自然按东西南北的方位，将原来的四个村定为一“永安”、二“保安”、三“福安”、四“寿安”。四个大队按位置，东西方位为一二大队；南和西南方位为三四大队。基本上旧社会的格局没有大的改变，这种格局服从于小镇的自然条件。永安村到保安村中间有一条小河，河水从东向西流，自然将两村隔开。保安村与寿安村分别占据着小镇的西南方位和北偏南方位。寿安村东侧原是一个人工湖，据说小镇的名字由人工湖而来。旧社会可能有人在人工湖养鱼，相传有一条鳌从湖中腾空而起，后来因为迷信，就将小镇命名为“腾鳌”并沿用至今。至于传说是否是真的，已经不再重要。

刘述达本不是小镇的原始户，至于何时迁来的很难追溯。与他产生纠纷的是高殿龙，地主出身。高的父亲非常勤劳，农业生产很内行，为人老实，生产队秋收时常拿把扫帚打扫打场的粮堆，农村称为“场院扫帚”。高殿龙有个哥哥叫高殿阁。高殿龙在七十年代就沉迷赌博，有一次到西边小河口赌钱，被大队民兵用枪打伤，据说子弹打到肺上，海城县公安局报告到县委，县委说即使是罪犯也要抢救，这件事当时轰动全县。赌博就像吸毒，沾染上就很难戒掉。刘述达也是赌徒，小镇上赌博以扑克牌为工具，至少4人成局。那一天只有高殿龙和刘述达二人对赌，按理说“两人不赌”是农村惯例，结果刘述达却跑到高殿龙家与其对赌，可能是刘述达赌输了，引起争斗，但他们总在一起赌钱，我认为不太可能打起来，况且刘述达也打不过高殿龙。刘述达是个“见硬就回”的人，比如挖土，一般人用铁锹挖下去遇到硬东西会坚决挖出来，但刘述达则相反，碰到硬物就换地方挖，所以跟他一块劳动的人实在瞧不起他这习惯。而且刘述达为人很不仗义，人品上不如高殿龙。刘述达曾经与我打过一架，当时是在

“八一八二”工地，这个工地是空军工程，但随着林彪在温都尔汗坠机，此工程随告结束。刘打架喜欢以大欺小，当时他三十来岁，我只有二十出头，他身高175公分，我只有170公分，当时刘述达趁我不备用尖镐向我挥来，实际上因为他的一贯作风，我预料到他可能会搞偷袭，于是我用锹挡住了尖镐并回手砸向他的头部，他的头立刻血流如注，战斗随之结束。在场看到过程的是一个叫马克全的民兵排长，后来他说“小邓的机灵是刘述达远远不及的，刘哪是邓的对手。”打架的结果是我拿了三天劳动报酬给他治伤，他耽误了十天工，年终给他补了十天的工分。所以说高殿龙和刘述达打架，胜负在意料之中，刘当然不是高的对手，刘打架必须趁人不备一击致命，否则毫无机会。但是他们因为赌钱而以命相搏确实出乎意料。刘应该是回家取了武器，因为以他的性格，绝不会没有准备就贸然出手，听说第二天早晨刘的遗体被发现在高家门前的水沟里。很快人们就都知道刘全家被杀，事情发生在夜间，高失手打死刘述达后，想到刘还有三个儿子，自己只有一个儿子，将来再起争斗，本家一定吃亏。于是便拿了刀直奔刘家，先把刘述达的妻子任素玉骗出门外，任素玉还没等说话，高即将其刺死，随后高进入室内将刘高的三个孩子系数杀死。刘述达的妹妹刘艳荣听到孩子的哭声过来查看，高顿起杀心，刘艳荣百般哀求，高仍然痛下杀手。高手刃6人后徒步走到公安局投案自首了。

还记得奶奶办丧事时刘述达还送来一桌“供”，这是农村的礼节性往来。别人家盖房子、新婚、丧葬，家里添丁等，刘述达一般都会有所表示，他如果不是那么爱赌博，也真不会与高殿龙闹成这种结局，刘与高本无仇恨，且二人一直在副业队一起劳动，本是革命情谊，却落得满门灭绝。高殿龙自首后，一五一十地供述了案发过程，公安局在杨柳河岸边召开了声讨大会，全村的同情都给了刘的三个孩子和刘艳荣。群众也不认为高殿龙是坏人，只是为两家的遭遇感到可惜。高毫无疑问被判处了死刑，至于什么时候被执行的，因我早已离开小镇，不得而知。

1981年，父亲的单位给了新房子。八十年代单位分配的房子建筑水平很低，但总算有了属于自己的栖身之所，这对我们来说已经很不错了。回城后，先招待亲属再招待小镇上的朋友，忙活了好几天。但是刚分到的房子没有燃气，只能用煤来生炉子，吃饭显得很困难。好在我和老婆根本没把这点儿困难放在眼里，农村的生活都挨过来了，这点困难又算的了什么。不过当时老婆的工作还没有着落，由于老婆的叔叔婶婶在市政府机关工作，找谁办事都一路绿灯，经过多方托关系加上当时有政策，总算落实了工作单位。我的岳父也是五十年代的“右派分子”。八一年，他的原工作单位中国冶金公司东北分公司找到小镇给他落实政策，恢复工作。但是岳父身体不太好，不可能再回去上班，于是办理了提前退休，工作调换给了他的二儿子，户口迁往沈阳。老婆的大弟弟安排到了当地的粮食部门，就是小镇的粮库。一切都在向好的方向发展。当时老婆的弟弟安排完工作后便把他当年用过的农具都拿到公路上砸碎，以此向农具告别，遭到我的严厉批评。第一是农具没有任何瑕疵，砸了农具是自欺欺人；第二是这种做法很愚蠢，你的大姐还在农村，农具你不用了可以给她，你的父亲得到平反，农具并不因此有任何性质上的变化。但农具已经砸了，批评也显得有些苍白无力，但那时全家都处在异常兴奋的情绪之中，他的举动现在看来也可以理解。

当年奶奶葬礼有两个人没有参加，一个是我的姨夫汪孝平，他的夫人与我妈妈是堂姐妹，他几乎同年与我父亲到的小镇，他五十年代在四川江油工作，六二年下放。另一个人从河南转回，这个人工作换的比较多，最早在鞍钢，后单位迁往四川，又迁到河南，最后回到小镇，在海城油酒厂工作。

先说汪孝平，我回农村在副业队认识的他，他的个人情况是在日常劳动中逐渐了解到的，他和父亲一样在副业队学习烧窑，这算是副业队里有一点技术含量的工种了。他有三个孩子，两个女儿一个儿子，二女儿应该是在江油练过体育或者武术，经常在大队的体育器械上下腰、练习。汪孝平说自己做过会计，是个“老算盘”，对自己从事过的工作颇为自豪。他不是右派分子和反革命，所以在副业队出人头地的工作他总能冲在前面，年轻人的工作他也能加以指点。但是言谈举止中看得出他没有太多文化，不是很文明，很爱表现自己，不够深沉。我们有时候玩扑克牌他也参加，那时打扑克也动一点点钱，每把牌也就几分钱。他手气不好，输了五六角钱左右，这在当时可不算少了，因为那时候每天工资都不到一元钱。那个时候一般家都没有麻将牌，如果有，他一定会积极参与，并且玩得很入迷。他在小镇上没有房子，用他岳父的菜地或亲属的自留地盖的两大间房，因为他两个女儿一个儿子，女儿早晚得出嫁，所以他对房子也没有那么渴望。

毛泽东执政时做过几件大事。第一，1971年对林彪的打击。本来解放战争中东北战局胶着，是林彪率领东北野战军“三下江南”、“四保临江”，稳定了黑龙江的局势，解放了哈尔滨以北的地区，国民党军队根本没有机会到黑龙江来。加上关东军的武装都被东北野战军加以利用，林彪所率野战军战力大增。毛泽东认为共产党内军事水平林彪第一，朱德、彭德怀、刘伯承都略有不及。第二，国民党中军事水平最高的当属蒋公，何应钦、薛岳、卫立煌、杜聿明以及广西的白崇禧，应该都不如林彪。当然国民党中最不会指挥战斗的肯定是张学良，其是典型的酒囊饭袋。西安事变是蒋公失败的开始，抗战胜利后，政府的腐败加速了国民党的失败。国民党的战斗力没有一个能像三大战役中的林彪和粟裕的。因为三大战役中毛泽东的任人唯贤，注定了蒋公的落败。蒋公在北伐时就没能对分裂予以修复，比如对阎、冯、傅、李、白等人没有严厉打击。而对于张学良这样的人，蒋公却也没有劝诫。一个政党，该管的事不管，全国效尤者太多。搞得自己阶级不清，不应一手学美国，一手学清末，这种治国方针不失败是不可能的。第三，蒋公既不饮酒也不吸烟，一个领袖，清苦如此，这在任何政府中也难找到。从三大战役看，国民党不失败是不可能的。中共的错误太多，最大的错误在于建国后无统一的政令，或许刚开始共产党的领导人就想世世代代传袭王位，不说毛泽东，他毕竟没有出过国，对西方政体了解不多。但周、邓、任、朱等对于西方政体谙熟于心，刚建国时中国作出了姿态，任命黄炎培为副总理，但其他人摆出一副永远执政的样子，比如周恩来，凭什么可以一直做总理直到去世？把国家搞得民不聊生，老百姓吃不饱饭，用“三年自然灾害”掩盖人祸，领导们不脸红吗？

关于六十年代的天灾人祸说，汪孝平说的有一定道理。天，下不下雨，不知道；政府有没有钱，总理不知道吗？周恩来好意思连续任26年总理，任期内中国一共饿死多少人自己不知道吗？将自己的骨灰撒入江河，沽名钓誉，能对得起饿死的无数冤魂吗？如四川江油，辞海记载“以涪江一水萦回，清澄如油也”。天府之国被管成这个样子，百姓身居天府之国缺衣少食，作为总理没有责任吗？我在国内与弟弟和姐夫喝酒，席间谈到“东方红，太阳升，中国出了个毛泽东，他为人民谋幸福，他是人民大救星。”请问哪有大救星任由人民饿死，还饿死在天府之国？

毛泽东善于“斗”，今天你斗我，明天我斗你。党校给百姓描绘一幅共产主义蓝图。人们不禁要问这世界上有共产主义吗？马、恩、列、斯，人们都称其为疯子。东晋陶渊明的《桃花源记》杜撰了一个社会形态，那是陶渊明突发奇想编的故事。请问共产党，天下有那么多敌人吗？中国做到了实事求是吗？一九七二年全国响应毛泽东号召，“深挖洞、广积粮、不称霸”，于是全国开始挖地道，鞍山也不例外，副业队在这种情况下，接到了鞍山电池厂的挖地洞工作，派了近三十人到厂内挖地洞。电池厂的工作早已开始，因为工人不会挖土，也没力气将土方从两米以下的沟里运出，所以这个工作就承包给我们副业队了，当时按体积结算，可能每立方米1.57元，一看是计件工资，汪孝平来了精神，他以为一立方米1.57元很合算，于是自告奋勇地告诉队长“周队长，我去吧，让佐卿大哥在家烧窑，我不爱烧那玩意儿。”佐卿大约50岁上下，对土方工作也确实不感兴趣。于是周队长就同意了汪孝平的请求。周队长是副业队的副队长，家是牛庄的，据说旧社会当过土匪，建国后来到小镇，也没人追究他的历史。他的女儿嫁给了一个担任治保主任的复员军人，他的儿子当上了新兵，周队长又变成了军属。他的聪明之处是从始至终也不曾要求入党，因为申请入党就会有专人外调，他的土匪身份就会败露。

副业队大概去了30人左右，干上活以后才发现这个活包亏了。一个工1.57元，但是沟的两面太高，有的地方接近3米，劳动量巨大，工作起来付出体力太多，而且一立方米土即便不潮湿，年轻人基本也得干上一天。汪孝平和工友老代都接近50岁了，老代个子还矮，任务完成得很困难。汪孝平旁边是大刘和小崔，两人都不会帮他，当然也不会占他便宜，不过两人每天边干活边说“周队长，我去吧，让佐卿大哥在家烧窑，我不爱烧那玩意儿。”，气得汪孝平干生气，后来这句话成为大家经典口头语。电池厂长也知道我们副业队包这个活吃亏了，所以在我们劳动过程中给我们蒸馒头。当时以“深挖洞、广积粮、不称霸”的名义，厂部机关去申请一些面粉，可能市里有指示，很好批。因此伙食比刚去干活时有了改善。但猪肉肯定买不到，只是偶尔能买到些干豆腐。后阶段副业队社员与电池厂领导及工人的关系也日趋亲近，主要是工作越干越熟练，一共干了接近一个月，我们在前面挖沟，电池厂配的瓦工在沟里砌墙，而且汪孝平那句“周队长，我去吧，让佐卿大哥在家烧窑，我不爱烧那玩意儿。”大家也都记住了。

里胜文是酒厂生产了腾鳌老窖以后从河南转到海城的，在经过海城与小镇酒厂联系，把河南的人事关系转到了小镇油酒厂。胜文兄之所以从河南转到酒厂是因为他母亲年事已高，妻子又一直在小镇印刷厂工作。他五十年代先到鞍钢，再从鞍钢转到四川，再到河南，工作近30年。他生于1936年，二十岁之前因为鞍钢大规模招工，不需要考试，只要拿着户口本和街道开的证明就能录用。五十年代中后期，小镇到鞍钢工作的人不少，尤其在鞍钢运输部工作的最多。为此鞍钢特意修了一条环市电动铁路，普通百姓称之为“环市路”，这条路是电动机车，由鞍钢西门出发，重点为辽阳线刘二堡。

因为当时刘二堡镇规模大，所以海城境内没有修铁路，可能是中长铁路从北到南，纵贯海城比刘二堡方便一些。铁路北至沈阳苏家屯，一路向南到鞍山，沿线都有到鞍钢上班的工人，列车表根据这些情况特意安排停靠时间予以照顾，足见建国时鞍钢在国民经济中的地位非同一般。我到鞍山师专报到上学时，有一位同学是海城高中毕业，年龄比我小十几岁，一聊天，发现他父亲竟然跟我同在鞍钢无缝钢管厂上班，而且都在热轧二车间。

里胜文家跟我岳父家一样都在腾鳌镇永安村，他家是职工户，吃商品粮。粮食供应自五十年代中期开始统购统销，是毛、周的杰作，可能有苏联经济模式的影子，我对那一时期的国家政策不太清楚，只是隐约记得鞍山大概是1959年开始使用粮票。粮油及一切与之相关的物资实行票证制，如：布票、粮票、副食票。六十年代开始凭副食券购买鱼、肉，市场上购销不旺的局面开始出现。里胜文转回小镇时年逾四十，病故于2018年，终年82岁。他病故时我不在小镇，但2017年我特意请哈姓回族朋友、朱姓兄长和胜文兄在鞍山铁西区一家羊汤馆用餐，为此我还特意带的茅台酒。后来又聚了一次，我请三位留宿鞍山，但哈、朱因家中有事未能留下，胜文兄留宿于我家，当时我夫人在澳洲帮女儿带孩子，家中只有我一人，考虑到胜文兄年事已高，不敢促膝长谈。次日胜文兄因担心嫂子而早早归去。

我和胜文兄关系近还因为岳父与其母亲关系不错，胜文兄的弟弟是农业户口，恰巧与我岳父母在同一个生产大队，后来他弟弟去了鞍钢水泥厂当上合同工，开始有了现金收入，经济情况日益好转。胜文兄在外地工作时每年都有探亲假，国家规定丈夫探视妻子为每年一次，探视父母则是每四年一次。文革期间南方工厂大都停产，因此探亲假休的比较没规律了，但这种局面持续时间并不长，随着邓小平恢复工作，社会各项工作和政策也重新进行了调整，企业、工矿部门工作逐渐进入正轨。

胜文兄有几件事讲得颇为动人。一是六十年代全国低标准，粮食供应上，吃商品粮的市民每月27.5斤，后来号召每人节约1斤变成26.5斤。而河南大多数居民是农业户口，每人每天只有0.2斤供应，河南是人口大省，每人每天2两粮食，困难可想而知。农村的中老年人生病根本治不起，好在那时阶级斗争搞得不那么紧张，即使这样每个村每天仍然有人饿死，有的农民为了多领粮食，不将饿死农民的事上报而顶名领粮。整个农村惨不忍睹，没人知道饿死多少人。有人说国家对死亡人数是有统计的，传言比抗战死的人还多。那时老百姓每天想的只是如何充饥，父亲说那时到商店，只看点心柜台，当时我家在铁东区长甸居住，六零年凡是家庭有一点问题的，如左派分子、反社会主义分子、历史反革命，一律调整搬到长甸地区居住，为此长甸地区特意加急盖了一批房子。这样的饥饿一直持续到六二年春节以后，有了绿颜色，人们总能搞到与吃有关的东西，哪怕到农村的葱地拔几棵葱也好。那时我带着弟弟整天逃学，见到能放在嘴里的东西就习惯性地用牙试试能不能吃。到现在我还清楚地记得有一次我带弟弟去长大合作社，在后面发现了一个大筐，里面有萝卜干，我和弟弟也不考虑能不能直接吃便如获至宝般大口地嚼了起来，但是萝卜干吃得太多，到肚子就立刻感到疼。后来告诉了父亲，父亲说萝卜干空嘴吃一般人受不了。这个吃萝卜干的教训我可是一辈子都忘不了。

胜文兄说他在河南整天与饥饿竞赛。每天一斤多粮食，总也吃不饱，饿的时候就练字，那时候练字也没有字帖，凭着记忆练。里胜文练字是我从他在酒厂书写卖酒糟的通知这个事上知道的，因为一个一直当工人的人是绝不可能有那么一手好字的。但他不太喜欢读书，三个孩子也没有走读书的路。

我现在搞不清楚的是，六零年到六二年，人民生活那么困难，还搞什么“中苏论战”？还有人长篇累牍地批判《静静的顿河》和《南斯拉夫是社会主义国家吗》。真是咄咄怪事。全国人民饥饿如此，还无聊地讨论南斯拉夫的社会体制，中苏论战最后也无结果，如果非说有结果，也就是中共自我解嘲的赫鲁晓夫下台。中国原子弹爆炸成功、赫鲁晓夫下台，这些都是与全国人民的饥饿风马牛不相及的事。也可能毛泽东先生没有红烧肉吃，终于可以研究一下中苏矛盾了。但把全国饿成如此，作为国家领导人不觉得脸红吗？当年抗美援朝时就应该跟斯大林说好，中国出兵，苏联出武器，不应该我们既出人又出钱。请问那个时候周在干什么呢？

蒋公以中华民国名义出兵缅甸作战，美英都向中国表示了两个国家的回报，至少二战以后台湾归还给了中国。毛泽东如果有蒋公的强硬，至少可以向苏联提一下历史上的事情，比如江东六十四屯。

回忆一下中缅、中朝边镜问题。中缅方面将含玉的山划归缅方，中朝方面将鸭绿江江心岛划归朝鲜。周恩来你在干什么？管国计民生让国民忍饥挨饿，管边境谈判把固有领土无偿赠与他国？另外中日关系正常化，毛和周跟谁协商过？战争赔款全免，这不符合原则。而且对日问题，至少应该与蒋公商议才是，如果有与蒋公磋商的情节，或许大陆与台湾的问题能够早一点解决。

胜文兄的母亲曾在家里请我和刘家女婿吃了一次火锅，至今难忘。他母亲干活干净利索，酸菜不带菜叶，切成细丝，锅底的沫子也打得非常干净。他母亲这个人办事说到做到，入情入理，本来当时街道办事处的工厂强行租下我家的房子，每季度就给十几元，父亲由于是右派身份不便出面讨说法。吃火锅时提到街道办工厂之事，我才知道街道的书记姓张，是胜文兄的亲老舅，于是我就把始末缘由说了出来。胜文兄母亲很是气愤，说必须得把房子要回来。结果第三天胜文兄就告诉我说书记答应马上腾房。

胜文兄办事的准成劲儿像他母亲。这样的母亲教育出的孩子不会差。胜文兄后来一共到鞍山三次，他及哈姓回族朋友和酒厂朱姓兄长同来，都是我做东招待，每次都在金家羊汤馆。饭后我们一起去KTV小坐，胜文兄都会提前将歌曲工工整整用稿纸抄写清楚，绝不敷衍。我到他家看望他，发现他为其夫人准备的手推车都甚为考究，只为让他夫人坐起来更舒服。他这种性格绝不是一朝一夕能养成的习惯。很遗憾不知道他的辞世，否则必去吊唁，或许能给他写些什么以示怀念。这么好的兄长，个人修养极好的朋友，找不到了。

我还有一位朋友，叫汪新民，和钟士英、郭万顺都是同学，1978年恢复高考的第二年也报考了文科，可惜当年没有录取，估计是数学太差没得到分。以他的文科水平，数学哪怕得到20分都能被录取。他和他妻子都是知青，现已搬到市内，工作安排在哪我已忘记，主要是他回城后没几年就退休了。2010年哈姓回族朋友到鞍山找他，他在鞍山铁西大西街开了一家酿名斋，给商号起名，据说生意不错。2012年钟士英儿子结婚，据说他们几个人都去了，我本来也应该去的，可能是因为钟士英向我夫人借了一笔钱，一直没有还，就没好意思给我打电话。汪新民的家庭背景我不清楚，但他家是职工户，虽然高考落榜，但是靠夫妻二人都是知青的身份，也把户口迁回了城。汪新民一直自学文学，他与前文所说的郑叔当年在一个村庄。我不了解他子女的情况，他也不太谈及子女，也不过多谈及酿名斋的情况，估计可能是子女也没有考取太理想的高校吧。与他见面聊天时我是毫无保留的，当时谈到了我毕业后分配到的第四十八中学，那所中学是一所完全中学，全市规模最大，七十多个班级，四千多学生，放到如今也是超级大中学吧。且文革之后到四十八中任教的教师大多为名牌大学毕业生，如北京大学、南开大学吉林大学等。从七十年代末到八十年代初，落实知识分子政策以后，以台安县清华大学毕业生调到政协任副主席为转折，不少京津名校毕业生都通过各种关系在市里找到了应有的位置。那个任政协副主席的清华毕业生叫张大才，市里传说他大材小用，因此才调到政协以证明“人尽其才”。市政协总能通过民主党派发现人才或者就地提拔，但那时人们开玩笑地说入民主党派就别选“九三学社”，因为民众会认为人民公社又重新回到了社会中。

我的同班同学毕业后留校做中文系辅导员，他入学时已经是共产党员，很有组织能力而且在鞍钢时就是一炼钢的炉长，为人很好。八一年先到的市委组织部，后来到政协做秘书长，都是闲职，属于一般人请不到的职务。我当时在很认真地当教员，其间市报社招聘记者，我报了名且侥幸录取，但是到市教委办理关系时，赵姓主任说不能放你走，骨干教师放走了学校怎么办。后来我同学告诉我市教委主任的公子跟他关系相当好，只要找到他，一个电话就能办妥。以内此前小镇一位教中文的教师到海城办理调转，找到我，我给同学写了一个便签就办了，当时就是纯人情社会，有朋友或者同学关系，一张纸条、一个电话，很容易解决。但这次遇到自己的事我反而忘了应该怎么办，我当时确实愿意做新闻工作，以为当了记者会提升社会地位，至少有条件能为众庶谠言。

2010年左右，我到汪新民处谈了这些年的工作和家庭状况。那时我已快退休，在鞍山师范学院任图书馆馆长。为此我特意给新民带了一套《辞海》供他酿名时查阅使用。当时哈姓回族朋友也去了，新民请我们在铁西清真寺附近用餐，席间相谈甚欢。但是哈姓回族朋友只字不提他的孩子，问及近况只谈他经营的回民饭店。他开的这家饭店已有二三十年历史，羊汤花卷自诩为辽南一绝，而且小镇街道改革后，他家的门市恰好在沈大高速公路入口的必经之处，想必生意不错。谈起小镇的变化，大有物是人非之感。我也谈起了子女的近况，但新民闭口不提孩子的情况，可能是生活也不尽如人意吧。看来聚会应当少谈自己契意之事，多听朋友的信息为好，这算是一个教训。

之前提到一九八二年东北师大在文革后首次在东北地区招函授生，而我侥幸考上。当时我单位有一位老教师叫王逸伟，年近五十，辅仁大学毕业，当年被打成右派，妻子与其离婚，孩子都跟了女方。他知道我父亲、岳父都是“右派”，他自己也是“右派”，于是对我有一种天然的亲近。当时全市共录取13人，我们班考上3人，入校时才知道，原来东北师大函授招生对于东三省是有名额限制的，如果没有这次考取函授生，我可能很难转入高校，因为当时调转工作到鞍山师范学院，我就是凭的这张东北师大的毕业证书。

在东北师大读书时认识了当年全部鞍山考生。因为大家都来自于同一个城市，因此显得尤为亲近。来自五十七中学的贾克柱，年龄比较大，家住市郊。五十七中学的具体位置我并不知道，估计是在远郊吧。贾克柱后来正是因为就读过东北师大，从五十七中学调转到重点高中第三十中学，而且学校还给他分了房子。遗憾的是贾克柱因为罹患糖尿病已于几年前病故。

还有个同学叫王德龙，1948年生人，原在鞍山七中工作，后来转入鞍山化纺厂做中层干部。由于岫岩县划归为鞍山市管辖，而岫岩丝绸厂又连年亏损，于是王德龙与化纺厂另一个姓金的中层干部被鞍山市派往岫岩丝绸厂火线救急，二人工作不到两年，但无力回天，最后只能回到鞍山。不幸的是，辽宁省当时出台新政策，被派往亏损企业不能扭亏为盈的外派干部不能再安排工作，也不能回原单位，王德龙就成了新政策的牺牲品而变成失业待岗状态。

恰巧那时我在鞍山师范学院成人教育学院主持工作，面向社会招聘教师和教学管理人员，王德龙便应聘为语文教师，顺便也代为管理自考教务。那时贾克柱已经退休，我们三人倒也有时间经常聚在一起研究学问，偶尔小酌几杯。后来成教院在岫岩、海城和台安县设立函授站，由于中文专业比较多，所以像贾克柱、王德龙、刘海涛、宗彬等资深语文教员都到成教院兼职授课，函授站办得也是风生水起。

那些年正在讨论“国学”，对国学的概念众说纷纭。有些大学甚至把中文系干脆改为“国学学院”。实际上关于国学的讨论是汉民族的习惯性思维。其实大学中文系严格归纳应为“汉语言文学系”或“汉语言文学专业”，叫成中文系是一种习惯称呼。类似《中国文学史》这种称谓并不严谨，称汉语言文学史更恰当一些。因为中文不等于汉语文，“汉语文”的概念与“中国文学史”的内涵有相同之处，也有不同之处。一般认为中国文学史的中国概念与汉语概念有一些区别，当人们编撰中国文学史时其内涵是汉语文内容，一般没有将中国与汉语文再加以区别。多年的大汉族主义界定了汉语文即中文，中文是指中华民族的多个民族的语言而非汉语文一种。正是因为这种误解，使得中国历史上就排斥其他少数民族，不给少数民族以应有的地位。甚至连孙中山和蔡元培都犯了类似的概念错误。他们的头脑中没有中华民族的大概念。如辛亥革命的口号是“驱除鞑虏，恢复中华，创立民国，平均地权”。孙蔡口中的“鞑虏”指的是满族统治者，把作为中华民族一部分的以爱新觉罗氏为首的满族统治者驱除，请问驱除到哪里？恢复中华？难道满人政权不是中华政权吗？再往前看，蒙古族的元朝难道不是中华政权？其实就满族政权而言，进入北京之前便认同汉族文化，所以满族统治者接受汉人范文程的建议，安葬崇祯皇帝，祭奠孔子，用科举制选拔汉人为官，很快得到了汉人对其政权的认可。请问前朝有几个政权做得比满人豁达的？孙蔡的“小中华”之狭隘无法与满人的“大中华”相比。至于满清后阶段的腐败是君主制度的共性，而不是满人所独有。对外战争的丧权辱国是封建农耕社会的固步自封败给了以英国为首的先进工业社会的结果，这是两种制度的对垒。

中华民族的优良传统是，即使自身非常强大，也不会倚势欺人，农耕社会晚期，中华各民族仍然以平等相待，很少以武力相威胁。从历史上看，英法俄美就真的一直文明吗？尤其英国，全世界都不会忘记他们曾经野蛮地明抢豪夺，大英博物馆里那么多圆明园的文物就是你们“文明”的耻辱记录。

这些国家掠夺财富后摇身一变成为“文明”国家，制定各种规则成为他们当然的权力。尤其联合国总部设在美国，更是近水楼台。对各国在联合国内每年出资的金额我并不清楚。中国是七十年代中期加入的联合国，但是中国政府在国际上一直地位不高，尤其是人权问题，一直是中国的软肋。

邓小平主事时西方七国因为天安门事件对中国就人权问题予以制裁。现在的美国动辄以其在国际上的地位对其他国家以制约或制裁。如：对俄罗斯、伊朗、中国、欧共体等等。中国因为在国际上声誉欠账太多，想要达到发达工业国家的地位，还有很长的路要走。

关于国学的概念，似应倒退到汉武帝“罢黜百家，独尊儒术”的西汉王朝，司马迁对刘汉王朝没有好感，但作为史学家，她还是实事求是地记录了这段历史。历史上国学是官学，是由国家主导的意识形态为代表的学术思想。官学应满足两个条件，其一，国家以此选用官员，《礼记・王制》“顺先王诗书礼乐以造士。春、秋教以礼乐，冬、夏教以诗书。王大子、王子、群后之大子、卿大夫元士之适子、国之俊选，皆造焉。凡入学以齿。将出学，小胥、大胥、小乐正简不帅教者以告于大乐正。大乐正以告于王。王命三公、九卿、大夫、元士皆入学。不变，王亲视学。不变，王三日不举，屏之远方。西方曰棘，东方曰寄，终身不齿。大乐正论造士之秀者以告于王，而升诸司马，曰进士。”

西周以后五百年间，由于东周无力统一学术思想，形成了百家争鸣的局面。秦王朝是一个尚首功的政治集团，排斥儒学，且是一个短命的王朝。汉统一之初，急于应付内忧外患，来不及统一意识形态，即使黄老之学盛行也未形成官学。汉武帝是一位雄才大略的国君，自此始有“罢黜百家，独尊儒术”。此后尽管朝代更替，但以孔子为代表的儒学思想始终为官学正宗，直至君主制结束。按现代国学概念内涵已然扩大，私应包括文学。

官学又称经学，汉武帝始设官学五经。孔子对于五经都曾研究过。包括《周易》、《尚书》、《诗经》、《礼经》、《春秋经》。《周易》由三部分构成，六十四卦、卦辞、爻辞。六十四卦伏羲所制，后者卦辞文王所填，爻辞周公所填。孔子为《易经》作注，称为《易传》。《尚书》，即上古之书，上起唐尧下至秦穆公。《史记·孔子世家》记载《诗经》为孔子整理，共三百零五篇，分“风”、“雅”、“颂”三部分。《礼经》是《周礼》、《仪礼》和《礼记》的总称。《礼记》中很多篇目出自孔子。《春秋经》即鲁国史书，原为《不修春秋》，经孔子整理，修订为《春秋》。又有三人为《春秋》作传。称《春秋左氏传》、《春秋公羊传》、《春秋谷梁传》。三传观点宗《春秋》。这样研究五经实为学习研究孔子的儒学思想。汉武帝之后的历史以儒学多代表的文化思想为主流，虽有起伏，但终究不曾出现颠覆性的变化。魏晋南北朝佛学盛行，南朝时大有取代儒学的趋势，正所谓“南朝四百八十寺”。而北朝少数族群则修建描摹佛学的洞窟居多。民族大融合之后，汉人为主流的隋、唐仍尊儒学。唐朝是一个宽容的帝国，儒释道并存，三教互为学术，政府任其发展，但儒学仍为主流。到了宋朝，虽然已是积弱积贫的政权，却更重儒学。到了南宋，在二程的基础上又将《论语》、《孟子》和从《礼记》中抽出的《大学》、《中庸》合称四书，进入科举成为程、朱理学和孔孟之道。元朝为少数民族政权，不喜儒学，八十多年间只有两次科举。汉人士子少了晋升之路，许多文人跻身戏剧创作，或参与梨园表演，反倒成就了元杂剧的发展。明清两朝以儒主国，举国文人读经，明朝虽有弃孟子的历史，但不影响其儒学一统。清朝晚期迫于内忧外患，废科举、兴办新学，以“四书”“五经”为主的官学始息。

作为官学，孔子的思想始终居于主导。无论内部宗教的“道”，还是外来宗教的“释”，始终不能进入官学的正统，原因在于儒学思想为宗的学术方向对国家主张的意识形态有固化作用，一种思想能为民间和政府都认同，是儒学所独有。而道、释都有所欠缺。“道”的无为、“释”的来世，都缺少进取，都不如儒的兼济天下。政治主张的国家统一，王道权威的“天下有道，则礼乐征伐自天子出。”反对分裂的“天下无道，则礼乐征伐自诸侯出，盖十世希不失矣。”政治秩序的“君君臣臣”，家庭关系的“父父子子、兄亲弟恭”，社会和谐的“朋友有信”，执政的“中庸”，仁政。既满足了政府又满足了民众。而“道”

与“释”或此或彼，都不如儒学。

官学五经“周易”为首，由卦而来的“周易”是中华民族文化的源头，卦的阴阳为宗表达了中国初始阶段对宇宙、自然的认知水平。“周易”的元、亨、利、贞是对卦的评论水平，本少善恶概念。孔子为《易经》作传，提出了古人认知自然的“象”的概念。指出卦是人们无能力解释自然现象的原因。孔子赋予已无生命力的新思想。如“元”的善之长，反对并否定神的无德。提出筮占的不取险恶。规定统治者修养各种品德，以利国利民。孔子不信筮占，但无能力从科学的角度描述筮占的欺骗性。从商朝开始的“龟人和筮占”到孔子的东周依然作为定国策的依据，孔子只好用“子不语怪力乱神”和“不知人焉知鬼，不知生焉知死”，以天地最大的恩德为生养万物等诸多论述来否定之。使《周易》充满了儒学思想，使《周易》焕发了“卦”产生初期公用的人文色彩。孔子对极具欺骗性的筮占只能停留在批判的程度而确实无能力用科学角度予以驳斥，孔子赋予“卦”以人文色彩，也从另一角度看出孔子的无能为力。

如孔子对“乾、坤”的“自强不息”和“厚德载物”表达了民族精神。解卦的“赦过宥罪”以缓解社会矛盾，师卦的“容民畜众”，履卦的“辨上下、定民志”，泰卦的“以左右民”，蛊卦的“振民育德”，临卦的“容保民无疆”，观卦的“观民设教”都涉及民，突出了儒学的民众观。

总之，孔子的《易传》既解说卦和《易经》，又阐释了人们早期对自然的认知过程。《周易》从卦到经到传，完成了儒学思想仁爱的抽象到具体的过程。孔子的《易传》颠覆了《易经》的初始认识，成就了儒学经典的地位。于宋代出现的太极图将“周易”与道教生硬联系，莫名其妙。而自西汉始有的儒者为阿谀奉承统治者杜撰符谶说。以及以后由于统治者展筮不验而摒弃的筮占特权于民间，亦有拾牙慧者如获至宝以之行骗，确非孔子“传”之本意。

《尚书》由孔子整理并排序。《史记·孔子世家》“追迹三代之礼，序《书传》，上纪唐、虞之际，下至秦缪，编次其事……故书传，礼记自孔氏。”

《尚书》的进步在“洪范”的五行说，奠定了中国哲学的物质观。尧舜的记载突出了中国政治文官政府的雏形。《禹别九州》是中国版图认识的早期记录。其中以汤武革命最为著名，孔子于《周易·革·象传》评价说“汤武革命，顺乎天而应乎人”。《尚书》的其他记录对后世亦多有启迪，如《周书·旅獒》中的“玩物丧志”。

《诗经》在孔子未删订之前称“诗”，篇目繁多，经孔子删订为“风、雅、颂”三部分。共三百零五篇。后人又称诗三百。《诗经》早期不作为文学作品看待，视为与政治关系密切的文献。《毛诗序》对风、雅诗的作用描述道“风，风也，教也……先王以是经夫妇，成孝敬，厚人伦，美教化，移风俗……雅者，正也，言王政之所由废兴也……”孔子非常重视诗的教育作用。

他著名的“兴、观、群、怨”说的“不学诗，无以言”对后世影响很大。西汉后诗成为官学之一。到南朝刘勰《文心雕龙》中将诗独立于文学作品，认为诗为中华文学滥觞。

《礼经》是三礼的总称。《周礼》记两周政府部门的机构设置，丰富了尧舜的文官政府架构，反映出政治管理较成熟的治理模式。以后各朝几乎都宗《周礼》的文官政府模式，一以贯之，至君主制结束。

《仪礼》记西周贵族生活的讲礼仪式，可为人们提供史料价值。

《礼记》中孔子专论不少，特别《大学》、《中庸》被宋朝以后作为官学的重要内容，其中多引孔子文章论述，是孔子政治观的综合体现。汇集《论语》、《孟子》，成为科举必读，后代每提到儒学，必有《四书》、《五经》及“子曰”、“诗云”，影响深远，可见一斑。

孔子修春秋的“一字褒贬”、“乱臣贼子惧”，成为后代秉承的修史原则，称“春秋笔法”。

《四书》中的《大学》提出执政三原则；《中庸》则为统治者提供“中和以为用”的思想方法。尤其“非天子不议礼、不制度、不考文”树立君主的国家权威，与《论语》的“君君、臣臣、父父、子子”的封建政治纲常，共同形成君主制秩序。以后《孟子》又有“仁政”的描述，其“王道一统”与孔子一脉相承。

现代世界范围内汉语热度甚高，孔子学院如雨后春笋，颇似工业革命后的英语热。后者虽有野蛮时代的印记，坚船利炮推波助澜。但代表文明的是工业革命的科学技术。孔子思想已不再是现代中国的官学，现在中国的官学是毛泽东、邓小平及后继领导者的理论。然而毛的学说意识形态印迹太强，后者的理论特性过于鲜明，都不易划一认识。因此，以孔子为符号，替代官学。且孔子的“仁爱”、“和为贵”认同者多，少意识形态输出嫌疑，如同英语热为吸收科学技术搞交易。而学汉语的目的亦无大的不同。文学在中国君主制的历史进程中从未取得官学地位，因为文学无法满足官学的两个必备条件，更重要的是文学的思维方式多呈官方意识形态的反动，大凡生命力强的文学作品多批判现实，多揭露政治弊端。于是封建政府大都反感。统治者再愚蠢也还是能分辨正直的讽诤与尖酸的讥讽，且以娱乐为主要功能的文学多发生于市井，先天地位低下，这样君主制时代文学地位决定政府选官不用文学。尽管唐宋诗歌曾进入科举，也只是体裁的进入而非文学性的内容进入。致使有政治抱负者多走仕途，读经为正统，士子崇尚非礼勿动的清心寡欲，涉足歌楼酒肆为士子所不齿。

西汉年间虽牛耕普及，农业生产力水平提高，但政府的重农抑商的政策限制了城市的发展。隋唐以后，商品经济得到较快的发展，商品交易的集散地发展成为城市。市井文学的出现，吸引了落魄文人和志得意满的官员。文人出入歌妓场所刺激了文学创作水平的提高，唐宋年间女性跻身诗词歌舞场所参与活动，如“吴姬押酒唤客尝”。然学经士子远离歌舞场所，正流官员视市井文娱活动为下九流。如此，文学思维的反动，官不喜欢，有下九流之嫌的不雅，士子避之。唐宋以后的文学是这种社会环境的产物。

中国文学以诗经为源，但在文学概念未明确之前，政府和文人都不视其为文学。文学史重风诗，认为最有价值。但诗既为经，传统认同更重大小雅。孔子着文多引诗以说理，所举以“雅”居多，“风”的比例极低。《礼记·淄衣》引诗二十二例，《大雅》九例，《小雅》七例，《风》四例，另一例为逸诗。《孟子》共引诗三十六例，《小雅》七例，《大雅》二十例，其余为《颂》。因为孔、孟着述多涉政治。《诗·大序》“雅者，政也，言王政之所由废兴也，政有大小，故有‘小雅’焉，有‘大雅’焉。”到了南朝刘勰始定文学属性，《文心雕龙》为文学分类，始有“辨骚”、“风骨”、“明诗”、“乐府”、“诠赋”、“神思”、“体性”和“变通”。诗缘起是唯政。所谓“嗟叹之不足，故咏歌之……”此为文学创作的自发阶段，到屈原才由自发到自主创作阶段。

中国文学史传统推认为七大家，屈原、司马迁、李白、杜甫、白居易、关汉卿、曹雪芹。北宋苏轼可谓翘楚，但北宋的小朝廷不具备产生恢弘力作的社会条件。明代汤显祖及其《牡丹亭》固为杰作，但戏剧总不如元杂剧的开拓性。章回体小说如

《三国演义》、《水浒传》毕竟为市井书场之产物，加之明清“文字狱”文化禁锢，成就大家甚难。君主制时代文学被排斥于正统学术之外，难登大雅之堂，更说不上得到扶持。元杂剧似有例外，元统治者自身对其喜爱，但并非重视，当时作家无法进入社会主流阶层，尽管已粉墨登场。曹雪芹以一部《红楼梦》成就文学大家，因为其作品非市井书场产物。

屈原的楚辞开骚体新样式，因此刘勰说：“自风雅寝声，莫或抽绪，奇文郁起，其离骚哉！”之后楚辞开汉赋先河。屈原是文人署名著作的开始，打破了以往作者无署名的惯例。

司马迁的《史记》本为史书，但文学史南北朝之前似文与史界限不清。如先秦文学就包括诸子和历史散文。《史记》开纪传体写史先河。故推司马迁为传记文学鼻祖。所谓“史家之绝唱，无韵之离骚”。

唐朝自玄宗之后四十余年国力强大，天下太平。开元、天宝更进入中国君主制历史鼎盛时期，自然要有文人歌功颂德，而唐科举诗歌为重要内容。范文澜评说文人诗歌“科举入官者只有诗歌作的好与差，没有不会作诗的人。”唐诗正是这种政治、经济、文化背景的产物，空前绝后，恰如其分。唐出现三位大家，不足为奇。

关汉卿为元杂剧的代表，《窦娥冤》为元杂剧成熟时期的产物，元杂剧创新文学体裁，开启中国戏剧文学发端。

《红楼梦》以专业独立创作成书，结束了小说汇总，归纳说书艺人脚本的小说创作形式。虽不具中国小说创作史的力度，但结束了一个时代，虽样式仍宗书场的章回，但此章回非彼章回。

文学同其他非儒学思想一样都不是官学，也便不可强称“国学”。如同《义勇军进行曲》，同时代的抗日救亡歌曲不能都是国歌一样。称之为中国传统文化是合适的。民国时期“三民主义”是官学；现代官学则是毛泽东、邓小平及后继领导者的理论。因为这些学术思想满足了官学的两个条件：主导意识形态的学术思想和中央到地方各级党校为国家提供官员。

第二章

奶奶当时要带领父亲、姑姑到南台前柳河村父亲的舅舅家参加表弟的婚礼。父亲的表弟与父亲同年，比姑姑小两岁，姑姑一九二三年生人，父亲的表弟一九二五年十月生人，比父亲小一个月。

参加婚礼是舅爷爷雇了一辆马车来接的，当时奶奶在腾鳌镇住，以往到父亲及姑姑的舅舅家都是步行，这次雇了马车是因为给儿子娶媳妇，所以显得很铺张。而且这次婚礼要持续三四天，舅爷爷是南台大村的堡长，也想要利用一下手中的权力，况且还是自己儿子的婚礼。舅爷爷自从当上堡长，还不曾像这样铺张过，他当堡长是日本投降后的事，应该是在一九四六年，那时的时局基本平静，苏联受当时雅尔塔会议之邀，出兵中国东北，对日本关东军作战，前后不过十天就从黑龙江打到大连，后来父亲说苏联人很能打，他们挟打败德国人之余勇对日作战，每天听广播只是说苏联的坦克继续前进，似乎没有停下来的迹象。原听说日本关东军与苏联交战是平分秋色的，而后来就根本不在一个水平了。苏日的战斗不到半个月便结束了，满洲国皇帝溥仪被苏联红军俘虏，押解到西伯利亚。苏联红军到鞍山以后也根本没有受到日军的有效抵抗。辽南一带自一九四六年以后，好像没有国民党军队，苏联军队似乎更急于到大连。日本人一直想占据大连，且有一些军队驻扎，但苏联似乎更在意大连的归属。苏联人的坦克在一九四五年八月从黑龙江到吉林山区还同日军有接触，但战斗并不激烈。后来共产党的小股队伍很快占据了辽南，有些军队占据了大连、金州。总之，当时日本人已无力顾及大连和金州，共产党的军队与苏联军队似乎达成了某种默契，苏联军队的兴趣在大连，人们传说的大鼻子到处找中国女人的事情基本不存在，苏联军队急急忙忙路过海城直接南下到大连去了。据说大连以外的原日本军队的仓库都被苏联人给了中共。中共军队整天与苏联军队喝酒联欢。舅爷爷就是在这种局势下当上了南台乡的堡长，他的领导是中共辽南机关。舅爷爷儿子的婚礼是在一九四八年四月份举行的，那时候国共两党军队正在争夺腾鳌镇，为了避开战乱，因为当时我的老爷爷在本溪，所以父亲就把母亲送到了中共管辖的本溪。后来读这段历史才知道辽宁省当时除大连被苏联军队占据；沈阳、锦州、鞍山被国军占据；其他地区悉数被中共占领。

舅爷爷儿子的婚礼办得十分隆重，席面也极尽铺张。尤其舅爷爷被中共委以重任，更是志得意满。他的儿子据说在海城同泽中学上学时有一位国民党的三青团组织者曾经试图吸纳他入团，但中共很快占领了辽南，他也就没有公开身份，而那位三青团组织者也不知所踪。很遗憾的是关于这段历史，父亲无论如何也不愿再多说只言片语，唯恐会留下隐患或为其他朋友造成麻烦。

舅爷爷的儿媳妇本家是甘泉人，据说那时候受过完整初中教育的人很少，虽然海城是一个大县，也不可能每个乡办一所中学，于是很多学生都去城里上学，因为南台和甘泉是学生上学和返程的必经之路，因此设有车站。舅爷爷儿媳妇是甘泉乡堡长的女儿，毕业于同泽中学。舅爷爷儿子追求新思想，已与女方见过几面。南台的前柳河离甘泉镇不到十公里，舅爷爷的儿子比女方大三岁，这门亲事双方都无不满，舅爷爷家还有一个小儿子在海城读会计学校，毕业以后有一个烟麻公司说好聘用他。父亲的表弟取名与山东习惯一样，山东的乡亲有一个字落底的习俗，父亲表弟是“地”字落底，名叫章玺地，另一个表弟叫章砚地。

就这样他们二人年长者为玺地，少者为砚地。虽然当年同泽中学的那位三青团组织者已经不知所踪，但仍然有个人知道这件事。这个人就是从中小乡到同泽中学读书的岑姓人。岑姓人对三青团很感兴趣，同泽中学那个组织者当年见玺地兴趣不高，便接受了岑姓人的申请。但随着国民党撤离辽南，岑姓人三青团的事便不了了之了，这是岑姓人自己的描述，真实情况是否如此也无从查证了。玺地、砚地、岑姓人都没有公开承认是否加入过三青团，海城毕竟不同于沈阳，鞍山国民党的党团活动，重视程度远远不够，没有固定的办公地点、没有活动经费，基本属于业余性质。这种重视度与中共的党团活动有质的区别。中共作为执政党，党管的实质内容多，只要有中共的活动，其基层组织便存在。而国民党则不同，建党时只有省、市、县党部，但都不执政，也不掌握基层的组织机构，而且党部以下没有活动经费，使得国民党及其以下的“团”自产生那天起就先天不足，其与党有关的活动缺乏号召力，也没有凝聚力。缺少党团活动的象征，党团如同散兵游勇，可能广州、上海、武汉那样的大城市情况会好一些。但正因为国民党的党团不具备笼络人心的政治组织特征，党团成员自然也不可能把党团组织当作自己的家。国民党与共产党相比，似乎先天就缺少了灵魂。

舅爷爷家比较富裕，毕竟当堡长，每年有一定的收入。一九四五年以后满洲国的官员基本都卸任了，舅爷爷家原本就是一个比较富裕的农民，自幼受到山东人追求文化的影响，成就了农耕传家的良好影响。舅爷爷身体很好，个人形象也不错，舅奶奶祖籍是山东烟台，迁到辽宁已经有四五代人了，口音仍然夹杂着一点山东味道。他家的房子盖得很好，父亲说毕竟他家的买卖做得好，在镇上能排在三十名之内，据后来统计排名是第二十八。他家土地也不少，土改时以一九四三年占有土地为标准。母亲很聪明，前、后双台农民租种邓家的土地都送给了农民，当然都是山东迁来的乡亲。

而舅爷爷精力一般不用在积攒土地上，所以土地改革时家庭成分为贫农。但舅爷爷的房子是柳河比较好的瓦房，且习惯上房梁是中字梁，共盖了五间房，实际上是六间，分两个院，每三间一个院。房子前后都有可扩充的菜地，土改时基本上没有像样的大地主，所以像舅爷爷家这样的院子在柳河绝对算得上好地。舅爷爷家把精力主要放在培养孩子读书上，以期培养出第二代、第三代读书人，因为舅爷爷文化水平较高，两个儿子也都就读于同泽中学，非常费钱。旧社会读书没有义务教育，一般农民只能读到初小。小学分两个层次——初小和完小，四年级以上为完小，以下为初小。初小读完可在乡镇做买卖的店里求得一份工作，一年合格便成为固定工。如果一年后吃完年夜饭回到宿舍发现自己的行李在炕上是立起来放置的，就证明被东家辞退了，自己去会计处算账走人。旧社会辞退员工很委婉，东家说了算。所以给人家当伙计的，年夜饭吃的心情都不好，只有知道被东家留用了，心情才会灿烂。那个时候当服务员没有跟顾客打架的行为，都是彬彬有礼的，讲究明码标价童叟无欺。像《大染坊》里描述的现象根本不会出现。剧中那种纯粹是为了情节而编造的戏谑内容，无论如何不会出现上海卖家跟消费者吵架并嘲弄挖苦买家买不起的尴尬局面。

舅爷爷的朋友，即后来成为亲家的女方家长，在甘泉镇做堡长，他的女儿在甘泉村是数得着的美女，尤其还在海城同泽中学读书，属于才貌双全了。听说她家在海城镇里有一处买卖，经营得不错，她家姓甄，所以舅爷爷的玺地非常满意。两家说好婚后请玺地到海城协助经营，不过做什么买卖、规模多大，我并没有进一步了解。那个时代东北很富庶，尤其辽南，中长铁路东西延伸20公里都是小康人家，铁路过了吉林，从长春、四平一直到辽宁境内再到沈阳、鞍山、营口、大石桥、盖州、金州等地均是富裕之地。那个时候民风淳朴，据说当时在火车站、汽车站，排队买票不便时将行李包裹托人关照，根本不必担心丢失，买东西也不担心被骗。当时人口也没现在这么多，全东北也不过三千万人口，人少地多，钱很“实”，很禁花，金融活动少之又少。那时老百姓节约成风，农村的老头老太关键时候总能拿得出钱。一般到农村做客，东家没有招待不起客人的，捉襟见肘的人家凤毛麟角。农村讲究“会过日子”，把会不会人情往来当作评价家庭主妇的一项重要标准，家庭主妇一般会把一年以内可能发生的人情往来都预料到，古人讲“来而不往非礼也”。待字闺中的女孩，很早就向妈妈学习这项特殊技能。

玺地的婚礼，舅爷爷请了柳河村有名的婚礼主持人，不同于现代，那时候主持婚礼的人需要事无巨细全部掌握，不会出现丢、落环节的情况，这些人也没有专业职称，就是口口相传后打出名气，十里八村以后有红白喜事就经常请他们主持。玺地忙于接待参加婚礼的亲属和朋友，并按主持人的要求准备招待甄家客人，新娘名字叫甄心诚，父亲说这个名字取得很好，人也很好。农村办婚礼规模按酒席桌数而定，那时已有“名烟、名酒”的说法了，鞍山的物资供应又很不错，因此铺张一些的酒席当然会用好烟好酒招待客人。

婚礼进行得非常顺利，该来的亲朋也都悉数到齐。由于章家好多年没有办大事情，加上舅爷爷身为南台的堡长，所以前柳河村几乎每户都派代表出席了婚礼，甚至有一家全员参加。舅爷爷家的席面是“六大帅”，即六个凉菜、六个热菜、六个单件，单件是什么？比如一只鸡、一个肘子，这都属于一个单件。四月份本来没有什么青菜，就用一些干菜代替，比如蘑菇、木耳、黄花菜、干豆角、土豆、红薯，总之厨师自有办法。那天本村的妇女都打扮得花枝招展，既然是堡长儿子的婚礼，当然得盛装出席。这些人早就知道新郎一表人才，又听说新娘如花似玉，婚礼时看到新郎新娘站在一起艳羡之情溢于言表。新娘在典礼上的讲话恰到好处，她说“小女子将以丈夫为天侍奉公婆，和睦家庭，仁慈乡里”。既有文化又不媚俗，措辞恰当，文化底蕴显露无遗。

玺地的同学岑里明也从中小镇赶来参加婚礼，岑家在中小镇也是富裕户，当时但凡在同泽中学读书的基本上家境都没话说，贫穷人家的孩子也不具备去同泽中学读书的条件。当时岑里明一心想上东北大学，但是由于家里生意经营不善，不得已放弃了这个愿望。

岑里明的到来，玺地、砚地、父亲、老姑还有甄心诚新娘有机会凑到一起。但毕竟新郎新娘还需要应酬，有些话只能草草敷衍，应付场面。父亲、老姑、砚地、岑里明大家攀谈，岑里明很有兴致，尤其见到甄心诚，因为他早就知道玺地这个女朋友。所以他此行不仅带来家庭对二人的祝福，也私下里跟玺地交流了三青团的事。碍于玺地从未公开其三青团的身份，故甄心诚虽然多少了解一些，却也不便多说。

婚礼举行得有条不紊，女家陪嫁来了两台马车，送了一个黄花梨梳妆台。男家充分照顾到新娘起得早因此没等很长时间就开始安排新娘用餐，海城这方面某些习惯比鞍山进步。那时被子是棉被，被面是贡缎，共四床，比一般人家多两床。舅爷爷给玺地买了一辆富士自行车，为女方买的英纳格手表。

新婚第三天按习俗要“回门”，玺地夫妻从南台坐大车到甘泉，路程不到二十分钟，下车再步行二十分钟就到了甄家。回门按礼节是要留宿一夜的，但玺地贪恋床第之事，表示当天就要回去，甄心诚也想走，但碍于父母大人的执意挽留，只好在甘泉留宿。甄心诚的父亲对女儿是百般不舍，但女儿总要嫁人，况且这门亲事全家上下都很满意。这回又听女儿说出嫁这几天的情况，也就算放了心。之前说好的婚后玺地要去海城甄家的店里去工作，正好这次一并安排。甄家的店主营洋货，一般都从日本进货，日本战败后，货源受到影响，也没人专门跑货源，所以商店经营暂时停顿下来。所谓的洋货无非就是搪瓷盆、碗以及相关器皿，日本因为其钢产量的优势以及先进的工艺，因此相关产品颇受欢迎。侵华战争爆发前，日本年钢产量一千多万吨，而中国鼎盛时期也只有一百五十万吨而已，虽然战后中国钢产量大幅提升，但产量不足以支撑广泛制作生活类用品，反观日本，因为战败反而不需要大量生产军火，改为大量制造民用器物与中国做生意。表叔在日本投降前专门研究过日本的经济，尤其研究过明治维新开始的日本工业革命的历史。听二爷爷说海城做日本人的洋货生意都通过邓家的洋货店，海城人的生意虽然弄得很兴隆，但洋货这一块搞得不如鞍山，尤其是腾鳌。腾鳌镇那时商业经济异常活跃，尤其是依托于鞍山的背景。在满洲国的管理下傀儡色彩不是很明显。中长路左右基本由满洲国管理，百姓见到的无非是中国人的警察，在学生中有喊“反满抗日”口号的，但日本人和满洲国警察配合着管理，偶尔有反满抗日者被日本尤其是满洲国警务人员管制，基本上没有大规模反满抗日活动，日本人也不介入满洲国的政府和治安管理，满洲国自认为自己是一个独立的合法政府。在满洲国政府中不存在刺刀下的管理，且满洲国的干部基本上是汉人，也有极少的满人，但没有日本人。因为日本人不会傻到在各级政府中都安排一定数量的日本官员。在日本眼中，满洲国很像甲午战争后的台湾，日本人也一直把东北大部分看作自己的版图。他们认为日本既然占有了东北三省，则三省应归属日本。关东军在东北基本没有战斗，主要任务是防备北部的苏联。另外，日本人占据东北之后，基本上没发生过大规模的反抗战斗，东北抗日联军的存在，根本没有给日本人带来任何麻烦。北方边境的管理一般由日本人负责，苏德战争后阶段苏联唯恐日本人骚扰，自顾不暇，根本没能力支援抗日联军，如果发生抗日联军为躲避日军的围剿而越境到苏联，从共产主义方面则睁一眼闭一眼，也算是对抗日联军的关照了。总之，人们不会赤裸着胸膛去面对日本人的刺刀。而当时日本人也认为满洲国是被他们所拯救的。中国人政权得益于日本人，日满亲善让中国人接受，尽管不是从内心接受，但至少也不是刺刀胁迫下的接受。另外，日本文化发源于中国，日本人想到一个很能让中国人认同的口号：同文同种。日本人的教育在东北也得到满洲国人的认同，如小学、中学都学日语。日本人非常聪明，不把中小学的日语学习作为外语课。他们处处借鉴管理台湾、琉球的经验，认为既然琉球国、台湾岛都管理得很好，尤其关东军和日本军队中有一部分琉球士兵和台湾士兵。日本人对国与国的概念很清楚，既然满洲国以国相称，就是一个独立的国家。这一点至少溥仪皇帝是如此认为的。不管怎么说，儿皇帝也是皇帝。满洲国从成立那天起就在日本人的控制之下，与关内的汪精卫政权有区别。汪精卫的口号中有“曲线救国”，满洲国自己独立成国，不用救。但无论如何日本人至少在形式上给满洲国以礼仪上的满足。

日本人既然在东北三省没有对手，当然就开始明目张胆地往黑龙江派驻日本国民，如“开拓团”之类的变相移民，作出在东北长期居住的姿态。日本人与东北中国人的关系似乎也算融洽。日本在东北不侵犯居民的利益，只是大力发展种植业，如马铃薯、玉米。反正在黑龙江已有众多的开拓团。黑龙江的居民自然也没有必要与开拓团发生摩擦。开拓团以纯民间形式来到中国东北，日本国民与中国国民互不干涉，没有利害冲突，双方关系就像与本国国民一样融洽，各安其居。中国国民也没有保家卫国的责任，居民不需要管理土地，由政府统一管理，但关键问题是他国国民到你的土地上耕作，且毫无理由，这就是侵略。弱国无外交，自从清政府与外国人开始打交道，除康熙和俄国签订《中俄尼布楚条约》以外，几乎每次交手都是以清政府失败而告终，直至最后一次八国联军强签的《辛丑条约》为止。说李鸿章是卖国贼当然不公平，他身后是一个羸弱的中华帝国，不具备与外国人据理力争的先决条件，每次都是被迫签字。因此人们无比怀念尼布楚条约。后期的每一次即将“国将不国”时几乎都是李鸿章在谈判桌前用白银换来回来的。

表叔表婶想把生意做好，准备同战败的日本做洋货生意。国耻之类的不在表叔表婶的考虑范围之内，当然在他们看来，这也不是他们需要操心之事。他们通过辽南八路军办事处的人与日本人商讨，将国内的镁矿出口到日本一部分，然后用镁矿石的回款购买洋货。在日本宣布投降后的三年又恢复了商贸往来，这也就是我二爷爷当年的洋货生意。

日本人深受中华文化的影响，很讲诚信，做生意从不耍赖，言而有信。当时东京审判正值关键时刻，中、苏、美、英、法、比、荷都站在同一立场主张对日本战犯处以极刑，只有印度推荐的法律专家站在日本政府立场，但力量十分微弱。在天皇的去留问题上，日本政府苦苦哀求，因为天皇是日本国家象征，恳求法庭考虑到日本国民的意愿，保留天皇，并提出天皇不同于战时身份，只相当于英国女皇的国家地位。作为国家象征，不会像日本发动侵略战争时那样以国家元首身份出现。提议通过，对日本是一个天大的喜讯，时至今日，日本天皇的实际权力也正如战后审判时承诺的一样，只是国家象征而已。而日本对于给亚洲其他国家造成的损失，除深表悔悟以外，以战争赔款的方式予以补偿，基本上消除了战争创伤，例如缅甸、印尼、菲律宾等受害国。日本投降后留在中国的开拓团成了“弃儿”，只要有男人肯接纳很多女人就会委身于对方。日本对这些人已经管不过来，只能任人欺侮，日本没有能力将开拓团的男女老少接回本国，所以到五十年代后东北还有很多日本人，侨不像侨，移民不像移民，据说六七十年代还有很多日本国民滞留在东北。七十年代中期还有日本人像中国知识青年那样上山下乡，当时有一项政策叫“清点”，就是凡知青只要符合政策都回城，我下乡的地方有一位朱姓女生，因为是日本人所生，到七十年代中期才回到日本，这类情况在东北很普遍。当然责任在两国政府，不在日本遗民。不过大多数中国人对日本遗民还是表现除了大度和宽容的，但日本遗民没有享受到知青点的待遇，日本遗民无论嫁给谁，只要有日本血统就可以回日本，但中国人不可以去日本，所以有很多中国人放弃回城，与日本配偶共守乡下。

七二年中日邦交正常化，日本政府还特意办理因战争遗留在中国的日本侨民的回国事宜，但即便如此，滞留在中国的日本人还是不少，大致分为两类，其一是开拓团的日本人，其二是日本投降后因各种原因滞留在沈阳、长春、哈尔滨等地的人员。据父亲讲抗战胜利当天所有中国人都买鞭炮，整个街道洋溢着欢快的气氛。所有的中国人无论男女老少全都喜笑颜开，父亲曾因反满抗日罪被抓到海城监狱关押了几个月，但是他自己也说不清楚这个罪名究竟是什么。但日本人规定监狱中不许打人，尤其是对政治犯，但无论是监狱还是警察局，都没有日本人监管，说抗日只是自己罗织，主要的罪名还是反满。

小镇上有一些日本人，多数是做生意的，也有在小学堂做教员的，与中国人相处得很不错。父亲说他没有见到过日本兵，一九四五年之后，一些伪满的官员和警察似乎就无所依靠了。先到东北的是一些从岫岩过来的土八路，据说是从庄河一带过来的，武器全是三八步枪，都是从日本军械库里拿到的，日本人还没有用过。日本决定投降主要慑于美国的原子弹，天皇认为战争不能再继续下去了，于是发表了终战诏书。

日本的投降以接受“中、美、英”三国的促令日本投降的《波茨坦公告》为最后文件。日本从此失去战争权，中国军民的抗日战争全面胜利，蒋先生趁势收回台湾及其所属岛屿。根据历史，根据二战中贡献大小应由中、美平分朝鲜半岛，但却只把台湾还给了中国，朝鲜北纬三十八度以北的朝鲜北部划归了朝鲜的救国组织。这样一来，以金日成为代表的朝鲜救国组织占据了朝鲜北部近12万平方公里的土地，这对中国显然不够公平。杜鲁门做了充分准备，由美国人代管琉球群岛和冲绳。而根据历史，琉球一直是清政府予以保护的，也可能是蒋先生看不上琉球群岛吧，但蒋先生或许看到苏联打完苏德战争后旋即宣布对日作战，没机会提出蒙古被苏联肢解的历史，而蒙古国，有一百五十六万平方公里。

总结一个历史，就是中国一直吃亏。一战的巴黎和会引发了“五四运动”；二战前后，清政府也签署了一系列丧权辱国的外交条约。理论上蒋先生是统一了中国，但那种统一只是理论上的统一。如青海、甘肃、内蒙古、辽宁、吉林、黑龙江，实际上都没稳定。黑龙江北面被苏联侵占了许多土地；吉林延边跑过来许多朝鲜人。建国后中印、中缅的边界问题上，中国总要显示自己的大度。比土地的辽阔，中国比不上俄罗斯，比土地的质量，中国不如美国，但中国仍沾沾自喜，认为自己海岸线足够长，而实际上中国控制的海域并不比台湾岛多。二战由于民国政府的贡献，世界上的地位一度出现了应匹配的地位。而这时的蒋公不去争中国的实际利益，反而于中共争夺双方都看不上的疖癣之地，如果当年蒋公大度一些，完全可以同中共和平共处。共产主义仅是一种思想而已，马列主义是一个时代的思潮，在世界范围内没有实现的社会基础，不如让给中共一点利益，不去争论谁是谁非，况且国家政权在你蒋公手中，当时的中共也并没有统一中国的愿望。只要蒋公等待几年，能看到中共的主张难以在全国范围内有什么成功之处。国民党的五院制距离共产主义比共产党的主张更近，且蒋公控制着全国的资源。苏联后阶段的共产主义主张的失势，就是因为共产主义无法给老百姓一个可能触摸到的社会现实，所以结束就是最好的办法。结果毛、蒋犯了相同的错误，就是天下事不让天下人去办，而自己又无能为力。蒋公、经国犯了相同错误，毛、周、刘犯的错误也与蒋公父子大同小异。

现在看，毛泽东当年的错误似更荒唐，全国百姓都疯了。毛的确相信自己能够解放全人类，毛是被郭沫若等人迷惑了，产生了错误认识。作为一个国民，能把自家事办好已经不错了，让全国人民都发疯，都喊着跑步进入共产主义，除了中共也没有其他党派能如此荒唐了。全国人民在疯子的领导下做着共产主义的春秋大梦，之后的错误更是一发而不可收，几亿人跟随疯子的步伐，不出错才怪。

话接前文，章玺地和甄心诚自甘泉回家后就精心打理洋货店，从日本进了很多洋货，他们认为日本战败后各种经济活动都停滞了。其实日本人已经开始反思军国主义带给人民的痛苦，早就开始紧锣密鼓地发展经济。日本人用军舰从中国购买各种矿石，又从日本向中国运输洋货。玺地夫妇从鞍山雇了一个从日本帝国大学毕业的留学生，还有从早稻田大学毕业的冯伯伯，当时他们正年轻，且冯伯伯学的就是贸易专业，日语也极好。玺地夫妇一唱一和，买卖做得有声有色。那时候海城是三不管地带，这种三不管大概持续了半年左右，显示满洲国的缉私警过问生意，但有冯伯伯的周旋，一切都好办。随着沈阳、长春的陷落，国军在东北的地盘悉数被中共占领，林彪大有视东北为掌中之物的架势，东北人心中只有林彪，认为其就是汉高祖时期的淮阴侯。当然这样的印象仅限于舅爷爷、冯伯伯、玺地夫妇的认知水平。

岑里明在玺地夫妇婚后曾经到访过几次，主要目的是想通过甄心诚为他介绍女朋友。甄心诚有个很要的同学，姓龚名文雅，海城八里人，貌美如花，且对古典文学颇有研究，尤以唐诗宋词为擅。龚文雅自幼在八里读小学，后来考人同泽中学，那个年代务农的家庭想供养一个大学生几乎是不可能的，所以未能考取大学。龚文雅同泽中学毕业后便到完全小学做教员，那时候做小学教员没那么多繁琐手续，学历、学识比较重要，当然，获得校长认同是第一位的，旧社会没那么复杂，你能讲好课就行。完全小学教员工资每月6元，初小每月4元，县里有教育局，只管任命校长，每年给校长发放经费，不存在拖欠工资的问题。龚文雅天生就是一个教书的料，龚家举全家之力供女儿读书却不能上大学，在海城这样的县城毫不奇怪。能读大学的人，家里不是大地主也是富农。之前说的冯伯伯家就是小镇永安村的首富，所以他能到日本早稻田大学留学。听父亲说当时一个大工比如木匠、瓦匠每月也挣不到五六块钱，前提还得是每天都有活干，赶上阴天下雨、头疼脑热的，就只能停工。一个大手艺人也只能供一个孩子读完小学而已。旧社会没有义务教育，上学缴费天经地义，如果缴不起学费就只能辍学，所以中途退学的孩子比比皆是。不过如果同意上军校就可以免学费，但必须与办学方签订合同。农村到城里上学的孩子能买得起球鞋的人凤毛麟角，即使买一双球鞋也不能随意穿，怕磨坏了没钱买。那时候上海生产的回力牌球鞋一双要超过十元，天津产的双钱牌也是价格不菲，所以一般县城的学生买一双白鞋，上下学都放在书包里，舍不得穿，男女生都光脚走路，临进校才穿上，所以一双鞋能穿两三年，前提是脚没有长得太快，否则挤脚当然也就没法再穿了。

龚文雅读了十几年的书，其间的艰辛程度可想而知。农业户供出一个高中水平且毕业就能当教员的孩子实属不易。岑里明正是因为这一点对龚文雅从认识到内心崇敬的。他想让甄心诚做介绍人，可甄心诚不愿意。甄心诚认为以自己的年龄不宜出面与龚文雅家的老人谈孩子的婚姻大事，她也没有这种经历。但是挨不住岑里明的反复央求，无奈之下也就试着安排了。甄心诚先让自己的父亲找龚文雅的父母，再由自己的公公到岑里明家做介绍人。因为她的公公是几乎全海城都认同的堡长，且为人、学识在海城极有名望，所以一出手即见效果。因为安排缜密且礼数周到，又有堡长介绍做媒，自然水到渠成。甄心诚父亲是小满的第二天到海城八里龚家的，龚文雅请了一天假，特意在家接待甄心诚父亲，因为甄心诚父亲当时已是乡长，所以八里乡的乡长也出面欢迎甄心诚父亲，龚家基本上对这门亲事也是认可的，所以将章玺地、甄心诚也请到家里。龚家虽是农户，但值此隆重场合到的客人也是不少。龚文雅的父母都上过学，有些修养和文化，但一生中没有机会参与到很隆重的场合，龚家父母素以贤德著称，接人待物恰到好处。各方见面也无需繁文缛节，况且八里乡长已喧宾夺主地将客人此行目的一一讲述清楚。甄心诚父亲也不需要说太多的话，只是问了一些耕作有关的事，通过交谈，拉近了各方的距离。八里乡长也是龚姓，替龚文雅父母接受了聘礼，而且按黄历记载将可能的婚期都选了出来。岑家本以为龚家供女儿读书花了不少钱，主动提出龚文雅做教员的前五年工资由龚文雅自己支配，总数计算出来由岑家作为聘礼一次性给齐。八里乡长有个外号叫“皆大欢喜”，谁家无论有多大事，他到场保证皆大欢喜。乡里民风不错，遇事不争互相谦让，因此各方极为满意。甄心诚父亲这回是第一次见到龚文雅，感觉本人比他人所述有过之而无不及，席间龚家内部的和气让人羡慕，看起来家庭是否幸福，和气是很重要的。我可以大胆地说，龚文雅如果嫁不到好人家，那一定是男方不懂得欣赏。因为龚文雅与甄心诚，我开始对海城人产生了特殊的好感。

舅爷爷对儿媳妇甄心诚特别满意，但他认为儿子儿媳做生意应该分开或者由儿子一人经营，甄心诚应该像龚文雅那样也做教员。甄心诚接受了公公的意见，先到甘泉镇做了小学教员，虽然只是甘泉初小。甘泉初小的校长姓邓，来自山东莱州。当时的趋势是可能把初小都变成完小，申请都已经报到了县教育局。

甄心诚父亲的媒人工作完成得很好，又在提亲时巧遇“皆大欢喜”，算是多交了一个朋友。六月初是芒种，对农户来说属于不忙不闲的时节。舅爷爷在这个时候来到岑家，陪同的有章玺地和甄心诚，还请来了牛庄镇镇长。岑家邀请到了中小乡的乡长。玺地夫妇主要是向岑家介绍龚文雅及其家中的情况，舅爷爷主要负责讲清下聘礼的详细流程。舅爷爷与牛庄镇长早就认识，那个时候各镇都没有书记这个职务，书记是建国后才有的。书记虽不是名义上的行政长官，但权力实际上比行政长官大得多，所有不好决定的事，最后都由书记拍板决定。有人认为部队中的行政长官为第一把手，这是误解，部队里谁是党委书记谁就是一把手。舅爷爷此次到中小镇是要把龚家的事情处理好，因为龚文雅结婚后要涉及到工作的事，比如安排到牛庄或者中小镇，牛庄的完小质量强于中小镇，且牛庄距离中小镇也不远，当然龚文雅如果自己愿意留在甘泉也是可以的，只不过婚后不太方便。牛庄镇是个大镇，镇中生意兴隆，岑家在牛庄也有买卖。岑里明同泽中学毕业后，一直在牛庄经商。岑家在中小镇是大户，岑里明是家中长子，下面还有几个弟弟，岑家在牛庄的生意做得不错。席间牛庄镇长听说龚文雅教学水平不错，当下就同意将龚文雅安排到牛庄完小。

牛庄镇长很会说话，明明是他给龚文雅办好了工作，却感谢舅爷爷给牛庄送来了一位好教员。牛庄人会说话、善办事的特点可见一斑。岑家千恩万谢，说舅爷爷给他家办了一件大好事，长子结婚为其家开了个好头，给其他几个孩子做了榜样。岑里明给舅爷爷一家雇了回程的马车，舅爷爷虽百般推辞也只能接受好意。回程中牛庄镇长半开玩笑地说真不想这一天就这幺快的过去。岑里明和龚文雅的订婚宴如期举行，请了本地名厨，席间由龚家母亲和岑家父亲分别给了厨师红包，开红包时说道东家赏银二百两，其实是二十元，这个数在农村已然不多见，厨师表示感谢。龚家与岑家在这种喜悦气氛中谈妥了婚期。舅爷爷是真高兴，听说岑家将婚期定于年末，表示希望早日喝到喜酒。

舅爷爷是山东人，到东北有两代人了，基本上没有了山东口音。说话时间久了偶尔带出一点山东的方言，如果不认真听，是万万听不出的。海城毕竟不同于沈阳，沈阳有山东会馆，定期搞活动。鲁菜是很有名的，独成一系，这一点辽宁只能望其项背，东北以后可以考虑开辟俄罗斯菜系或者满清菜系，独树一帜。鲁菜中的葱烧海参最有名气，海城民间比较讲究一点的席面上必须有这个菜。

订婚有看八字之说，根据在《周易》。《周易》其实是由爻组成卦，爻变则卦变。爻无非分阴和阳，“—”为阳爻，“--”为阴爻。司马迁对《周易》有详细记载。在《史记·周本纪》中有“西伯盖即位五十年。其囚羑里，盖益《易》之八卦为六十四卦。”乾凿度云：“垂黄策者羲，益卦演德者文，成命者孔也。”《十三经注疏》认为黄帝之前已有六十四卦，，文王只是演绎了《周易》并为之填写了卦辞。卦辞是每卦之前的一句话，如“乾、元、亨、利、贞”。而填写卦辞并非“演”。《周易》本文认为“演”应为重新排列卦序，即打乱了八卦生成的“乾一、兑二、离三、震四、巽五、坎六、艮七、坤八”的顺序，而形成了八宫卦的顺序。演变包括变卦，即阴变阳或阳变阴。前者产生了互卦、综卦的概念；后者产生了爻变则卦变的演变。但文王被拘于羑里，无法留下文字记载，因此后人对“演”《周易》的内容便产生了歧义。重排卦序是打乱了八卦原始生成时的顺序。

《周易·系辞上》有云“易有太极，是生两仪；两仪生四象，四象生八卦。”这便有了上文的乾一至坤八的顺序。而文王为什么要重拍卦序，其依据是什么？从《史记》中看有孔子的解释说明：“卦有小大，辞有险易”。大卦如“乾、坤、屯、临”，小卦如“家人、睽、恒”，险卦如“剥、否”，易卦如“谦、益”。险为恶，易为善。我们先不讨论卦辞、爻辞的内容，只说卦序。《周易·序卦传》“有天地，然后万物生焉，盈天地之间者唯万物，故受之以屯，屯者盈也，屯者物之始生也。物生必蒙，故受之以蒙，蒙者蒙也，物之稚也。物稚不可不养也，故受之以需，需者饮食之道也。饮食必有讼，故受之以讼……”这段话可作为重排卦序的依据。

《周易》打乱了八卦的原始顺序，新卦序有了意义的解释，还要有卦象的配合。文王用一个六画卦正反呈两个卦象来解决他重排卦序的需要。如屯卦与蒙卦，倒看屯则成蒙。以后人们将倒看成两个卦象的称综卦，即综合成两个卦，还有两个卦倒看卦象不变，如离卦，无论如何看都是一个卦，我们称这类卦为互卦，即互为一卦。

《周易》中能综合成两个卦象的有二十八个卦，可呈五十六个卦象。《周易》中有八个卦象不能呈两个卦象，即正反看都是一个卦象。如“乾、坤”，以后人们便称其为互卦，除“乾、坤”外如“中孚称风、离称火、颐称山雷颐、大过称泽风大过，坎称坎为水，小过称雷山小过”。八宫中每宫一个互卦，不同的是，乾、离、坎、坤卦名即为互卦。兑、震、巽、艮卦名不是互卦，而分别是兑宫的中孚；震宫的颐；巽宫的大过；艮宫的小过。还有一点不同的是，互卦乾、离、坎、坤的位置与卦的生成位置对应，如乾一、离三、坎六、坤八。而中孚、颐、大过、小过则分别于本宫的五、七、二、四。这是因为兑与巽、震与艮是综卦，故所在宫的互卦中孚、颐、大过、小过序位发生了变化。如兑二颠倒后为巽五，震四颠倒后为艮七，震、艮宫的位置为七、四。

卦序重新排列，以综卦、互卦形式出现。文王没有详细说明。而孔子在《序卦》中做了意义上的解释。但是互卦、综卦的客观存在则产生了三十六、二十八的概念。从太极生两仪、两仪生四象、四象生八卦的生卦方式，无论如何也只能生成十六、三十二、六十四、一百二十八、二百五十六……不能生成二十八和三十六。《周易正义·序》记“夏朝有连山易、商朝有归藏易”。有著作记载商朝归藏易有三十六卦的记录。如果确实有，则说明商朝已经有综卦和互卦。而三十六卦的认识，并非始于文王。但是《周易》的记载是通过新的序卦和孔子《序卦》而得出的结论，见诸文字的“二十八”和“三十六”来自《周易》。

本文还认为，既然卦是中华文化的源头，那么二十八宿、三十六天罡之于二十八综卦和三十六全卦也并非仅仅是数字上的巧合。

文王的卦序三十六全卦正反卦象可演示为横向排列，如乾宫，组成六画卦，说卦“乾为天、兑为泽、离为火、震为雷、巽为风、坎为水、艮为山、坤为地”。下卦如：乾为天、泽天夬，或直接读组合成六画卦的卦名，如大有。

孔子为《易经》每一卦都写了象辞，描述了卦像什么。《周易·系辞下》“古者包牺氏之王天下也，仰则观象于天，俯则观法于地，观鸟兽之文与地之宜，近取诸身，远取诸物，于是始作八卦，以通神明之德，以类万物之情。”“类”即“象”，包牺的象为物象，孔子距包牺近六千年，距填卦辞的周文王五百多年，其间卦象多有改变，呈现原始的物象向具有复杂思维的意象改变。因此说孔子之象已经不象了，已不再是纯物之象，而具有联想、类比、推理等较复杂的人文色彩赋予了象辞，表达了孔子的象。

孔子推测卦可能的象，列举了十三例。《系辞下》“作结绳而为罔苦以佃以渔盖取诸离。”孔子离象曰“明两作，离；大人以继明照于四方。”《周易正义》“离为日，日为明。”伏羲离象网，本文认为“离”是罗的借音，为罗网，否则离难像网。

益卦，孔子象曰“风雷，益。君子以见善则迁，有过则改。”《周易·系辞》记载“包牺氏没，神农氏作，斫木为耜，揉木为耒，耒耨之利，以教天下，盖取诸益。”孔子取于人品德修养有益，而后者获得食物于人生存有益。可见人们早期活动以获得食物为目的。

噬嗑卦，孔子象曰“雷电，噬嗑。先王以明罚敕法。”《周易·系辞下》：“日中为市，致天下之民，聚天下之货，交易而退，各得其所，盖取诸噬嗑。”神农民间交易以食物为主，与卦联系紧密。孔子的“明罚敕法”说食争为争之源，应制造法律制止食争，取得公平。

到皇帝时社会进入人文状态，卦便获得人文内涵。《周易·系辞下》：乾，坤卦。孔子象曰“天行健，君子以自强不息。”和“地势坤，君子以厚德载物。”此前黄帝、尧、舜垂衣裳而天下治，盖取诸乾、坤。前者突出国君的两种品质，后者反映了国家建立尊卑的等级制度。都突出了人文色彩。本文认为黄帝时期理论上的对偶婚已经形成，“垂衣裳”似在否定“男女杂游，不媒不聘”的野蛮婚姻。《家庭，私有制和国家的起源》中恩格斯的观点对对偶婚、男性为中心的确定，推动了人类社会进步。

涣卦，孔子曰“风行水上，涣。先王以享于帝，立庙”。此前为“刳木为舟，剡木为楫，舟楫之利以济不通。致远以利天下，盖取诸涣。”孔子取祭祀之象，与制交通工具大相径庭。《正义》“涣然无难之时享于上帝以告太平。”二者似风马牛不相及，需多方联系，找到联络点。但前面的“享于帝，立庙”与祭祀有关，“国之大事，在祀与戎。”

随卦，孔子象曰“泽中有雷，随；君子以向晦入宴息。”此前“服牛乘马，引重致远，以利天下，盖取诸随。”二者实无必然联系。

豫卦，孔子象曰“雷出地奋，豫；先王以作乐崇德，殷荐之上帝，以配祖考。”此前“重门击柝，以待暴客，盖取诸豫。”前者重国家祭祀，后者为预防，性质不同。

小过卦，孔子象曰“山上有雷，小过；君子以行过乎恭，丧过乎哀，用过乎俭。”此前“臼杵之利，万民以济，盖取诸小过。”二者字面难找到相似处。

睽卦，孔子象曰“上火下泽，睽；君子以同而异。”此前“弦木为弧，剡木为矢，弧矢之利，以威天下，盖取诸睽。”二者在意见上有一定联系。

大壮卦，孔子象曰“雷在天上，大壮；君子以非礼弗履。”此前“上古穴居而野处，后世圣人易之以宫室，上栋下宇，以待风雨，盖取诸大壮。”二者难找到相似之点。

大过卦，孔子象曰“泽灭木，大过，君子以独立不惧，遁世无闷。”此前“古之葬者，厚衣之以薪，藏之中野，不封不树，后世圣人易之以棺椁。”二者取“过分”。

夬卦，孔子象曰“泽上于天，夬；君子以施禄及下，居德则忌。”此前“上古结绳而治，后世圣人易之以书契，百官以治，万民以察，盖取诸夬。”官治上二者相通。

孔子推测自伏羲至尧、舜，如何用卦完成人类社会的进步和建立国家取得了人文社会的初期秩序。夬卦以后，随着文字的出现，卦的功用将过渡到与生活、生产相关的另一内容。对卦的功用，孔子用“盖”表示推测，而非来源于文献。此前的取象有物象也有简单的意象，到了孔子则完全取古国家制度建设相关的抽象概括。

从采集业到渔猎，再到农业，进而人文社会的出现，夬卦表达了文字的创造。如果没有相应的国家行为，则不可能实现。黄帝时以男性为中心，形成名义上的对偶婚。《史记五帝本纪》就描述黄帝姓公孙，娶嫘祖为正妃，有二十五子，其中十四人得姓，可证明。如果说卦出现之初只表现人们的思维形式的原始性，只反映早期的简单取物象的活动，到了黄帝之后人们已具备复杂的逻辑思维能力。造车、船已不是简单的劳动，建立人文的国家更是复杂思维的结果。《系辞下》所举九事无不与国家行为有关。

孔子时君主制定型，国家相应制度完备。社会意识形态深入，道德标准确立。孔子卦象如实反映当时的社会现实，且欲统治者修德施仁政，做仁德国君。

卦象有“德”描述的如坤、需、畜、否、豫、蛊、大畜、坎、大壮、晋、蹇、夬、渐。这些卦取象于黄帝，尧、舜时又有进步。《系辞下》“易穷则变，变则通，通则久。”就反映取象的变化。对统治者提出道德要求的应该始于孔子。此前也有过“德”的说教，但完备系统的建立首推孔子，如坤卦的“厚德载物”、小畜卦的“以懿文德”。有的卦虽无“德”的字样，但与德有关，如《系辞下》的“履，德之基也；谦，德之柄也……”

对民众的态度决定国家可否长治久安。卦象也有“民”的描述，如师、履、泰、蛊、临、观、明夷、井……师卦的“容民畜众”、蛊卦的“振民育德”、临卦的“容保民无疆”、观卦的“观民设教”都与西周的“敬天保民”一致。特别是井卦的“劳民劝相”，反映了西周井田力役地租的情况。“相”为助，井田一块有九，中间一份为公田，其余为私田，共八份。农民耕公田以为地租，是九取一的租税制。“劝”为鼓励，让农民耕好公田再耕私田。《诗・小雅・大田》“雨我公田，遂及我私。”孔子的保民是要恢复西周的官民状态。认同等级社会的分工的“士、农、工、商”才是君子小人各得其所。这里的“小人”指的是农民。《论语・子路》“樊迟请学稼……，子曰：小人哉，樊须也！上好礼，则民莫敢不敬；上好义，则民莫敢不服；上好信，则民莫敢不用情。夫如是，则四方之民襁负其子而至矣，焉用稼？”礼仪、诚信是君主的修养，所定分工不能乱改，“士不得务农”。否则有与民争利之嫌。《礼记・坊记》“君子不尽利以遗民……故君子仕则不稼……”到了鲁国初税亩时，社会分工依然，但初税亩改力役地租为实物地租，加重了民的负担。实物地租忽略灾害歉收的情况，以常数收租，是统治者少诚信的行为。孔子抨击当权者破坏官民和谐的行为，体现了儒学兼济天下的民众观。孔子的时代尚不具备提出主权在民的社会基础，否则“主权在民”的政治主张应当是孔子最先提出的口号。

“子不语怪、力、乱、神。”孔子有时信天那是一种无奈。八字等等是面对自然的一种欺骗。其“甲、乙、丙、丁、戊、己、庚、辛、壬、癸”中“天干”的“甲、丙、戊、庚、壬”相当于1、3、5、7、9，我们常用的数字一点也不神秘。

干支是中国未使用阿拉伯数字之前用以计数的方式，从1到10，或从1到12。天干：甲、乙、丙、丁、戊、己、庚、辛、壬、癸；地支：子、丑、寅、卯、辰、巳、午、未、申、酉、戌、亥。当我们用甲、丙、戊、庚、壬时就是数字的1、3、5、7、9；当使用乙、丁、己、辛、癸时就是数字的2、4、6、8、10。

这都是规定，中国古代夏、商、周都用天干和地支。后来有了现代意义的数学学科，引进了世界通用的阿拉伯数字，而以往的所谓算命先生还用过去的所谓八字来为文化程度低的人看姻缘、看风水、看房子朝向，以此欺骗青年男女或无知者。所以有些东西千万不能人云亦云。例如姻缘，就看国家民政局颁发的婚姻登记证，其余什么都不要信。房屋、土地有朝向和坡度，其实朝向无非是阳光、风向而已。我在很小的时候，看过人们挖苦风水先生的一首打油诗：风水先生惯说空，指南指北指西东。若是真有龙凤地，何不寻来葬乃翁？

本来简单的单双数放到风水先生口中便有了极为丰富的内容，现在还有人用五行骗人，五行出自《尚书》，五行就是五种物质，其实五行的提出奠定了中国哲学的物质观，它列举了人们常见的五种物质：金、木、水、火、土，谈了哲学观点。但后来被风水先生和江湖术士利用了，提出了相生相克的命题，利用人们熟知的最普遍最简单的道理，做出五行相克的“金克木、木克土、土克水、水克火、火克金”和相生的“土生木、木生火、火生土、土生金、金生水”的理论。

中国的图书分四个大类，即经、史、子、集。“经”有十三经；“史”有二十四史；“子”以孔子为首，其余如“老”、“庄”、“孟”等；“集”则更多。“经”的地位最高，下文简要介绍之。

第一经

第一经称易经，又称《周易》，由六十四卦构成：1乾、2坤、3屯、4蒙、5需、6讼、7师、8比、9小畜、10履、11泰、12否、13同人、14大有、15谦、16豫、17随、18蛊、19临、20观、21噬嗑、22贲、23剥、24复、25无妄、26大畜、27颐、28大过、29坎、30离、31咸、32恒、33遁、34大壮、35晋、36明夷、37家人、38睽、39蹇、40解、41损、42益、43夬、44姤、45萃、46升、47困、48井、49革、50鼎、51震、52艮、53渐、54归妹、55丰、56旅、57巽、58兑、59涣、60节、61中孚、62小过、63既济、64未济。

系辞上、系辞下、说卦、序卦、杂卦、乾文言、坤文言。

第二经《尚书》

卷1《尚书序》

卷2《虞书》：尧典

卷3：舜典

卷4：大禹谟皋陶谟

卷5：益、稷

夏书：禹贡、甘誓、五子之歌、胤征

商书：汤誓、仲虺之诰、汤诰、伊训、太甲上、太甲中、太甲下、咸有一德、盘庚上、盘庚中、盘庚下、说命上、说命中、说命下、高宗肜日、西伯戡黎、微子。

周书：泰誓上、泰誓中、泰誓下、牧誓、武成、洪范、旅獒、金縢、大诰、微子之命、康诰、酒诰、梓材、召诰、洛诰、多士、无逸、君奭、蔡仲之命、多方、立政、周官、君陈、顾命、康王之诰、毕命、君牙、冏命、吕刑、文侯之命、费誓、秦誓。

第三经《毛诗正义》

毛诗正义序

诗谱序

周南・召南谱

国风・周南・关雎、葛覃、兔罝、草虫、樛木、螽斯、桃夭、芣苢、汉广、汝坟、麟之趾、摽有梅、卷耳、召南、采薇、羔裘、采苹、甘棠、殷其雷、小星、江有汜、野有死麕、何彼襛矣、驺虞。

邶风：邶墉卫谱

柏舟、绿衣、燕燕、日月、终风、击鼓、凯风、雄雉、匏有苦叶、苦风、式微、旄丘、简兮、泉水、北门、北风、静女、新台、二子乘舟。

墉风：

柏舟、墙有茨、君子偕老、桑中、鹑之奔奔、定之方中、蝃蝀、相鼠、干旄、载驰。

卫风：

淇奥、考盘、硕人、氓、竹竿、芄兰、河广、伯兮、有狐、木瓜。

王风：

黍离、君子于役、君子阳阳、扬之水、中谷有蓷、兔爰、葛藟、采葛、大车、丘中有麻。

郑风：

缁衣、将仲子、叔于田、大叔于田、清人、羔裘、遵大路、女曰鸡鸣、有女同车、山有扶苏、萚兮、狡童、褰裳、丰、东门之墠、风雨、子衿、扬之水、出其东门、野有蔓草、溱洧。

齐风：

鸡鸣、还、着、东方之日、东方未明、南山、甫田、卢令、敝笱、载驱、猗嗟。

魏风

唐风

秦风

陈风

桧风

曹风

豳风

小雅：鹿鸣之什、南有嘉鱼之什、鸿雁之什、节南山之什、谷风之什、甫田之什、鱼藻之什。

大雅：文王之什、生民之什、荡之什。

周颂：清庙之什、臣工之什、闵予小子之什。

鲁颂

商颂

第四经《周礼注疏》：

天官冢宰、地官司徒、春官宗伯、夏官司马、秋官司寇、冬官司空。

第五经《仪礼注疏》

第六经《礼记正义》

十三经后七经本书下半部分再行介绍。

书归前文，龚文雅和岑里明之间没有出现任何意料之外的情况。因为双方都太认可彼此了，就像章玺地和甄心诚彼此认可一样，谁也不愿意节外生枝，例如再找人看看什么生辰八字之类的，都不愿意去，都不想出现任何与结婚不和谐的音符，于是结婚这件事就在愉快的企盼中等待，皆大欢喜就成了理所当然。

章玺地和甄心诚等待着新生命的降生，龚文雅等待着新婚的日子。不知为什么现在双方都觉得婚期定得太远了，心里都在想为什么当初不把婚期提前一些。中小镇到八里镇有40多公里，但只要是龚文雅的休息日，岑里明便会骑上自行车，或者直接赶到八里镇，或者到龚文雅的学校等龚文雅下班。两个人有说不完的话，都觉得相见恨晚，都有为什么没有在同泽中学读书时就认识的感觉。他们盼望着、等待着，期盼龚文雅能早日转入牛庄完小。其实岑里明在牛庄有买卖，不过生意状况有些差强人意，规模也不如甄心诚家。牛庄是一个比较大的乡镇，各业齐全，生意兴隆。尤其牛庄馅饼更是名声在外，以皮薄、馅大、面粉雪白著称。

岑里明和龚文雅双方的家庭都很和睦，但毕竟是务农为主。八里镇、中小镇也不是海城有名的乡镇。当时牛庄是开放的集镇，中英条约中开放的口岸就有牛庄，中小镇虽然不在名单之中，但是跟着牛庄，也能沾些光。现在回看，牛庄虽然作为开放口岸，但是属于被迫的开放，并非国家本意。龚文雅读书后总算给自己挣得一份工作，完小的工资是每月6元，在当时算相当不错。岑里明经营着家里在牛庄开设的洋货商店，虽然规模与鞍山市的商店无法相比，但是也算不小。不过当时农村自己的砖瓦窑烧制的瓦盆非常便宜，一般人家不会花钱买进口的搪瓷盆，所以有时候商店一整天都不开张。五十年代，不是所有人家都能用起洋货的，等到六十年代开放了一些，塑料也普及后，人们的消费观念才有了一些改变。

岑里明的商店因为经营不善，且买主甚少，生意江河日下，他打算改行做教员，不过只能选择中小镇，牛庄是肯定去不了的。后来岑家认为既然生意不好做，可以暂时不扩大规模，等待时机。于是岑家的洋货店便继续经营着。其间龚文雅也为岑里明提出过很多建议，二人与家人也都尽力想把生意盘活。

岑、龚两家将婚期定在九月份，因为那时天气会凉爽一些。学校刚开学，龚文雅转到牛庄完小，完小的课程都一样，那时全国没有都解放，东北还有一些战事，一直延续到一九四九年。当然有些东西是我们以后从电影中知道的。

东北的民众等待着全国的解放，因为他们内心充满着对入关军队的期待。东北的军队也确实作战英勇。东北军入关后，民众对战争的结束便不再怀疑了。在民众心中，林彪能征善战，有战无不胜的军事才能，从葫芦岛回来的人将东北野战军描绘得出神入化。东北的民众基本上没有去过其他的人口大省，比如山东、四川、河南。第二、第三野战军什么状况，东北民众是不太了解的，只是在广播中知道一些战事的皮毛。以前大部分民众对蒋先生还是比较认同的，认为民国政府才是正统。

岑家和龚家的婚礼于九月份照常举行，由于甄心诚正值孕期，不能到中小镇参加婚礼，章玺地租了马车载着舅爷爷，甄心诚的父亲则先到海城，再会同龚文雅的家人赶到中小镇，因为甄家长者是女方的介绍人，且是乡长，中小的乡长、牛庄的乡长和八里的“皆大欢喜”四位乡长会齐，接甄家长者的车从八里到牛庄先接了牛庄乡长，另外岑里明再安排一辆车接新娘。

龚文雅的母亲起了个大早，包了饺子。俗话说“上车饺子下车面”。足见龚家母亲的一片热心。

这是九月初的一天，那个时代当然没有手机，电话、汽车都没有。岑里明的大弟弟岑里仁负责通知亲朋好友，一路靠的都是自行车。中小镇的席面肯定是海参席，且中小的厨师是牛庄赫赫有名的师傅，海城的物资相当丰富，只要提前通知到，没有买不到的食材，所以海参席必备的山东大葱自然也是如期而至。因为岑家的宾客甚多，几乎全镇每一家都派来代表贺喜，不得已之下婚宴只能以流水席进行。

岑家好多年都没办事情了。原来日本人没投降时，民众不能无故吃大米，到了一九四五年日本宣布无条件投降后这个禁令就解除了，到处都能买到大米，且价格合理。那几年民众尽赶上好事儿，先是日本人投降，东北人十分高兴，尽管投降前民众也基本上看不到日本人，民众也不会没事就往吉林，尤其是长春跑，长春是满洲国首都，日本人投降和满洲国倒台是一回事，没人有哪怕一点点怜惜。苏联红军将满洲国皇帝押解到西伯利亚，民众当然也不知道，没人替满洲国唱挽歌。尽管满洲国对民众没有压迫，且满洲国警察对民众也算好态度。从满洲国成立到倒台，民众似乎不怎么了解过程，只知道满洲国是日本人御用的一个傀儡政府。实际上东北人遇到的变迁也太多，一九三一年东北军撤出国土，三二年满洲国成立，老百姓似乎麻木了，电影中有东北难民的描述，但辽宁、吉林根本看不到难民，当然可能当时黑龙江有，但也绝不像电影中描写的那样。

即使民众因日本人的到来而想逃跑，问题是往哪儿跑呢？没有有钱的亲属，没有土地，跑到哪儿不还是一样？说沈阳北大营打仗，其实老百姓一点都不知道，你东北军没有大面积抵抗，民众对这一点也是完全不知情的。没有镇压，自然没有反抗，而且当时的地方政府也没有权力发声，全得听南京政府的命令，而南京政府不承认日本对中国的侵略。

民国政府一直希望国际社会能对日本的侵略行为予以谴责和批评。现在有些描述是新闻或文学艺术情节的需要。例如《大染坊》有八路军希望染坊为其染布，以做八路军军装。当然其中虚构的成分肯定有。另外对抗战不力的山东军方的描写如韩复榘等，则是戏剧效果的需要。总之东北的大学生多在沈阳读书，其余如长春、哈尔滨，现代中国三十年代初最多不过十所大学，所以文学作品中为了达到效果虚构很多情节也是可以理解的。

回到岑里明和龚文雅的婚礼上来，一大早，章玺地借了马车，载着舅爷爷向目的地行进，一路上大家讨论着岑家与龚家的亲事和甄心诚的预产期，到达中小镇时岑里仁已经等候在村口，他的办事能力在筹备婚礼和宴客这几件事上已经展现得淋漓尽致，事情办得没有一点拖泥带水，该准备的东西应有尽有，如鞭炮、瓜子、花生、糖果，总之一样不差。

上午十点，该来的客人陆续抵达。席面是六大帅，即大碟（热菜）和大碗，大碗称“件”，一般来说打头的“件”是鸡或鸭，然后配六碟凉菜。体现席面水准的是葱烧海参。其实一九四八年海城的婚礼最高标准是燕窝，但以舅爷爷为首的四位乡长一致同意葱烧海参打头。这样岑家的席面就成了葱烧海参席。那个时候很注重客人的身份，牛庄的镇长、南台的乡长、甘泉、八里、中小的乡长全部到场，在农村办喜事有五位乡、镇长光临，实属难得。尤其南台乡的乡长是舅爷爷，资历老，学识更为人所认可，客人们当然也特别推崇葱烧海参，因此以舅爷爷为首的这些乡、镇长异口同声将席面定为葱烧海参席，且指定必须用山东章丘的大葱来烹制。

到了十一点，迎亲的车终于到了岑家门前，岑家开始燃放鞭炮迎接新娘。娘家队伍里有介绍人甄家长者、新娘的兄嫂、还有龚文雅的小侄女。那个时候海城人家办事情都要买“焦子”，即焦炭，一般买一百斤，再用红砖砌炉灶，供厨师炒菜。土豆、豇豆、青椒都是过油的，这些都由厨师预先准备好。锅碗瓢盆一般都是租来的，这些东西都是岑里仁安排的，农村把岑里仁这个角色叫“管事”，办事情的大事小情都由“管事”一手操办，料理此类琐碎流程，水平如何高低立见。

来看新娘的客人络绎不绝，有的是听说新娘漂亮特意过来一睹芳容；有的是听说新娘有文化特意过来见识的。毕竟龚文雅毕业于海城最有名望的同泽中学，因此乡亲们对于同泽毕业生自当刮目相看。客人们听说新娘新郎是同泽的同学，又见到牛庄镇长满面春风的样子，再听说龚文雅是海城完小的教员，一个个啧啧称奇。正在客人们轮番道贺之际，门外来了一辆马车，马车用红布罩着，赶车的人边停车边喊“哪位是岑里明先生？请烦劳通知一声，海城洋货店冯绪三前来祝贺。”舅爷爷并不知道冯伯伯会来，赶紧抢步出来与冯伯伯握手并代岑里明接过礼盒。这礼盒包装十分考究，冯伯伯对于自己姗姗来迟一事一再致歉。双方寒暄一番，引入酒席。

舅爷爷非常高兴，可能是他对龚文雅和母亲的印象太好的原因。听表叔、表婶说到的牛庄洋货生意不太好做，于是席间舅爷爷请冯伯伯到他那一桌，然后对岑里明有意提到生意状况，岑里明当然很聪明，马上接着说牛庄的居民对洋货还需要一个认识过程，并请教冯伯伯，态度十分虔诚。冯伯伯不好推辞，只能直奔主题。本来这一桌招待的是龚文雅家人、舅爷爷、牛庄的“皆大欢喜”镇长、中小乡长、甘泉乡长、八里乡长，结果冯伯伯这一落座，在舅爷爷的穿针引线之下，变成了岑里明讨教生意的机会。冯伯伯说他准备联络他的日本同学，请求将一些二等品洋货运往中国，所谓“二等品”，只不过是盆上的搪瓷涂抹得不那么均匀，但是日本人精益求精的做派导致这种品相的产品不能出口到中国，必须是一等品才能出口。然而一等品和二等品的价格差距悬殊，二等品的价格更适合中国市场，况且很多二等品不仔细检查也与一等品无异。于是冯伯伯说他准备只进口二等品，价格打下来，自然就有销路了。而且牛庄与海城互不影响，既解救了岑家的生意，还不会对海城的洋货品质造成负面影响。

通过这件事，让人看到了舅爷爷的为人有多好。岑里明很会说话，也很聪明。岑里明的父亲对自己儿子处理事情是极为放心的，再加上有八里乡长和牛庄镇长表明态度会尽量照应，岑家的洋货生意俨然已有死灰复燃的迹象。

但实际上这些情况都是龚文雅的母亲用其为人处世的真诚感动了表婶和舅爷爷。甄心诚嫁入章家后用自己的表现赢得了舅爷爷和舅奶奶的认可，因此甄心诚对龚家的评价自然也获得了舅爷爷的认可。

冯伯伯用完餐就打算回海城，因为他用的马车是从海城火车站租的，需要按时返还。岑家给冯伯伯准备了食品，这时舅爷爷也提出同冯伯伯还有甄心诚的父亲一起走，反正该做的事都已做完，早些回去也免去对家里的牵挂。临走时舅爷爷告诉冯伯伯抽出时间一起喝酒，冯伯伯应允得很干脆。舅爷爷想找冯伯伯主要是想谈一谈岑家的洋货生意，就是如何把席间的商议化为现实的办法。二人回程时也就约好了下次见面的时间。

十月份的一天上午，冯伯伯早晨上班之前先到了舅爷爷家，因为前一天已经通知，所以冯伯伯到舅爷爷家时，舅奶奶已经开始准备饭菜了。冯伯伯当年去日本留学也没有什么想在日本发展的想法，就是他父亲认为日本的学校教育水平高。之前当然教育水平最高的是中国，由科举制变化而来的应试教育全世界无出其右。以前的中国教育非常成功，家长根本无需担心孩子会在求学过程中学坏，直到五十年代我们上学时仍然保有这种教育的清风，大家考试诚实，没有抄袭的想法。而且这种诚实发自内心，绝非因有怕惩罚而诚实。中共执政后浮夸风盛行，例如五八年大跃进时，党要带领人民跑步进入共产主义，跑，倒是跑了，但是距离宣传中的共产主义可是越来越远。六一、六二年不仅没有实现共产主义，反而是老百姓越来越穷，穷到玉米面都吃不起。但即便吃不饱，学生也是习惯于在考试时绝不抄袭，那根本不是因为监考严格，而是习惯使然。中国人的公共道德曾经也是举世公认的。旧社会买卖人家的伙计，就相当于现在的售货员，服务态度好的不能再好。“童叟无欺，明码实价”是市场交易的基本原则。日本人所有的优良传统均源于中国的文化输出。父亲说中国人当年的“守信誉”令全世界都赞叹不已。即使如对日战争和国共内战时，“信誉”二字也不曾丢掉。例如谈好“白刃战”，那么士兵绝不用子弹。毛泽东批评宋襄公讲仁义是蠢猪式的仁义道德。仁义、信用肯定是有，但绝非蠢猪式的。聂荣臻对日本作战时将日本车站站长的一双儿女妥善送还的故事是很感人的。但是现在看内地中国人的道德水平，整体还是很低的。当年的“人民公社”属于领导人头脑发热，亩产万斤的笑话流传于世不免令人脸红。毛泽东出身农村，当然懂这些基础的农业知识，可即便如此，看到《人民日报》如此报道也是没有制止。到了文革时期更是谎话说到连自己都不信的程度。文化大革命是中国内地道德沦丧的罪魁，这个惨绝人寰的事件的始作俑者就是毛泽东本人。毛嘴上总讲“实事求是”，其实他本人就是出尔反尔谎话连篇的典型。我们小学就学过毛的文章，说蒋介石躲在峨眉山上一担水也不挑，等到抗战胜利就下山摘桃子。而事实是国民党军队因抗日而战死沙场的数以百万计。曾有人对毛提出中国人口将以几何数字增加，毛不加分析，当头就是一棒“中国妇女是个伟大的人力资源，要发挥这个资源”。

无论是学术问题，还是文学、史学，毛都要参与，而且只要他参与的，不管与历史如何相悖，都要一锤定音。例如“海瑞罢官”问题、《红楼梦》问题、李自成进北京问题。全国没有人敢跟毛泽东辩论，反正辩论也是失败。于是“大跃进”他要讲话，人民公社他也要讲话。但是到了一九八一年人民公社就退出了生产领域，当然那时他已然不在人世了。一九五六他搞公私合营，本来答应给予资本家分成和利益，但之后说取消就取消，说拖欠就拖欠。于是全党上下积极“学习”毛的作风，言而无信成为常态。六十年代他批《红楼梦》，文革后又搬出《水浒》批宋江，紧接着又“批林批孔”，然而林彪与孔子风马牛不相及。那时候党内、军内谁敢违背毛泽东？除非你想“自绝于人民”。六十年代初毛利用康生和陈伯达，搞了“九评苏共中央的公开信”，于是开启了中苏论战，论什么呢？“斯大林问题是个大问题”、“南斯拉夫是社会主义国家吗？”当然还有对苏联作家肖霍洛夫《静静的顿河》的批判。总之，毛泽东的精神在那个时期肯定是出了问题，他被全党宠坏惯坏了，说打倒谁就打倒谁。文革时毛的表现很不正常，他要读书，读完就发神经，什么“斗私批修”，什么“深挖洞，广积粮，不称霸”。还有一个周恩来，毛说什么他就做什么，还沽名钓誉，美其名曰“人民的好总理”。

有许多内容共产党至今不敢公开，如朝鲜战争的死亡人数、六零年到六二年全民饥饿死亡人数、抗战中国民党军队死亡人数等。所谓的“党内民主”更是形同虚设，自毛领导了三大战役，便获得了党内的绝对权威，一个党中央变成了他的独角戏。“九大”后一切全乱了，全党全国人人自危，人人自保。党内“无人不贪无人不占”已成为公开的秘密。可以这样说，从一九四九年建国后，毛就变成了一个暴君，直到他一九七六年去世，这期间可以说他没有任何功劳，全是罪恶，而助纣为虐的正是“人民的总理”周恩来。

周的问题在于紧紧跟定毛泽东，毛有几件事做得确有历史功绩，例如要回了大连，辞退了对日作战的苏联人。但是放弃日本的战争赔款和为了加入联合国不惜重金换取小国家选票以及另一些不为民众所共知的事，至今还属于“国家机密”，可能这一代人永远没有机会深入了解了。

舅爷爷找冯伯伯主要交代冯伯伯监管货物价格，他交代了两个店绝不打价格战，规定两店必须同货同价，价格如有变动的需要必须通过冯伯伯才行。舅爷爷定的冯伯伯每周去牛庄两天，等日本新货到了再看情况。另外岑家的新货源毕竟还没到，等到货再研究价格也为时不晚。

这时父亲已经来到了本溪，老奶奶送给母亲一枚戒指，以祝贺母亲在本溪诞下一女。那时候国民党已经放弃了东北，关于中日的经济状况，老百姓都不关心，但是冯伯伯还是比较关注的，他认为日本受到两颗原子弹的伤害是导致日本投降的主要原因，那时候美国究竟还有几颗原子弹谁也说不清楚，但公认绝不仅两颗而已。因为将来如果跟苏联打起来，不多准备几颗是肯定不行的。当时苏联在国际上还属于无核国家，全世界只有美国掌握了核武器，五六十年代核武器的震慑作用不可小觑。苏联在尖端科学上从不甘于人后，不研制原子弹不符合其大国地位。二战刚结束时美国急于建立国际秩序，也不想跟苏联闹翻，因此美苏二国保持平衡也是大势所趋。

亚洲总算是结束了来自日本的威胁，冯伯伯对于国内的形势并不乐观，他认为国共两党不太可能摒弃成见，必然会刀兵相见，他认为共产党如果能放弃战争是比较明智的做法，但解放军入关后，形势急剧变化。

关于土地改革，冯伯伯认为日本的方法很值得借鉴，政府先收买农民土地，按全国人口平均分配现有土地，可用分期付款方式。最后政府做中间人，利用政府职能解决了土地问题。中共的办法他认为不好，可查找历史，民国政府从未给民众分配土地，为什么要没收地主土地呢？如果像俄罗斯政府曾经无偿分配给军人土地，现有土地改革可以没收曾经获得土地的人名下的土地，如果不是这样，谁土地多则没收，很不公平。甲土地多但有购置土地的证明，凭什么没收？而有人则早前变卖了土地，结果现在又回来分土地，公平何在？地主土地多，中共一句“剥削所得”就予以没收，太过勉强，中共的土地改革政策是最失败的规定。

关于中国要走什么样的道路，目前若按国民党的立场，肯定是财产私有制。中共则不然，坚决走所谓“社会主义道路”，生产资料公有制。但共产主义生产资料如何占有，至今因为没有一个国家实现过共产主义，所以只能靠曲解马克思和恩格斯的著作来强行解释。问题是马克思和恩格斯也没经历过共产主义，或许列宁曾试图在苏联早期进行试验。中国五八年大跃进时有过所谓“跑步进入共产主义”的尝试，最后以失败告终。《礼记》中有关原始共产主义的记载，但当时是由人杜撰的大同世界，《礼记》中描绘的“天下大同”并没有历史年代的记载。所谓共产主义，按马克思和恩格斯共同论述，哲学上首先是马克思主义哲学、政治经济学和科学共产主义。连马克思和恩格斯也不知道什么时候能实现，因为那是一个物资极大丰富，消灭了阶级，甚至国家制度都已不复存在的社会。那样的社会一切制度、法律、军队都不存在，问题是那样的社会不可能存在，也绝不可能在世界上还存在帝国主义的时期内出现。对共产主义的描述有一种虚无缥缈的模糊感，我无法描述，但是《少年先锋队队歌》的“我们是共产主义接班人。”人们可能要问，这是口号还是奋斗目标？中国十几亿人被这个口号迷惑，太荒唐了。

现在各级党校还能用什么办法迷惑民众？现在的人民不约而同地会认为实现共产主义是痴人说梦。所以中共一直提的是“社会主义初级阶段”，仿佛在告诉民众虽然实现共产主义道路漫长，但是我们一直在砥砺前行。

之前提社会主义就让人感觉是急于求成。如李大钊、陈独秀及后继的一些人。蒋先生的“按先总理遗言办事”也有小中华的嫌疑。尤其提“驱逐鞑虏、恢复中华”有自我标榜自吹自擂的嫌疑。中华不用国民党恢复，满清一直称其为中华大家庭一员，将满清称为鞑虏是对少数族群的贬低，读书人爱在口号上做文章，黄埔陆军军官学校的资产阶级有人率先提出共产主义口号，似乎有整体的思想准备一样，其实是不知从哪儿学来的。当年北伐军在前线浴血奋战，共产党人在后方将北伐将士的父母戴尖帽游街，北伐将士纷纷欲讨伐侮辱其父母者，于是始有四一二的国共不睦。国民党先打军阀没错，而共产党先拿北伐军父母下手才是卑劣之举。打倒军阀可令国内统一，但两党应当成立统一政府，有了国家统一才能有利于社会建设，而全国都不应以党的名义统辖军队。

抗战后应先研究各自政党的合法化。战后的谈判既然双方都能接受，就应该在国际上找一个强大的国家，监督协议履行情况。可能也是当时蒋先生不愿如此吧。

中国的问题在于党的武装割据，如果东北的问题得到解决，中共是否接受，如不能，应拿出临时意见，同时请国民党也拿出意见，最后请美国和苏联与两党一起酌定。东北除辽、吉、黑以外，还有内蒙古大部，蒋先生可对内蒙古的归属拿出意见，以免到分割时又起争执。问题是蒋先生不认为他有可能失败，于是他定位太高，中共却把自己定位在弱势一方，以弱者的姿态思考问题，中共的战略定义非常明确，至于蒋先生如何思考，没有人传递此类消息给普通百姓。东北军进关之际，中共处于上风，中共认为可携优势一举消灭北京、天津和绥远的国民党势力。

还是回过头来说说抗战胜利后的时局。抗战结束时中共显然处于劣势，国民党多数不主张再打下去，共产党也没能力打。而蒋先生一直强调全国要军令政令统一。这是一种他个人认为的最佳状态的构想。问题是抗战前都做不到，抗战后拥有几十个旅，下辖九千万人口的政治集团怎会甘心束手就擒。当时东欧的所谓共产主义思潮，以苏联为首的社会主义集团想一统天下，最后还不是自行瓦解。如果蒋先生那时能够耐心等待时局变化，例如等到共产党在辖区内搞“大跃进”，这种所谓“共产主义”自会瓦解，西方对此称为“和平演变”。中共的做派是不可能永葆清廉的，军队腐败后更无战斗力可言。九十年代苏联解体，社会主义阵营作鸟兽散，说明社会主义阵营内部十分脆弱。如果蒋先生能等待几年，共产党内部肯定会发生变化，毕竟中共内部统治实际上就是封建王权。中国、苏联、罗马尼亚、阿尔巴尼亚，无不斗来斗去，不对外斗就窝里反，说明共产党统治极不稳定，制度也极不完善。何人听说过老牌资本主义国家不断出现路线斗争？英美的统治，一届一届选举产生领导人，主要是公平，败选方向对手祝贺，把政治搞成体育比赛一般，这才是健康的选举文化。看看台湾，民进党一个女性能把政治做到如此程度，中共和国民党应该考虑如何向人家学习。

台湾给你蒋先生，你搞不好。经济维持三五年而且用的启动资金都是从大陆带过去的美钞和黄金。现在看蒋先生就应该在抗战后及时实行选举制，不要担心中共会如何。战争以结果论，你蒋先生也不可能永远处于风光期。

国家不能总斗来斗去，鼓励一部分人斗另一部分人是极其可怕的，一个国家不可能靠斗争获得安定，应该靠和睦；第二，不能朝令夕改，土改已经大错特错，结果又搞出“合作社”和“人民公社”，连人民在土地上种什么都得国家定；第三，当领导人要“闲得住”，不能有斗争癖好，让民众清闲则说明老百姓日子过得尚可。中共的所谓“与天斗其乐无穷，与地斗其乐无穷，与人斗其乐无穷”简直就是政治流氓。“我的一张大字报”是无赖，国家领导人还美其名曰发现了无产阶级专政下继续革命的理论。五十五万人被打成“右派分子”，就有至少一百万人受影响，这些人的子女不能升学、不能当兵。“右派”与反党联系紧密，后来人们戏谑地说“如果你不爱党，就把你打成右派，然后再给你平反，从此你就热爱党了。”关于党内重大历史问题的决议，当时邓小平先生说毛的成绩与错误是三七开。有许多终生受益者是不可能批判毛泽东的错误的。毛几次接见红卫兵另其利令智昏到无以复加的程度。在北京，毛泽东靠公安民警维持局面，如果继续下去，恐怕周恩来也难逃被人民唾弃的结局。民众要的不是记住了几位服务员姓名的总理，而是能够安邦治国改善民生的公务员。那段期间老百姓印象最深的是买布要布票、买粮要粮票、买副食要副食票……

刚建国时还有一个党外人士黄炎培做副总理，之后出了个歌颂派的郭沫若，郭的使命就是唱赞歌，昧着良心胡说八道。有人说如果鲁迅活到新中国成立，他的结局或是闭嘴，永远做党的朋友，或是长期在监狱里生活，中共不可能让他乱说话，不会唱赞歌的文人绝没有好下场。

淮海战役是国民党投入兵力最多的战役，最后中共方面介绍说以中共的胜利告终。国民党兵力80万，中共兵力60万，但双方都没有公开阵亡人数。解放军的渡江作战，据说没有损失。但毕竟是渡江，损失一般以进攻方居多，其后的电影、电视剧里都没有统计伤亡人数，至今成谜。解放军四月二十日渡江作战，南京不能无人防守，即便李宗仁不守，白崇禧也不该作壁上观，但是看电影描述，中共军队似乎如入无人之境，国军不堪一击。于是，南京在一个世纪内被两次攻陷。

第三章

谢明经从南京国防部回到东北老家探亲，他的妻子为他生了一个儿子，今年五岁。他的家在铁西二白楼，这二白楼是日本人修建的，每座楼四户，楼上楼下各两户。日本人投降后由国民政府收归国有，楼房分给鞍钢制钢所的国民政府职员。谢明经分得铁西一处二层楼的一半，好在他家只有三口人，加上一个保姆带着自己的孩子。

一九四一年谢先生从南京乘船到重庆，说起来事有凑巧，他小学毕业便认识了一位在鞍山制钢所的师傅，一个日本人，一九三二年从日本来到鞍山，这位日本人是日本一所技工学校的老师，懂得制钢所的一整套流程，又是一位纯粹的技术工人，技术很好，一生从不参与政治工作，谢先生小学毕业后在家里逗留了两年，十八岁时在制钢所找到了一份工作，条件是“有文化”，头两年没有工资。这位日本人为人很好，他知道谢先生有高小文化，毕竟那个年代能从高小毕业已属不易。日本人对谢先生很好，安排他负责看护工厂的电机。谢明经的父亲是一个比较有文化的人，那时在永乐一带居住，那时候永乐就是乐天地，暗娼很多，谢先生的父亲担心谢先生在这一带居住会染上坏习惯，便托人将谢先生送到制钢所的机动车间工作。谢先生很听话，日本人也很和气，人要是专心学点什么，说来也快。谢先生很快就掌握了车间的一些简单的操作。刚到制钢所没有工资，这一点谢先生本人是知道的，但是所里会按月发放一些高粱米，谢先生便每月将高粱米背回家中，也算是一种劳动收入吧。

日本人有时安排谢先生到车间值班，他们称之为倒班。劳动强度不大，谢先生似乎浑身力量没处使，便主动清理车间的废铁烂铜，谢先生读书时知道铜的作用很多，尤其铜线的用途更为广泛。谢先生在车间耳濡目染，不到半年几乎全部掌握了工作的所有要求，尤其日本人对工作安全非常注意，谢先生的父亲也是时刻叮嘱，这样一来谢先生很快养成了严谨细致的习惯，也熟悉了工作的技巧，比如日本人劳动时谢先生能够明白他下一步的程序。日本人的姓名谢先生一直不便细问，也可能日本人不想主动作过多交流吧。

不知不觉谢先生在制钢所上班已经有四年，已经变成人们口中的“铁饭碗”了，每月领取定额工资，生活肯定够用。谢先生每天的工作很刻板，日本人不是什么时候都能看得到的，而且有些工作日本人不用中国人经手也不与中国人沟通。这种劳动一点意思都没有，就是看着机器却没有具体任务，但是谢先生的按部就班和安全意识很令日本人放心。四年以来日本人主动用中文与谢先生说过两次话，第一次告诉谢先生从今天起开始有固定工资以及发放工资的时间；另一次也是关于工资的通知，是日本人告诉谢先生可以领二级工的工资了。谢先生没想到日本人很大方，而实际上是日本人严格考核谢先生的工作并作出详细的评价。日本人的工作给人一种印象：日本人什么都不管但实际上什么都在管。你的一切日本人都掌握。给中国人一种“一切都要好好表现，因为所作所为日本人都知道。”谢先生又一次无意中看到过他的考勤记录，每天何时到、何时走，日本人都有详实的记录。所以日本人不跟谢先生谈话是因为日本人认为无须交谈。谢先生在日本人的心目中就是最优秀员工。

又一次谢先生回家和父亲谈过日本人如何精明如何按部就班的事，父亲说“你才知道啊，这就是日本人，做任何事都是有条不紊，不会让你挑出任何毛病，跟他们在一起，你要学的东西太多了。你什么时候和他们喝过酒，你才算是跟他们混熟了。记住，你观察日本人，日本人也在观察你。”一晃谢先生已经进厂五年了，父母给他准备了足够的钱让他结婚用，当然这些钱都是谢先生自己赚的，父母对儿子工作表现也是十分满意的。谢先生的女朋友是一个金姓教员的女儿，家在南地号，南地号是个大村，村里有一所完全小学，有六个学年组，村里有一个运动场，是日本人来后修的。一九三二年满洲国成立，辽南是日本看好的地方，尤其南有大连北有沈阳。日本人对大连有很深的感情。父亲读书时日本人还没来，日本人来后二年才有满洲国，才有皇帝。那时读书听政府的，中国人很善良，老师让干什么就干什么，绝不反对。听说南地号每年四月份有一次田径运动会，所以每年三四月份小学生都跃跃欲试，那时的小学生似乎年龄都很大，长得很高。其实父母哪里知道那时候国家也没有义务教育法，一个在日本人管理下的满洲国哪有主权，有也是通过日本去体现主权而已。

谢先生结婚自然要到制钢所请假。满洲国时期法律很健全，民众并不看重满洲国，但是很看重自己，还搞过全民运动会。但是无论怎么重视，因为上学的年龄无法统一，所以一个班的中学生年龄相差很多，有的甚至差五六岁，因此学习质量也是参差不齐。个子高大的孩子往往是该入学时家里困难，耽误了时间，等家庭条件好了，却过了最佳的入学时间，这种情况在那个时期的农村小学比比皆是。

谢明经的婚礼定于一九四一年冬季，距春节还有二十天，就是腊月初十。谢家该通知的都通知到了，腊月二十也是准备年货的时候，这时女方家突然要求双方见一面，说是金老师提出来的。谢明经不敢怠慢，立即着手准备。金家的意思是有些事情要在婚前仔细商议，谢家当然也认为这时候金家要求见面肯定是有比较重要的事情。果然两家见面后，首先金家提出谢明经在日本人的工厂工作的事，其实这方面谢家并没有考虑太多，至于日本的制钢所，金家女子的意思是制钢所毕竟是日本人的，既不是中国的也不是满洲国的，感觉不是自己的家。谁都知道满洲国的地位虽然对外号称是一个国家，但是百姓内心都没有归属感，全国五亿人口，满洲国不到三千万，人数太少了。谢家没想到金家女儿居然提出了“国家”的概念，自己儿子只知道按部就班地在制钢所工作，而准儿媳妇居然研究起国家的将来。谢明经一直没怎么听懂，但对于金家女儿的提问总得回应，两个人都是高小毕业，但是眼界却相差如此之大，谢明经感觉很惭愧。这种羞愧感莫名地鞭挞着谢明经的心，他突然觉得自己这几十年活得很浪费。日本人那里虽说挑不出任何毛病，但是日本人对于中国人仅仅是对“人”的一种基本尊重，本质上还是把中国人当成劳动力而已，甚至日本人自己都不知道是否尊重你，只不过因为你的工作兢兢业业按部就班，因此日本人对你保持基本的尊重。谢明经自己也说不清楚。他也在心里问自己，“日本人尊重我吗？”“侮辱我了吗？”“少给我工资了吗？”“不拿我当人看了吗？”想来想去，谢明经觉得自己五年来的劳动是莫大的屈辱，自己就相当于中国的弃儿，生在东北却突然变成了满洲国，自己究竟是满洲国人还是中国人？如果是中国人，那中国人的领袖就应该是孙中山和蒋介石，说不定领袖们正在找我们呢。总有一天，我们还是要回到民国的怀抱的。金家女儿也没有说更多，毕竟她与谢明经早就认识，而且谢明经对她言听计从，双方还是更多地讨论了一些结婚的细节而已。

婚后谢明经应尽快到重庆或者四川的某个城市，听说那里正在开办游击训练班，由民国政府军政部陈诚负责，要考试的。当然考什么并不需要太担心，那时民国政府和军队中有文化者虽不少，但是不会有多少人超过高小水平。谢明经之所以没有马上启程，主要还是贪恋床笫之事，金家女人当然也非常渴望夫妻之爱。婚后金家女人对谢明经百依百顺，谢明经对女人由那种敬重的爱逐渐转变为怜爱。他知道日本对中国的行为是野蛮的侵略，他也知道日本之所以强大并不是凭空而来而是因为明治维新。明治维新与中国的戊戌变法一样，只不过戊戌变法被慈禧太后扼杀了，否则中国不至于这么羸弱。与日本的战争中国始终处于劣势，但世界上支持中国的国家很多，比如美国、英国，都很强大，中国有能力逐渐打败日本的。他们学过地理，知道日本不过区区三十七万平方公里的土地，而中国的国土面积数十倍于日本，日本人口有一亿，而中国有五亿之多。历史上除元朝外，中国没有对邻国用兵的记载，而元朝是少数民族政权。日本资源匮乏，石油、铁矿都依赖进口，这都是日本的先天不足，如果中国振作起来，战胜日本是完全可能的。中国人勤奋、聪明、善良、正直、友善，民众又公认蒋中正先生为政府领袖，相信战胜日本不用费时太久。

谢明经婚后几个月就接受了金家女子的意见和观点，转而对日本人的必败深信不疑。他们每天翻云覆雨后便会促膝长谈，一直聊到天亮。谢明经对于自己找到金家女子格外满意，对岳父岳母更是感激有加。那时候谢家已经不住在乐天地一带而是搬到铁西小白楼了，当时鞍山房价很低，老百姓认为鞍山不会有大的发展，所以一直没有加速城市建设。那时候铁东区最长的街道从南到北是日本人来了之后才修的马路，最远到对炉山，没有延展到立山区。

建国前鞍钢没有多少工人，后来鞍钢鼎盛时期有工人40余万，南到接近大连，北到苏家屯，东到大孤山和七岭子甚至到辽阳的弓长岭，西到辽阳刘二堡。交通主要靠中长铁路，到刘二堡又修了“大摩电”。鞍山火车站是刚建国时修的，是各个线路的枢纽。另外各厂还有自己接送工人上下班的厂车。总之，鞍钢是特大型企业，中央一直按副省级待遇配置干部，尤其六十年代初冶金部部长挂职到鞍山，做鞍钢党委书记和鞍山市委书记，鞍钢的重要性和曾经的辉煌可见一斑。

所以毛泽东说“一个粮食，一个钢铁，有了这两样东西，中国的事情就好办了。”六四年到六六年冶金部部长在鞍山做两个党委书记就是这句话的突出体现。六六年毛泽东发动了文化大革命，将鞍钢的绝大多数当权者打成“走资派”，王鹤寿作为冶金部部长、鞍钢党委书记和鞍山市委书记，在文化大革命这场风暴中也躲不过批斗。当时鞍钢的造反派以铸管厂魏秉奎为代表，获得了三十九军的支持。三十九军一直是林彪的嫡系部队，魏秉奎的造反派经中央确认为左派，尽管保王鹤寿的人占大多数，王仍然逃不过被批斗，于是武斗开始了。武斗的结果是钢铁生产停止了，惊动了三十九军。于是中央开始保魏秉奎，军队支左当然也没有错，党的九大魏秉奎还当选了中央委员。那时候学生纷纷成立红卫兵组织，用毛泽东诗词中的名言警句为组织命名，如“横空出世”、“满江红”等等，一个鞍钢牵涉到中央领导，周恩来也表态支持三十九军，至于王鹤寿，中央对其“走资派”身份予以定性，市委副书记赵敏也站错了队。而工人能当选中央委员，也只有毛泽东才能决定，别人不具备此等权力。当时造反派如北京大学聂元梓、清华大学的蒯大富等人比较有名，在毛泽东接见红卫兵时，都是很有名气的。当时还有一位受接见的红卫兵叫宋彬彬，后来知道是宋任穷的女儿，毛问其姓名，她说叫宋彬彬，毛问“是文质彬彬的彬吗？”宋回答“是”，毛顺嘴送了一句“要武吗？”

毛泽东一共接见十一次红卫兵，从六三年到六六年国家储备粮基本吃完了，那时中央文化大革命领导小组负责人是陈伯达，顾问是康生，活跃人物包括江青、王力、关锋、戚本禹等人。到了六七年开始夺权，毛泽东说夺取政权组织的名称叫革命委员会比较好，于是上海最先成立革命委员会，全国开始前所未有的大乱。毛说“乱了敌人”，我们不知这个“敌人”指的是谁。这场大革命中，只有两个人明白最后要干什么，一个是毛泽东，另一个是林彪。表现最好的则是周恩来，他永远拿着毛主席语录，十足的小丑。到了一九七二年，国民经济活动不能不抓了，于是请邓小平出山帮他收拾残局。而到了七五年上半年，因为邓小平管得太多了，毛很不高兴。毛不高兴主要有两点，第一是全国学大寨的经验交流会邓小平没有当作当前重大工作来抓；第二是企事业的动作不能总要整顿。毛泽东不高兴。所以到一九七六年四月，全国人民悼念周恩来时，毛又掀起“反击右倾翻案风”。我们都记得一九七一年林副主席叛逃后飞机坠毁在蒙古温都尔汗，当时周恩来和空军司令员吴法宪有一段对话，大概意思是请林副主席表态，林彪没有回应，吴说了句“打吧”。周恩来说“你要把林副主席打下来吗？”后来文件传达到这里就不了了之了，可见当时周恩来在场。毛泽东无可奈何地说“天要下雨，娘要改嫁。”似乎毛是最后决定打下林的飞机的，三叉戟飞机是英国生产的，安全性能无可挑剔，机械故障坠毁的可能性极低。就这样，一代战神的生命被一颗导弹终结。

谁接林副主席的班呢？周当时身体就很不好，而且以周的年龄不太可能接班。党内猜测可能要叶剑英接班，因为叶一直是唯一的军委副主席，但他的能力全国人民都不看好。但传说叶剑英对毛有救命之恩，毛也一直把他当作一个能接班的人。但结果是一九七六年毛泽东将华国锋定为接班人，毛对华国锋的评价就六个字——“你办事，我放心”。但是全国人民是否放心就不得而知了，当时在毕竟就有“树小瓶”的传说，北京传有“华国锋办事毛主席放心，而邓小平办事全国人民放心”。

总之，自五十年代反右斗争开始毛泽东就有不能被原谅的错误。到了十一次接见红卫兵时他的错误已经不可饶恕。记得红卫兵上山下乡轰轰烈烈时在辽宁鞍山西老虎山修了一个国防工程，当时调了很多人到那开凿一处可装飞机的山洞，上级称之为“八一八二”工地。我们也不知这工地是干什么用的，反正农业的农活干的不灵活，到八一八二工地只是出力气，每天还能分到八两粮票，于是我们便去了八一八二工地。当时工地上突然来了很多解放军，和我们一起劳动。这些解放军有意无意地给我们这些人将林彪的丰功伟绩，几乎将林彪神化。说“二战莫斯科保卫战斯大林怎么放手让林副主席指挥，林彪是中国元帅第三位，仅次于朱总司令和彭德怀”之类的。我们当时并不关心政治，整天研究红楼梦里的诗歌，但是知青对林彪都比较认可，之前一般认为林彪排名不可能排在刘伯承前面，结果真就排到了刘伯承之前，如果没有彭德怀，林彪再往前排的可能性也是有的。一九五六年八大时林在党内排名第六，超过彭德怀，而彭是一个最不知轻重的人，毛泽东把唯一可能继承其位置的毛岸英交到你手上，你却断送了人家的生命，即便你彭德怀什么也不懂，至少应该看过《赵氏孤儿》吧。这个错误是不可饶恕的，而五九年谁都可以上书，唯有你彭德怀不可以，当你将共和国太子断送之时，你已经失去给别人提意见的资格了。

另外，朝鲜战场让你彭德怀去，你就去？也不问问毛泽东当时还让谁去带兵，也不问清楚战争的是非曲直。明明朝鲜输理在前，越过三八线先向南朝鲜进攻，联合国告诫朝鲜不能越过三八线，但金日成这个战争狂人利令智昏，认为这是统一朝鲜半岛的机会，悍然发起战争。以美国为首的联合国军只好纷纷参战。彭德怀是否了解南北朝鲜的由来，是否了解一八九四年的甲午战争？中国在一八九四年就因为朝鲜问题与日本有过纷争而因此失去台湾岛并且大量赔款。如果不是蒋公派兵出征缅甸，恐怕从日本手中要回台湾都很困难。而对于党中央的决定，彭德怀有资格表达自己的意见，可以据理力争。而他只看到毛和周意见一致，周恩来一直以来就保持与毛泽东意见统一，凡是毛的意见周都无条件支持，周恩来很明显已经把毛泽东看明白了。

谢明经和金家女子把一切都准备好了，告别了家人，二人先取道南京，再乘船到重庆。国民政府在重庆办公的地点由重庆朝天门码头越过几个高坡，再走一段距离到达红岩村。那时重庆市内的面积并不大，与其他城市相比没有多大区别，但毕竟是代首都，国人称为陪都。受战时影响，重庆满街都是政府的士兵，重庆当时号称两百万人口，国民政府下设诸多部门，办事很简练，不像南京市的原国民政府办事那么繁琐。谢明经要找的地方是一个对外公开招收的机关，街上一打听马上就有人欲送二人到训练基地。原以为游击战内容很复杂，说是有八路军军官前来授课，结果一看并非如此。第二天来了几辆汽车送大家到政府设立的另一处训练地，在山中，修得很好。一个上校军衔的军官把大家集中起来，训话时说道“大家都是国家的精英，来到这里有东北的同胞、有河北的同胞……”。谢明经从辽宁出发之前给金家女子取了一个名字叫金百枝，金家女子很认可这个名字。上校把大家分成三组，让谢明经任第一小组的组长。第一小组下面再分三个班，每班有一位班长，一位副班长，副班长是女性，都有一定的文化。第一小组的副组长是一位来自四川绵阳的女性，叫明理，时年二十岁，初小毕业，上校便称呼其为小绵阳，小绵阳人很精神，也很健谈，张口就称呼金百枝为百枝姐，当她得知金百枝与谢明经是夫妻后这关系便更近了一层。三个组共三十一人，只有第三组多了一人，上校不算学习班里的人。不过后来队伍又补充进来两人，这样每组就平均了。谢明经用不上中午就了解了全组人的姓名和来自哪里。谢明经当组长是因为他时年二十四岁，本组中年龄最大，个子也高，人也厚道。整个大队共有15名女性，第二组的副组长是吉林人，年龄比小绵阳大两岁，组长是来自沈阳的中学生，听说在校时体育水平很高，跑跳俱佳，姓栗，叫栗子伟。第三组组长来自武术之乡河北沧州，25岁，比谢明经略大，副组长是河南南阳人，因为河南一直没有日本人入侵，日本人一般不入侵农村，因为农村没有给养，日本人也不愿意到老百姓家抢粮，因为需要自己扛，太累。

这样一来，三组人已经分配完毕，下一周进行生存训练，就是分给一定数量的粮食，没有盐和油，三个组放到野外十天，然后到下放地点集合。野外生存训练后培养睡眠能力和背诵情报的能力。各个班可以根据自己班的情况设计出有利于培养队伍坚韧能力的各种训练方法，目的当然是提高应对各种紧急情况的能力。抗战再打个三五年都是可能的，而军队对于此类训练的环节很明显是有所欠缺的，日本军队整体素质比中国军队要好，无论是身体素质还是耐受力，远远强于我们。

上校也说现在还没有实弹训练的时候，先常规训练就好。有人问何为常规训练，上校说你们在学校都上过体育课，我们就像学校的体育老师要求的那样，先练习站队、立正、向左向右转、齐步走，队形始终要保持整齐，练到一个团队像一个人一样。于是大家便像上学时那样从基础开始练起，逐渐树立一种听号令守规矩的习惯。

训练班的学员要学会服从长官，军人的天职就是服从，下级服从上级，士兵服从长官。要求学员们了解清楚党国的领袖是蒋委员长，一切服从蒋委员长，不许议论和评价委员长。一个月后发枪，每人三支，一支手枪、一支步枪、一支卡宾枪。卡宾枪和步枪是美国产，手枪是比利时的，平时手枪必须随身佩戴，步枪和卡宾枪则是训练使用。

训练之前每个学员都要发言表决心。1、谢明经：听从上级的指导，服从命令争取好成绩，带好队伍。2、明理：听从命令，把本职工作做好，到这里接受教育，作为四川人，了解到全国人民的心情，我们四川是后方，尽我们的能力起到后方的作用。3、栗子伟：我来自辽宁沈阳，虽然在沈阳还没有看到日本兵欺压辽宁人，但对于日本人憎恶非常，这个国家把战争强加于爱好和平的人民，特别是满洲国，不知廉耻，对日本人奴颜婢膝，我要尽我的能力学好本次课程，不辜负祖国人民的信赖。4、布国生：我来自东北长春，作为满洲国人，我感到羞耻，觉得对不起全国人民，本次来学习，要用民国的精神武装自己，听委员长的教导，全力支持组织的工作。5、和名：我来自甘肃，虽然我们那地方目前还没有日本人侵入，但作为西北的民众要听委员长的话，随时接受委员长的调遣，为中华民族的复兴尽力。6、莫莹：我是山西人，山西是抗日的前线。很遗憾我未能参加山西保卫战，现在我要尽快武装自己，用实际行动抗击日本侵略者的野蛮进攻，用自己的力量保卫河山，保卫山西。7、卫楚民：我是河北人，自古就有慷慨悲歌之士的故乡。现在我这个慷慨悲歌之士要为祖国而战，为蒋委员长而战。8、金百枝：我来自辽宁鞍山，小学毕业便用功研究日本对我们国家的垂涎觊觎。日本军国主义者早已在研究中国的实力并加紧准备对中国进行武装侵略，在东北黑龙江日本人派来了开拓团……9、郑重：我是河北人，日本侵略者早就觊觎河北，此前妄图鼓动华北自治，说穿了华北自治就是企图把华北从中国分裂出去。日本人亡华之心不死。通过此次学习，我要增强民族意识，增加爱国心。10、白崇民：我来自陕西，日本人现在暂时还没有攻到陕西，我这次报名参加学习就是要多积累一些抗日力量，准备用我的力量加上同胞的浴血奋战，保卫我的家乡。11、章常宁：我是宁夏人，虽然我的家乡暂时还没有日本人入侵，但这次来参加训练就是要做好准备，用学到的战斗技能给予日本人有力还击，尤其不久便开始枪械训练，我坚决准备练好用枪的本领。12、平安全：我是江苏人，现在的局势是家不像家，国不像国，我要用我的牺牲洗刷日本人强加给我们的耻辱。13、吴敌：我是河南人，河南没有天险，但河南有人，河南大汉全国有名，再加上我们抓紧时间，强化训练，一个训练有素的河南子弟兵将像一道屏障一样保卫河南，全国各省都像河南一样，我们是无敌的军队。14、伍雅娟：我是山东人，我还是个女人。我听说每个战士有三支枪，我急切希望能拥有战斗的枪支，我们抓紧时间训练，日本人胆敢进攻，定叫他们有来无回。15、程先仁：我是安徽人，希望抓紧时间训练，快些发枪，作为男人难以抑制满腔热情和悲愤，我们要给侵略者以惩罚，我保证服从长官，忠于蒋委员长。16、刘多全：我是一个甘肃人，自古西北就是能征善战的民族，日本这个贪婪的国家胆敢侵略我们，我将尽快学习杀敌本领，在训练中服从长官安排，忠于委员长，争取获得好成绩。17、路正：我是一个湖南人，听说长沙现在正与日本人展开生死决战，我一定加紧训练，准备到前线多杀日本人。我向长官保证，我做好了牺牲的准备，为了祖国，我决心献出我的生命。18、全一：我是一个甘肃人，值祖国对日本作战的关键时期，我以一个保卫民族的公民的身份保证，第一服从长官，忠于委员长，甘心为祖国牺牲；第二尽快训练，成为一名合格的战士，时刻准备为党国尽忠，为民众牺牲。19、沈丹冰：我来自北京，河北已经被日本人搞成自治省份，他们欺骗人民，把日本人搞得所谓自治说成河北人民认可，在中国的土地上，除了民国和蒋委员长，不能有第二个政府。我希望刻苦训练，将来杀敌立功。20、柳河边：我是一个云南人，我看到许多国军战士为了祖国的尊严，在云南的山林里与日本人拼命，我下了必死的决心，准备为了祖国付出自己的生命。如果我能为国捐躯，也表明我对委员长的忠心。21、荆棘：

我是一个湖北人，为了国家尊严我从湖北赶到这里，就是要培养自己的战斗本领，因为如果能为祖国而死，我将毫无遗憾，但要死得其所，我准备至少打死一个日本兵，这是一个小人物的誓言。22、令则行：我是山西人，全民抗战是从山西开始的，我已经准备了必死的决心，在我之前已经牺牲了很多山西人，但是还有我，一个随时准备献出生命以报答祖国的战士。23、郭有粮：我也是北京人，我坚决要参加此次训练，就是想通过我的死向日本人证明，我们坚决反对华北自治，在中国不存在自治省份。满洲国最终也将自绝于人民，委员长最终必能领导我们战胜日本人。24、廖盈民：我是江西人，我多次向参加国军对日作战，但都没有去成，此次我抱着必死的决心。我认为一个人一生中最大的安慰是用自己的生命证明拟对你的家、你的国家还有用，那么请把你的生命献给你的国家吧。因为这个国家现在需要你。25、黄令满：我来自黑龙江，我目睹了自日本开拓团到黑龙江农村开辟土地种植粮食，黑龙江土地是很多，但我们的土地凭什么你日本人来耕种？我们这里是中华民国，我们要用我们的力量保卫自己的国家。请政府收回满洲国，它不是我们中国人的国家。26、王贵乡：我是上海人，从八一三上海被日本军舰攻陷，上海人眼看着日本人借着自己的坚船利炮，以国际调停为借口，仗着自己的军事力量欲向中国提出领土要求。三七年又向上海派兵，民国动用上百万军队，又从四川调来很多援军，但由于日本人将海域封锁，最终上海陷落。日本人海上有军舰，空中有飞机，我痛感国力不足，现从水路赶来重庆，想学好本领，在全民同仇敌忾中消灭日本侵略者。27、何程：我是广东人，日本人不仅占领了广东的城市，还派兵占领香港，原以为日本会忌惮英国的军队，但现在日本人显然不把英国人当作强有力的对手，我们不能指望英国，我来重庆就是要找到委员长，到了这里看到有这么多有志青年，心中立即充满了希望。有了依靠，中国有国军，有委员长。听说美军已向日本的海上军舰发动进攻，相信假以时日，美军还是有能力击退日本人的，况且委员长的决心也给国民以鼓舞，中国不会亡。28、奚路程：我是河南人，河南古有花木兰，今有奚路程。我们要尽快武装起来，在蒋委员长领导下打败日本人。前面斗争一定有危险，但是我们不怕，只要我们抱住决死的信心，中华民族最终定能取得胜利。中国有五万万同胞，把抗日战线拉长，最终一定能战胜日本侵略者，日本人的兵员和资源都不足以支持旷日持久的战争，所以最后的胜利一定是我们的。29、吉陆：我是江苏人，江苏原来有南京，那是中国民国的首都，现在暂时被汪伪政权占领。汪精卫这个人奴颜婢膝，不会有好下场，必将自绝于人民。中国的首都必将回到人民的手中。我们总有一天将收回沦陷的国土，中华的军队一往无前。我们的训练班将在长官的率领下，忠于委员长，尽快掌握杀敌本领，用行动报答国家。30、千百万：我来自浙江，我坚决服从指挥，用尽一切力量苦练军事本领，听从上级安排，决心为委员长贡献自己的一切，把自己的生命献给民国，为党国而战。31、简一明：我是大连人，来自辽宁。我看到很多可爱的同仁都跃跃欲试，浑身似乎有使不完的力气。很多同仁都表现出对委员长的无比忠诚，我作为一个来自辽宁的青年，觉得生在满洲国不仅不能以身许国，反而脸上无光。我下决心舍生取义报答党国，我随时准备着。32、何迟：我是福建人，家在三明市，就在甲午战争割地台湾的对面，每当想起这段历史就感到耻辱，我坚决相信中华民国有一天会在蒋委员长的带领下，收回我国宝贵的领土台湾岛。33、茅维维：我来自浙江，我决心练就一身本领将来能够以身许国，请允许我以身赴死，做一个忠于党国的人。

总结：三十三人表达了个人决心，有以身许国者，有不畏牺牲者，有誓死与日本强盗死拼到底的义愤填膺者，还表达了对满洲国的傀儡政权和汪伪政府的不屑。教官则对学员的表现作出有针对性的点评。1、谢明经，要有忠于委员长的措辞，要有誓死与敌决战的决心，先有排长的气概，再有战士不惜生命的勇气。2、明理，有服从指挥的表述，有四川作为国家后方的责任承担，很好，希望做好副排长。3、栗子伟，作为沈阳人以辽宁归属于满洲国而感到耻辱。其实满洲国人不是辽宁人，也不是吉林人，更不是黑龙江人的耻辱。但作为满洲国，总有些脸上无光，实际满洲国也有很多国民，我们同样称之为中华民国的人民，这些人如果有机会将挺身而出，不辜负人民的委托。4、布国生，虽然你来自吉林长春，但不要有屈辱感，只要你认识到满洲国有辱人格就行了。你此次从东北赶过来，且表达了听委员长教导的意愿，那么现在就听从委员长的召唤好吗？5、和名，你是甘肃人，现在可以说是抗日的后方，请你有机会时告知你的同胞，委员长会调遣你们的。6、莫莹，山西的莫莹，打仗有你们山西人参与，你也已表达了保卫山西、保卫华北的愿望，我再加一句，保卫中华民国，保卫委员长。7、卫楚民，慷慨悲歌之士卫楚民兄，你能为国而战，为委员长而战，我佩服你，希望能在训练时多与卫兄切磋。8、金百枝，你提到日本人的开拓团，是日本民间先期来华的日本人，但现在的民间也相当于官方，只不过他们手中没拿武器而已。9、郑重，河北大汉郑重，凡是要将河北从中国版图中分割出去的行为我们都会全力反对，维护中国的宝贵领土，郑先生，拜托了。10、白崇民，白崇民同志，请你记住，陕西的同胞一定与你同仇敌忾，如果你没什么意见，可再加上一个我。11、章常宁，如果学习游击战，我还懂点理论，用枪的技术我也不外行，你毕竟来自宁夏，你能来到这里，就是对我们工作的支持，让我们共同做委员长的战士吧！12、平安全，江苏是伍子胥的故乡，他从甘陕来到这里，断发文身，我相信你的本领肯定不比他差，练吧！13、吴敌，河南可是个人口大省，天险算什么？有人最重要。我相信，以你的决心，肯定能练成可成为天险的由河南大汉组成的天下无敌的军队。14、伍雅娟，你说你是一个女人，我们就权当你是李易安，现在李易安要弃文从武了，我相信你能练就百发百中的神射功夫。15、程先仁，安徽也是个人口大省，同时是著名的鱼米之乡。你认为现在发枪正是时候，我们都是蒋委员长的兵，我们要保护好鱼米之乡。中国不乏鱼米之乡，但是日本人来了，我们都要用我们的身躯成为鱼米之乡的保障。16、刘多全，甘肃自古以来就是战事多发的地方，三国演义中的姜维就是甘肃人，他是一位能征善战的武官，曾辅佐诸葛亮多次北伐，我们的刘多全有成为武将的气度。17、路正，湖南是个大省，无论人口还是土地面积，尤其湘西有一大片土地需要我们保卫。你准备献出生命，很有魄力，让我们团结在委员长旗帜下。自古有舍生取义、杀身成仁者，让我们携手共勉吧。18、全一，你和刘多全都是甘肃人，我相信你热爱委员长的胸怀，我也相信你能练就杀敌本领，为甘肃人民争光。19、沈丹冰，北京的沈丹冰，华北自治将随着抗战的胜利而成为历史，骗局到时候便会不了了之。但人民要惩罚制造自治的罪魁祸首。我们现在正用实际行动练习杀敌本领，我们要打回北京，光复祖国。20、柳河边，云南现在是抗日的前线，国军正枕戈待发。云南通往缅甸的公路很关键，蒋委员长日理万机，他正在调动军队赴缅作战。我们要为蒋委员长多分忧，确保战事有利于我方。21、荆棘，湖北人荆棘说至少要消灭一个日本兵，这就是抱负，日本人要逐步地消灭，我们也不能太急，要听从委员长的教导，从头做起，让国人在这场战争中逐步增强信心。22、令则行，山西人毕竟最先参与抗击日本人，战争尚未结束，令则行用时刻准备为祖国牺牲来激励自己，同时也是对战士们的鼓励。23、郭有粮，又是一个北京人，他舍生忘死对日本人以死相争，表现了北京人的民族意识。北京人将用实际行动来反对华北自治，郭有粮是一个榜样，北京人的气质可见一斑。24、廖盈民，你说如果你想对你的国家说些什么，那不妨说。我想告诉我的国家，我的家，作为您的儿女，我干脆把自己的生命献给我们的国家吧。25、黄令满，请你再郑重地宣布，中国的土地不容日本开拓团肆意占有，日本人这种“民间行为”更说明日本人没有把中华民国放在眼里。我们虽然还不能代表国家，可我们名义上的国家——满洲国更不能代表我们。我们请求中华民国代表我们行使国家权力。26、王贵乡，从三一年开始就受日本人欺负，目睹了四行仓库的中国军人浴血奋战，也见证了中国军队的失败，现在的你不再忍受这种耻辱，你来到重庆学本领，只为雪耻和复仇。27、何程，你原以为英国不怕日本，但事实上日本这个战争狂人是彻底疯了。占领了广东又侵略了香港。中国不怕日本，只要有委员长，全国人民鼎力协作，全力抗击日本侵略，中国就不会亡国。中国有虎门销烟的历史，表现了中国人民禁绝鸦片的纯洁道德心和抵御异族侵略的民族气概。28、奚路程，古有花木兰，今有奚路程。你说得对，我们要尽快武装起来，在委员长的领导下，全国一心击败日本人。我们不是十九世纪鸦片战争时期的中国，中华民族最终必将战胜罪恶的日本军队。29、吉陆，应该尽快学会本领，用行动报答国家。江苏自古就是周王朝龙兴之地，过去也是国家首都所在地，作为江苏人始终要牢记耻辱，我们将响应委员长的号召，用实际行动消灭日本侵略者。30、千百万，你来自浙江，那里也是委员长的家乡，你有决心苦练军事本领，有为国捐躯的信念，请你努力，为中华民族争光，为党国而战。31、简一明，你是辽宁人，你认为作为满洲国人脸上无光，你现在来到重庆，将以中华民国的一员参加到战斗中。32、何迟，你坚决支持委员长，希望民国能够收复台湾，那么请你坚持训练，用一身本领报效党国。33、茅维维，你也是委员长的同乡，你有舍身取义的决心，也愿意为抗击日本侵略者而奋斗，希望你能够坚定信念，刻苦训练。

训练班有些规定，其中一条就是不准往家写信，还有一条就是不准谈恋爱。但原来有恋爱关系的可以继续，没有的不能在三个月内确定关系。三个月之后要向排长报告。谢明经和金百枝的关系已经公开，上级没有表态，上校问过谢明经需不需要照顾，谢怕影响不好，没有提任何要求，但整个训练班都是知道两人的关系的。

在原籍已婚的学员：

谢明经；2、金百枝；3、黄令满。

逃婚的学员：

路正；2、吉陆；3、郑重。

其他需要说明的：

吴敌：匈奴未灭，何以为家，日寇不除，誓不成家。

奚路程：与吴敌相同，他说过至少要消灭一个敌人，此生何敢谈情说爱。

白崇民：陕西人要拼死杀敌，不灭日寇誓不为家。

吉陆：在家已经逃婚，辜负了一个女人，不可能再辜负其他女人了。

中国民国代表的政府派出远征军赴缅甸作战，这是中国首次派出成建制的军队出国参加战斗，不仅提振了中华民族在世界上的强国地位，而且赢得了世界两强的重视。美国和英国对蒋委员长给予了极高的评价。这是1840年以来我国首次获得世界强国地位。中国的国际地位从来没有这幺高，中国人民真的站起来了，这都得益于蒋委员长。于是美国派出了飞虎队，参加了中国的抗战，蒋委员长具有审时度势的气度，能将中国带到世界上并赢得国际地位。抗战以后形成了中、苏、美、英、法为常任理事国的联合国，这是当年蒋委员长为中国赢得的殊荣，中华民族子民应永远感激他。一九四五年九月三日是日本最终无条件投降的日子，中国人民品尝到胜利的滋味，国人也愿意这种滋味一直持续下去。父亲活着的时候曾经说过，抗战胜利的那一天，全国人民从内心迸发出的喜悦一直萦绕在心中，也认同蒋委员长是最伟大的国家元首。

国人的胜利是从抗战的最终结局中得到的，是从牺牲和浴血奋战中得来的。但建国后一个阶级斗争理论将八年抗战的军人的荣誉一笔勾销，有许多国军官兵就因为这个而成了牺牲品，这是对抗战的误解。我知道的一位参与过西安事变的原东北军军人，最终什么待遇也没有得到，只给他一句“因参加西安事变对其历史不予追究”。此人早已作古，其子女想必也不会得到蒋委员长的安慰。参加训练班的金百枝或已作古，而谢明经一直在台湾，建国以后谢明经曾回来过大陆，那是八十年代末或九十年代初，由于国内的形势发生了变化，就是邓小平复出以后给予全国各地的国军官兵一定的待遇，恢复他们的荣誉，给予他们的子女以一定的政治地位。如谢明经和金百枝的公子得到了一个城市的政协副主席的职位，究竟谁给的官职，中央不说，民革也不说，实际上谁也不用说。

我们听说上海四行仓库的八百勇士大部分在建国后都被流放到大西北，过着暗无天日的日子。这则消息来源于四川作家邓贤的《抗日战争五十年祭》。

谢明经在训练后被党国派往南京，做敌后工作，往返于江苏和上海之间。一九四五年以后回到东北，与金百枝育有一子。四八年初国军在东北大势已去，谢明经一直认为国民党有希望挽回战局的颓势，无奈现实残酷，最后谢明经随军去往台湾，谋得一地方长官职务，但是始终没有机会将妻、子接过去，只好只身留在台湾。他的中华民国梦一直持续到六十年代初，一个为了民国兢兢业业的有志青年有心报国无力回天。谢明经认为抗战胜利后应当全民休养生息，而国民党则认为不能给共产党时间，否则共产党缓过手来，结局将一发不可收拾。谢明经认为国民党应该学曹操，等袁绍自变，然后乘乱击之。而蒋公那个时候高估了国军的实力，急于求成，大量进口美国武器把本就脆弱的国民经济搞的不可收拾，最终兵败如山倒，只能退守孤岛。历史或可作多个结局的选择，但标准答案只有一个，即国民党的一败涂地。

金百枝留在大陆，带着一个小男孩。作为一个国军军官的家属，这种身份在刚建国的时候是无法生活的，只能靠金百枝父亲的一份工资勉强糊口。小学教员收入能养活一大家子人的历史在共产党建国后便结束了。一个低薪水多就业的社会形态的出现，把小学教员的工资水平拉低到只相当于商店的售货员标准，甚至更低。好在五十年代商品价格还算稳定，虽然工资低，至少还能维持。街道办事处当时也都给城市家庭妇女安排一份工作，不至于成为无收入者。鞍山解放的时间是一九四八年二月十九日，现在的219公园名称就由此得来。

鞍山刚解放，鞍钢就着手准备生产。鞍钢的大部分厂区都在铁西区，鞍钢工人一般要乘坐电车上下班。一个新兴工业城市以鞍钢为主，一切服从于鞍钢，为钢铁让路。到五十年代中后期才开始办理居民粮食供应证。而到了六十年代由于有严重的水灾，粮食供应实行低标准，那时由于农村办人民公社，处处都办大食堂，所以农民手中并没有可卖的农副产品，而农民无粮可卖就说明整个社会真的缺粮了。另外中国与苏联关系破裂，苏联做了两件大坏事，一是要东北中长铁路的钢轨，一是要朝鲜战争中苏联军火的钱。要军火钱是因为中国单方提出关于斯大林的问题。斯大林搞个人崇拜，肃反扩大化。中共作为兄弟党本无权干涉苏联的内部事务，苏联也没有想到中国作为社会主义小兄弟竟然敢严厉批评自己。尤其苏共中央第一书记赫鲁晓夫访问美国时提出了

“全民国家、全民党”、“和平竞赛、和平过渡、和平演变”这“三和”与“两全”。当然这仅仅是一种理论上的构想，由于苏联向中共索要军火钱和中长铁路钢轨，加上中国又遭遇严重水灾，内忧外患一并袭来，造成中国措手不及。六零年、六一年和六二年的低标准，主要指粮食，所以那三年由于饥饿而死亡的国民不少于抗日战争的死亡人数。试想一个成年人每天只有二两口粮，没有副食品，人的生命得多么脆弱。当时全国缺少粮食，尤其农村，比如河南，壮劳力每人每天二两粮食，人饿死不上报，据说死人的脸都被老鼠啃吃。这是七五七六年我在海城油酒厂当临时工时听一位从河南转回来的工人胜文兄讲的。

中日甲午战争就因为中国的满清王朝已经不具备做朝鲜上国的国力还硬撑着去保护朝鲜，结果北洋水师全军覆没。而五十年代初朝鲜不具备向南朝鲜进军并一举收复朝鲜半岛的实力，且联合国已令其停止军事行动，但朝鲜不理睬联合国的告诫而一意孤行，联合国不得已才出动以美英为首的联合国军。但联合国军将朝鲜赶回“三八线”后却没有停下来的意思，所以金日成写信给毛泽东请求中国出兵。毛泽东认为有机可乘，便宁可承担被朝鲜绑架参与战争的责任，不顾一切地加入了朝鲜战争。最后虽然不分胜负，但志愿军死亡人数远超联合国军，至于具体阵亡人数，共产党从不说实话，老百姓也无从了解真实情况。

到了六十年代由于中苏关系恶化，才出现苏联向中国讨要抗美援朝的军火费用的情况。当然关系恶化的责任在中国，斯大林肃反杀人太多，苏共不能容忍，但中国毕竟只是邻居，没有权力也没有必要管不该管的事，于是引发了中苏关系破裂，恰巧朝鲜战争的军火问题留下了尾巴。国务院在朝鲜战争结束后没有利落处理军火问题，被苏联人抓住了把柄，苏联的讨债肯定有依据，这个问题周恩来难辞其咎。据中方承认当时欠一千几百万美元，在那个年代对中国来说是一笔不小的开支。六零年到六二年中国因饥饿不知道死了多少人，民政部有具体数字，但是周恩来不允许公布。

毛泽东愿意搞运动，从公私合营到所谓的整风运动即后来的反右派斗争。公私合营因欠资方的利益分成，利息什么时候时候还清的也不清楚，损失也没有统计。公私合营不久便有了农村的初级社、高级社，进而出现了人民公社。总之人民公社毫无成绩可言，经济衰退显而易见。

从五七年开始，由帮助党整风发展而来的是反右派斗争，全国共揪出55万右派分子。到了六二年又开始社会主义教育，六三年又有阶级斗争，天天讲、月月讲、年年讲。反右派斗争使大批知识分子被打成右派，尤其毛在最高国务会议上讲“右派分子也就百分之五”，于是下面各反右派部门重新整理，不够百分之五的，坚决凑够百分之五，超过百分之五则予以表扬。我的一位竹姓朋友，五十年代的北京大学毕业生，就是因为凑数被定上的右派。

书归前文，谢明经夫人金百枝带着一个儿子过生活，金百枝的两个哥哥都很老实，两个妹妹早已嫁人。新中国自五十年代开始就各种运动潮，谢和金之子五三年读小学，五八年考入中学，六二年升入师范学校，毕业后便分配到小学做教员，那时候中专并没有像大专以上院校那样政审严格，因此谢明经的儿子没有受到政审的影响。金百枝非常懂分寸，各种运动来临时街道安排什么就规规矩矩做什么，而反右派主要针对的是国家干部，公私合营也与金百枝无关，即使后阶段文革开始，因为金百枝从不争抢什么福利和待遇，别人的枪口也就没有瞄向她，反而躲过了这场浩劫。

中国有一种习惯性思维，当一个人在明面上工作，就等于把自己的一切都公之于世，毫无秘密可言。而作为普通人，什么都不争，什么都不抢，反而成了一种保护，谢明经是随国军部队迁往台湾，金百枝过着缺少丈夫温暖和需要亲属护佑的生活，他们的儿子反而没有受到什么欺辱，因为主动欺负这类国军留守家属会让人耻笑。我与谢明经儿子是在东北师大读书时认识的，那是八二年到八五年间的事了。

谢明经的儿子以老实、诚恳著称，属于放到哪儿都令人放心的那种性格。八十年代末谢明经回到鞍山，此前他儿子已经被区教师进修学校聘为教研员，谢明经回到大陆时赶上中央有相关政策，他的儿子便提拔为市政协副主席。我记得八十年代末曾经去市政协看望过他，他也毫不避讳地说确是因为其父的关系才有机会做这个职务。谢明经肯定还是要回台湾的，现在回想一下，如果谢明经当年没有去台湾，以他的身份肯定会被打成历史反革命，要挨批斗，他的孩子肯定没有好的未来，也不可能做政协副主席，而金百枝也必然是历史反革命家属。相当于谢明经用与夫人分隔几十年的代价换来了家属的安宁。

现在回过头来看国共两党的斗争史，我们可以做出这样的假设，蒋先生拥有长江以南的多个大城市，毛泽东则拥有陕北、晋察冀等地区。假设蒋先生能耐住性子不打，国共两党不打不闹，而蒋毛二人都不善于搞经济，双方的经济谁先垮谁就会被对方吃掉。但事实上蒋和毛都不认为自己搞经济外行，也都不认为打仗自己不行。再假设如果八十年代大陆没有邓小平会发展成什么样子？我们如何评价中国的抗日战争历史？抗日战争后即便中共保证不打，蒋先生能做到和平共处不出兵吗？有人说蒋先生主要是输给了林彪和粟裕，但是林彪粟裕都没有主动进攻的实权，中共这边打与不打可不是林、粟二人说了算的。如果蒋先生不打，以当时中共的实力，主动出击的可能性不大。蒋先生如果耐心等待中共内乱，再趁机统一中国是可能的。中共从建国后就开始整风，查历史，毛泽东是个不甘寂寞的人，所以完全可以静待中共自己动摇根基。另外，如果苏联不插手，不给中共提供武器，无论如何国军也不会败退台湾。按当时的局势，毛泽东大概率会固守陕北，在西北与苏联联合伺机而动。中共也不是拒绝一切进步的东西，比如在延安时期困难到那种程度也没有挡住中共高层找女人跳舞。中共在批评别人腐败方面一直是率先垂范的。五十年代学苏联也是从跳舞开始的。如果都像蒋先生那样一杯白开水，大部分共产党员都会觉得苦不堪言。蒋先生不容共产主义在中国生根发芽说明他眼里揉不得沙子。中国有一句俗语“水至清则无鱼，人至察则无友。”蒋先生大概是没有深刻理解吧。现在中共纪委极为擅长文字游戏，一句“政治生态恶化”将“江”政权描述得不能再坏了。抗战之后，蒋公坐拥一千多万平方公里的疆土，可惜蒋公不善于经营，否则再退一步讲，就算国共两党均分土地，双方也都会成为大国。现在台湾反而被联合国逐出，国民党也不再是政界主旋律。如果蒋公健在，回忆与毛泽东的争斗也肯定比毛泽东心安理得一些。毛一生争来斗去，在世界上丢人、丢子、丢夫人，喊着“解放全人类”的口号，最终带着虚无的共产主义梦想安躺于自己的纪念堂，给全世界留下笑柄。其实主张共产主义的人，内心也认为那是不可能实现的，早就应该退而求其次，充分调动人的能力，让国人有饭吃、有衣穿、有房住、有更现实地为之奋斗的目标才对。

毛泽东就是一个画饼的大家，带领如此庞大的一个国家来集体画饼。毛一生为之奋斗的是做全世界人民的领袖，很可惜全世界没有那么大的广场。记得文革期间知青睡不着觉突发奇想，假设有那么大的广场，兄弟三人合成三班，不停地点名，七亿人口大约要点上一百年才能点完。都是人，毛也是人，肯定做过这个假设，因为只有他有假设的条件，毛肯定也设想过他一挥手，全国红卫兵奔赴美、苏，什么帝国主义，什么修正主义，都不在话下。因为伟大领袖正欲挥手。所以连以后的江泽民都可能做过类似的梦。但红卫兵不是战士，没有武器，全国人民也没有那么实在。人民公社解体时，农民终于舒了一口气，也有人说人民公社不能不了了之，我们的大寨还没有学完呢！我们定了十年的学大寨的规划不是白瞎了吗？现在看来世界上没有神，但愿意当神的人看看毛泽东一个人在纪念堂里多么寂寞。世人该醒醒了，毛的“与天斗其乐无穷，与地斗其乐无穷，与人斗其乐无穷”是把中国人当作了什么？文革中共狠狠地丢了中国人的脸，这是有文明史以来不曾有过的灾难。一九六六年十一月三日毛最后一次接见红卫兵，当时我就想过，毛是个人，红卫兵也是个人，大家为什么如此兴奋？我遇到的一个可能是来自吉林省的某个县城的红卫兵，由于个子太矮在接见活动是没有见到主席，回来到了接待站痛哭不已。于是我想到《三国演义》中刘备送徐庶走时，刘备砍伐前面的林木，原因是阻挡了他看军师。现在我倒是想毛接见红卫兵时林彪在想什么呢？周恩来在想什么呢？也许林在想还得找陈伯达，在四个伟人后边再加些什么吧。周恩来能怎么想？或许周认为主席距离世界人民的领袖又近了一步吧！

谢明经与金百枝全心全意为蒋先生的中华民国不惜牺牲生命，而后来由于将的一意孤行，好好的中华民国葬送于蒋先生之手。如前所述，谢明经最后到台湾也只是尽人事听天命。蒋先生有四百多万正规军，清一色的美国武器，竟然败于开始只有几万人的土八路，肯定是战争史上的奇闻。蒋没有吸取教训，仍然大权独揽，美国人给他提了那么多意见和建议，全当耳边风。蒋先生反攻大陆的想法尤有痴人说梦的笑谈。好在流落到台湾之后将从大陆运过去的美钞和黄金用于正途，台湾经济发展得不错，总算对台湾人民有了交代。

值得肯定的是，台湾政府的清廉还是可歌可颂的，对于同去台湾的那些抛家别子的士兵还给予了很好的待遇，对大陆暂时鞭长莫及的南海诸岛，还是尽心尽力地去管，对“中国”的概念始终如一。但民众，尤其是流落在大陆的抗日家属，王师一去不归望眼欲穿。西南边陲的几个省，抗战时为国捐躯之士众多，大陆建国后，抗日将士家属都成了反革命家属。大陆规定抗战在军中以46年为限，因为大陆将1946年界定为解放战争。国民党军中上尉连长都定为历史反革命，但46年以前的国军军官、士兵，大陆则不以反革命相待。

如我前面所说，参加过西安事变的老东北军将士，没有被批斗，没戴历史反革命帽子已经不错了，他们历史上的功绩没人管，既无名，又无份。

台湾管得好，那是大陆没有正经管。大陆用的管理者大多是二流子、流氓，统称为“流氓无产者”。而且从土地改革开始，中共就用这样好逸恶劳的人，农村人最多，不劳动的人相对也多，对于被政府定义为坏人的，群众也不知究竟为何人。例如对抗战有贡献的四行仓库的八百勇士，中共没有人再去区分，这其间的不公平民众无法知晓，作为局外人的老百姓也没有能力区分。

中共给谢明经、金百枝的儿子安排了一个政协副主席的身份，谢明经回大陆之前统战部门就已经办妥，先让其子进民革，再从基层做教师进修学校校长，最后当市政协副主席，工资待遇上调到参照市级干部。总之，谢明经和金百枝四十五年的分居赢得了儿子的升迁，这真得感谢邓小平先生，否则不追究历史已经是我党的宽容了。现在大陆的所有父亲都在为子女操劳，为其买房、为其维持婚姻费用。中国的家庭结构大多如此。

如果以中共的一贯斗争哲学会将谢、金及其儿子都划归批斗对象或按文革期间将人分为左中右三类。然后每次斗争必须分敌、我，所有人的意识形态必须与党的领导一致，斗则就是不团结、不纯洁。任何一个政党都不会出现中共这种模式化的套路，虚伪的自我批评，反复的作秀。看看中共的代表大会，假装在不停地争论，然后带来某某人的指示和精神，全体代表再热烈地讨论、理解，最后认识达到空前的统一。实际上统一与否只有鬼知道。群众也都学会了“我们开了一个很好的大会，使全体成员达到了空前的统一。”自58年大跃进以后，全国都学会了这一套。所以人们都知道是谁要求这样做的。

我们都还记得全党迎“九大”时的基本情况，谁也不能说不好的事，不允许出现不和谐的声音。中国百姓都知道什么叫做“不和谐”，什么叫做“不允许”。

在中国，这幺多次运动，能在政治上躲过去都是奇迹。反右斗争一开始不叫反右派，后来改成反右派斗争。一开始动员党外知识分子帮助党整风，应该是真的。但帮来帮去变成给共产党提意见，而且意见提得过火，甚至大有希望共产党放弃执政党地位的意思。于是毛泽东恼羞成怒，露出真面目，没有表现出君主气度。全国一次性揪出55万右派分子。到六十年代对右派分子予以甄别，但即使甄别也还留个尾巴，仍习惯上称其为摘帽右派。对蒋公提意见者，如果放在中共反右派斗争中，绝对悉数定为右派分子。蒋公的气度从其对张学良的态度上可见一斑，张学良实际上绑架了国家领袖，使蒋公一举消灭中共的计划毁于一旦。但蒋公只对张处以十年徒刑，这种事放在中共这边是不可想象的。张一直活到104岁，足见蒋公作为基督徒的仁慈。从另一个角度讲，蒋公十分信《周易》，他以儒学的“中正”为名，以“豫”卦的六二爻辞的“介于石，不终日，贞吉。”作为他的“字”。用“不终日，贞吉，以中正也”中的“中正”作为他的名。其实“中正”、“中庸”、“中”都是儒教的思想方法。《周易·正义》彖曰：豫刚应而志行，顺以动，豫。豫顺以动，故天地知之，而况“建侯行师”乎？天地以顺动，故日月不过，而四时不忒；圣人以顺动，则刑罚清而民服。豫之时义大矣哉！彖，是“断”的意思，“彖辞”即断辞，是对一卦的解释。爻分刚、柔，例如豫卦中初六、六二、六三……每一卦有六爻，豫卦中上卦为☳下卦为☷，读卦先读上卦，再读下卦。豫卦应读为“雷地豫”。六爻读时从下至上，一爻读初，然后依次为二、三、

四、五、上。阳爻称“九”，阴爻称“六”，这样豫可读为“雷地豫”。《周易》分《易经》和《易传》，《易传》出自孔子，是对《周易》的解释。《易经》是没有孔子解释的《周易》的原文献。

《周易》卦象解析

卦象指《周易》彖辞之后的一段话，用“象曰”描述。《周易》是取象的记录。《系辞》“在天成象，在地成形，变化见矣。”《正义》“象况日月星辰，形况山川草木也。”况即比况，将某物用人们熟知的物象之，以助理解。如颜色、气味。《周易》六十四卦都是象的结果。取自然之象以示人。《周易》卦象辞便是一卦之象，或取比喻，或取象征，或取引申，或取类比。以下按《周易》卦序分别描述。

乾卦象曰：“天行健，君子以自强不息。”《正义》：“大象也。”乾即天，其象为健，刚健为乾之象。《正义》“天行健者，谓天体之行昼夜不息，周而复始，无时亏退。君子之人用此卦象自强勉力，不有止息。”乾字本义与“天”无关，《说文解字》“乾，上出也。”《说文解字今释》“乾，向上冒出，表示植物由地底向上至地面，通达。”由“上出草木出土乾乾然强健也。”喻天之不息自强，故不直接用天表乾卦。《正义》“天者定体之名，乾者体用之称。君子自强不息。”“君子之称，为天子、诸侯、公卿、大夫有土地之封者。”反映《周易》改变卦的初创内涵，建立人的等级观念。《系辞》“黄帝、尧舜垂衣裳而天下治，盖取诸乾坤。”之时，乾、坤表男女，其作用表示人类由野蛮向文明过渡。垂衣裳代别男女。当时不曾有乾天坤地的概念。

坤卦象曰：“地势坤，君子以厚德载物。”《正义》“地势方直，是不顺也；其势承天，是其顺也。”坤为顺。“厚德载物”君子当知地之特征，容载万物。《系辞》“乾道成男，坤道成女。”坤以顺承天而有性别特征。

屯卦象曰：“云雷屯，君子以经纶。”

《正义》“凡六十四卦，说象不同：或总举象之所由，不论象之实体，又总包六爻，不显上体下体，则乾坤二卦是也，或直举上下二体者，若云雷屯也。”君子以经纶。《正义》“经谓经纬，纶谓纲纶。言君子法此《屯》象有为之时，以经纶天下，约束于物。”屯卦君子应为天子，因经纬表天下，诸侯公卿大夫不具备统天下之权力。象辞中君子有总而言之，亦有别而言之。屯卦之君子有别于他卦。

蒙卦象曰：“山下出泉，蒙；君子以果行育德。”

《正义》“山下出泉，不知所适，蒙之象也。”果行育德，讲教育。卦辞的初筮告，蒙昧则告，以此取象。后用启蒙、发蒙表早期教育即源于此。

需卦象曰：“云上于天，君子以饮食宴乐。云而未雨，不言水需。”《正义》需卦坎水不表险。引申将施惠于民，民待雨而欢。用饮食喻民欢愉之待时。

讼卦象曰：“天与水违行，讼；君子以作事谋始。”

天与水违行，讼为争讼。取天水反行有争之象。《正义》“天道西转，水流东往。”天道取自然象，水流取中国地形，西高东低。喻争讼之源。做事谋始，争讼起于契之不明，原契明与否，可决其讼。

师卦象曰：“地中有水，师；君子以容民畜众。”

地中有水，不取上下而取水在地中，喻地容纳水。如君子容众，畜养其众，师为军队，其象不取征战而取容民畜众。反映《易》不主张战而主张和。

比卦象曰：“地上有水，比；先王以建万国，亲诸侯。”

地上有水，比是亲比。《说文解字》“比，密也。二人为从，反从为比。”密为亲密。文王填卦辞之时尚拘于羑里，无从分封诸侯。卦辞不可能有建万国亲诸侯。孔子痛感诸侯纷争，战乱频繁，故用此卦以象之。从反面可见当时天下分崩离析，不再亲比。

小畜卦象曰：“风行天上，小畜；君子以懿文德。”

风行天上，喻令不得于天下。此时国君当修养自身。“远人不服则修文德以来之。”

履卦象曰“上天下泽，履；君子以辨上下，定民志。”

上天下泽，取其上尊下卑之象，国君分辨人之高低贵贱，以确定秩序。《序卦》“物畜然后有礼，故受之以履。”

泰卦象曰：“天地交，泰。后以财成天地之道，辅相天地之宜，以左右民。”

天地交，后，君也。《尔雅释诂》“林、烝、天、帝、皇、王、后、辟、公、侯，君也。”《正义》“泰者，物大通之时也，上下大通，财物失其节，故财成而辅相，以左右民也。”天地之道为四时，天地之宜为因地制宜，左右民为助民。

否卦象曰：“天地不交，否；君子以俭德辟难，不可荣以禄。”

天地不交，则否为不通。此时当以节俭为德，以避难。天子诸侯均应采用相应之策以对待。

同人卦象：“天与火同人。君子以类族辨物。”

同人天与火，同人指向以为团结同志之人越多越好。君子以分辨敌友，更多地团结人。

大有卦象：“火在天上，大有；君子以遏恶扬善，顺天休命。”

火在天上。《正义》“大有，包容之象也。”形形色色是社会，允许各类人生存。君子之责在于制定善恶标准，提倡美德，遏制丑恶。顺天休命即以美好为美。休、美、善。

谦卦象曰：“地中有山，谦；君子以裒多益寡，称物平施。”

地中有山。《正义》“多者用谦以为裒，少者用谦以为益。随物而与，施不失平也。”成语有裒多益寡源于此。《辞海》“裒，减少；益，增加，补。谓移多余以补不足。”朱熹注，所以称物之宜而平其施，损高增卑以趣于平，亦谦之意也。

豫卦象曰：“雷出地奋，豫；先王以作乐崇德，殷荐之上帝，以配祖考。”

雷出地奋。《正义》“雷既出地，震动劫万物，被阻气而生，各皆逸豫。”此时天子祭祀天地，配以乐，祖考谓周之祖先后稷。

随卦象曰：“泽中有雷，随；君子以向晦入宴息。”

泽中有雷。《正义》“泽中有雷，动说之象。”动莫若雷，悦莫若泽。晦、宴指晚间，人君入晚则息。喻天下安定，国君高枕无忧。

蛊卦象曰：“山下有风，蛊；君子以振民育德。”

山下有风。《正义》“蛊者，有事而待能为之时也。”振民育德，容君子以德济民为事。

临卦象曰：“泽上有地，临；君子以教思无穷，容保民无疆。”

泽上有地。《正义》“相临之道，莫若说顺也。”上位君子施以教育，容众于无限。《说文解字》“临，临也。”现有光临、莅临、亲临。

观卦象曰：“风行地上，观；先王以省方观民设教。”

观，为风行地上。风主号令，喻先王发令。设置学校，固民习俗而为教。

噬嗑卦象曰：“雷电噬嗑，先王以明罚敕法。”

雷电噬嗑。敕为天子的命令，卦辞有“利用狱”，其象突出行使法律权力。目的惩罚违逆者，使人畏惧，取雷电以象之。

贲卦象曰：“山下有火，贲；君子以明庶政，无敢折狱。”

山下有火。《正义》“处贲之时，止物以文明，不可以威刑，故‘君子以明庶政’，而‘无敢折狱’。”可见古代行政与法律已经分开，贲取处理行政公务而停止法律处罚之象。

剥卦象曰：“山附于地，剥；上以厚下安宅。”

山附于地，剥为剥落。若欲不剥，当使基础牢固，以剥之象警示于人。

复卦象曰：“雷在地中，复。先王以至日闭关，商旅不行，后不省方。”《正义》“雷是动物，复卦以动态为主，故雷在地中，先王以至日闭关者，以两个至日闭塞其关也。商旅不行于道路，后不省方者。方，事也。”即现代意义的国家公休日。雷表动，在地中则不动。

无妄卦象曰：“天下雷行物与无妄，先王以茂对时育万物。”

天下雷行，与，相当于副词“皆”。《正义》“茂，盛也；对，当也。言先王以此无妄盛世当其无妄之时。育养万物也。”万物为民众所育，归功于先王。足见《易》的历史观，似乎天子万能。可谓无妄之妄。

大畜卦象曰：“天在山中，大畜，君子以多识前言往行，以畜其德。”

天在山中。大畜为丰富的储备。孔子以象知识的储备，进而象道德的丰富。孔子将人事、政治、道德引入《周易》中，牵强而后儒坚信。

颐卦象曰：“山下有雷，颐，君子以慎言语，节饮食。”

山下有雷。《正义》“人之开发语言，咀嚼食物，皆动颐之事。故君子观此卦象，以谨慎言语，裁制饮食。先儒云，祸从口出，患从口入。故于颐养而慎节也。”取颐之口动之象喻如何避患。

大过象曰：“泽灭木，大过；君子以独立不惧，遁世无闷。”

泽灭木。过为过越之过，为恶难之时。《正义》“于恶难之时也，卓而独立，不有畏惧隐遁于世而无忧伤。”此象为不吉之象。孔子反其道，告诫君子于不吉之世道，保其操守。意义大于其象。

习坎卦象曰：“水洊至，习坎。君子以常德行，习教事。”

水洊至，坎为险，习坎为重险，不为险困，唯君子能。因为君子能熟练政教之事，秉常品德之修养。此以险象引申。

离卦象曰：“明两作，离；大人以继明照于四方。”

明为日、为火、为光。继明照于四方，大人象此，光照四方。引申为其德其惠布于四方。以日照取象，以思德取义。可见歌颂领袖自古有之。

咸卦象曰：“山上有泽，咸；君子以虚受人。”

山上有泽，虚为心胸开阔，能接纳各种人才。

恒卦象曰：“雷风，恒；君子以立不易方。”

雷风恒。《正义》“得其所久，故不易也。”恒为久，方犹道也，此为取义为喻。

遁卦象曰：“天下有山，遁；君子以远小人不恶而严。”

天下有山，遁，隐退之义，处其时不可为进，因小人既不可讨，故退避之。对于小人虽恶之，但于遁之时不可表露憎恨。于几则应时刻保持庄严，使小人无法靠近。于遁之时所取之态，似以义而非象。

大壮卦象曰：“雷在天上，大壮；君子以非礼弗履。”

雷在天上，壮为强壮。自身强壮而骄人则无礼，壮而益谦则得众。履，行也，是讲一哲学道理，不唯取其象也。

晋卦象曰：“明出地上，晋；君子以自昭明德。”

明出地上，自昭明德。以德为核心。自我显其德，必有可显之德。德非由自己定标准，能显公仆之德，为晋之德，光明自地而出，掩饰不住之象。

明夷卦象曰：“明入地中，明夷；君子以莅众，用晦而明。”

明入地中，莅者，临也。《正义》“莅众，显明弊伪百姓者也。明夷之时，君子当处清静无为，藏其锋芒不争于世。”此为用晦实明。明入地中为明夷象。夷，伤，通痍。于明夷之时如何处世，似非象而义也。

家人卦象曰：“风自火出，家人；君子以言有物而行有恒。”

风自火出。《正义》“巽在离外，是风自火出。火出之初因风方炽，火既炎盛，还复生风，内外相成，有似家人之义。”就“管”而言，家与国大同小异。尤其儒学不同于道家，儒无所不管，但原则为言有据、行有恒。

睽卦象曰：“上火下泽，睽；君子以同而异。”

上火下泽。《正义》“动而相背，所以为睽。佐王治民，其意相同。各有司存，职掌则异。”睽之象为违背，意见相左。孔子用司职之异，已与睽违之义不同。偷换了睽违的概念。看来，为宣传儒学，孔子也难免有失。孟子更是难免犯下概念错误，如“子非鱼，安知鱼之乐？”孟子曰：子非我，安知我不知鱼之乐。

蹇卦象曰：“山上有水，蹇；君子以反身修德。”

山上有水，蹇，难行之象。既不得顺而进，不如返身修养其品德，待时而动。又以卦象之，水应流于下，今在山上，不如反其下。表达儒学扩散性思维特征。

解卦象曰：“雷雨作，解；君子以赦过宥罪。”

雷雨作，解。水变为雨而降，有雷有雨，为春意，万物复苏，取解之义，非全象也。减轻刑罚，赦免宽宥有罪过之人。以天象引申人事。

损卦象曰：“山下有泽，损；君子以惩忿窒欲。”

山下有泽。《正义》“泽在下，山在上，泽卑山高，似泽之自损以崇山之象。”惩忿对己之怨与欲严加自省，以适损己之象。

益卦象曰：“风雷，益；君子以见善则迁，有过则改。”

风雷，损为损己，益为利人。《正义》“释风雷为益，雷动于前，风敷于后，然后万物皆益。”赋予自然之象以人之品行。虽有此况之滥，但从善如流，改过益人，主旨为善。

夬卦象曰：“泽上于天，夬；君子以施禄及下，居德则忌。”

泽上于天，夬。《说文解字》“分决也。”即分离决断。也取其抽象事物的决断。《正义》“夬有二义，象则泽来润天下，象则明法决断。”泽又为恩泽，国君之泽为禄，故施禄及下同时予下位之人以警示。有恩有威。

姤卦象曰：“天下有风，姤；后以施命诰四方。”

天下有风，风为令。故有后以施命诰四方之象。国君之命召告天下为诰。以自然之象喻人事之象。

萃卦象曰：“泽上于地，萃；君子以除戎器，戒不虞。”

泽上于地。《正义》“人既聚会，不可无防备，故君子于此时修治戒器，以戒备。”《正义》非信口而言。人聚会未必都需防备，但孔子研《易》值春秋之末，大夫擅政，无义之战此伏彼起。世道险恶，若值西周之初，乃刀枪入库，已无戒器可除。时之异也。

升卦象曰：“地中生木，升；君子以顺德，积小以高大。”

地中生木，土生水，木为树，树生长日渐高大。以此喻人，日新其德。

困卦象曰：“泽无水，困；君子以致命遂志。”

泽无水。水在泽下，无水之象。故“困”。君子视此，宁困而不改其志。如孟子“贫贱而不能移”。君子能反自然之象，处困泰然。

井卦象曰：“木上有水，井；君子以劳民劝相。”

木上有水。巽风在井卦以象木。《正义》“木上有水，是上水之象也，所以为井。”既然井水汲而愈涌，国君当仿此井之象，恤民助民，授晋鼓励，其财如水取之不竭。

革卦象曰：“泽中有火，革；君子以治历明时。”

泽中有火。火在水中自然不容，故需变革治历明时。时之义有三：适其时、预其时、过其时。革除旧法必待天时，否则不得其革。天时以喻人事。

鼎卦象曰：“木上有火，鼎；君子以正位凝命。”

木上有火，取炊象，即烹饪。旧命已革，新命当定其位，使之正。新法之文，必严肃，故称凝命。

震卦象曰：“洊雷，震；君子以恐惧修省。”

洊雷，洊者，重也。此为《正义》释洊雷。《辞海》“再，一次又一次。”《易·坎》“水洊至。”是再次听到雷声，雷声使人惊惧。以此象提醒国君，修身省察己过。

艮卦象曰："兼山，艮；君子以思不出其位。"

兼山，艮为山。《正义》"止之为义，各止其所。"八卦自然之象之一。思不出其位，思其所而不出其所。

渐卦象曰："山上有木，渐。君子以居贤德、善俗。"

山上有木。山上之木渐渐长高。君子以此象为喻，培养良好道德习惯。此卦与升卦异曲同工。

归妹卦象曰："泽上有雷，归妹；君子以永终知敝。"

泽上有雷。《正义》"泽上有雷，说以动也，故曰归妹。君子以永终知敝者，归妹，相终始之道也。"象人之婚配，有始有终。若有始无终，则不得偕老，则为敝。

丰卦象曰："雷电皆至，丰；君子以折狱致刑。"

雷电皆至。《正义》"雷者，天之威动；电者，天之光耀。雷电俱至，则威明备足以为丰也。"以喻国君法象无威，用刑于人当明其法而不滥，量其刑而得当。

旅卦象曰："山上有火，旅；君子以明慎用刑，而不留狱。"

山上有火，喻国君慎用刑罚，不延迟案件的审理。

巽卦象曰："随风，巽；君子以申命行事。"

随风，新法必申之，训而使民知晓，之后可以行之。

兑卦象曰："丽泽，兑；君子以朋友讲习。"

丽泽，同学为明，同仁为友，亦有同志为友。互相切磋为讲，反复演练为习。取重复之象。如此朋友皆悦，取兑为说。亦有兑为口舌，总之其象多。

涣卦象曰：“风行水上，涣；先王以享于帝立庙。”

风行水上。涣取涣然无难之象。故先王郊祭上帝，为王之祖先之宗庙。《正义》所谓见涣卦方才立其祖庙，解释似有不妥。涣卦辞“王假有庙”，祖庙已有，否则王不能到其祖庙。象曰的立庙可解为立于宗庙以祭祖考，而非适才建立。

节卦象曰：“泽上有水，节；君子以制数度，议德行。”

泽上有水。以竹之节况国君订立制度，以节制臣下。《正义》又将尊卑作为制度之核心。反映《周礼》人的等级观。本文认为立规章制度，以德选任官员当“议德行”。而以尊卑为标准，则毋须议德行。

中孚卦象曰：“泽上有风，中孚；君子以议狱缓死。”

泽上有风。中孚为心中有诚信。儒家又称中为中庸，讲中庸之道。讲诚信，可分开看，也可综合看。中庸诚信，象以案件，君子以取其实。尤其以于死刑案要反复审理，推敲量刑当否。人不可妄杀、滥杀。若有可恕，则不刑，免死。

小过卦象曰：“山上有雷，小过；君子以行过乎恭，丧过乎哀，用过乎俭。”

山上有雷。《正义》“小人过差·失在慢易奢侈。”取小人过，但矫枉过正。因此行过乎恭，丧过乎哀，用过乎俭。行、丧、用日常之事，以喻其小。世道为大。

既济卦象曰：“水在火上，既济；君子以思患而豫防之。”

水在火上。《正义》取炊爨之象，属清平之世、得意之时。象取其火而况。所谓“安不忘危，存不忘亡，治不忘乱。”教人有始有终，不取渡而用济，为借用。

未济卦象曰：“火在水上，未济；君子以慎辨物居方。”

火在水上。《正义》“火在水上，不成烹饪，未能济物。”因六爻均不正，故君子此时以慎为用，于物辨之慎，于居辨之方所，亦慎。

《周易》为十三经第一经。《周易》分经、传两部分。经为卦、卦辞、爻、爻辞。八卦包牺作。《史记》“文王拘而演周易。”这里没有说“演”的内容。演，即排列，将八卦排序。所以《周易》有“古者包牺氏之王天下也，仰则观象于天，俯则观法于地，观鸟兽之文与地之宜，近取诸身，远取诸物，于是始作八卦，以通神明之德，以类万物之情。作结绳而为网罟，以佃以渔，盖取诸离。……”以后有五帝，以黄帝为首，此前有神农氏有益卦、噬嗑卦，说明到黄帝时已有六十四卦。此前历史记录不详。《史记》有“五帝本纪”。《现代汉语词典》记到汤前30世纪。《十三经注疏》记有“尧、舜”。再之前已不太好查找。历史纪年以找到夏、商的遗址为准。《中国通史》这样界定。

卦的作用，《系辞》讲得很清楚，以佃以渔，盖取诸离。

到了后期卦开始与筮占相联系，……象者，材也，爻也者，效天下之动者也。是故，吉凶生而悔吝著也。

到了后来筮占内容日益增多。通史讲商朝的筮者在国君处很有地位。筮占者在制定国策时有很强的影响力。受筮占者影响，六爻也逐渐产生等级，如《系辞》中有“二与四同功而异位，其善不同。二多誉，四多惧，近也。”四爻距五爻近，因为五爻被筮占之人定为尊位，尤其五爻是阳爻，以后筮占者将其称为“九五之尊”。

第四章

谢明经听说东北战事结束，便从重庆回到南京。那时国民政府还没有将首都迁回南京，但蒋先生先派了接收大员，分别到南京、东北的沈阳、辽南的鞍山、营口。因为苏联人还没有撤离，民国未派人接收大连。谢明经在游击训练班学会了国军一整套管理办法，在南京和上海等地，谢明经的地位在稳步提升，但毕竟不属于蒋先生的嫡系，况且他1941年才到的重庆，因此升迁并不算快。5年军龄后担任排长，后来又有代理连长的经历，到抗战结束谢明经已是团级正职，并与陈诚飞往台湾几次，获得陈诚的好评，陈诚在委员长处口碑一直很好，但陈一直没有为自己培养心腹。谢明经回到东北，先到沈阳，之后到鞍山。那时鞍山先后有52军、207师驻防，谢明经申请到铁西区的一处房子，和金百枝总算团聚。夫妻二人带着儿子在鞍山居住，一直认为国军力量很强，但他低估了林彪的力量。林彪从苏联人手中得到了很多日本关东军的武器，从山东过来的八路军几乎不费一兵一卒就从大连通过庄河、岫岩，很快屯兵于鞍山而国军全然不知。有人同谢明经谈过国共两党各自的处境，谢还因为对国军的信心而非常乐观，但是他不清楚林彪是中共方面最有战斗才能的人。待林彪率军入关，谢才如梦初醒，但他那时还是将筹码全部押到了蒋先生。他这么有信心主要源于三点，第一共军的将领主要靠黄埔军校培养的人才；第二共军是小米加步枪；第三美国人不站在中共那边。但是很显然他想错了。一方面中共有一个林彪就足够撑起共军半边天，还有粟裕这种逐渐显露出战争本领的悍将；另一方面，小米加步枪那是过去的印象，现在的共军清一色是日本军队的全副武装，还没考虑苏联是否提供了苏制武器，苏联军队早就全部配备了冲锋枪。关东军军械库里的军火全部是当时最先进的配备，共军从来没有那么愉快地换装过那么先进的武器装备，说共军发洋财一点都不为过。还用“小米加步枪”这种固有思维就是犯了致命的错误。所以共军的战斗力已经大幅提升。东北在林彪手中，可以说传檄而定。谢和他的上司都犯了战略上的错误。到四九年初，东北全部被共军占领，基本上清除了国军势力，林彪携百万雄师进关，铁骑直捣京津。

上次说的龚文雅在牛庄很快安顿下来，十月份便怀上了岑的孩子，估计预产期在四九年六月。舅爷爷在参加婚礼时就说等当了爷爷请各位到家喝喜酒，而甄心诚大概在四八年末四九年初时生了孩子。冯伯伯固定每周到牛庄两次，日本的搪瓷盆也逐渐到货，按他跟舅爷爷定的价格出售，随着共军大举入关，销售形势一片大好。海城的章玺地和岑家的生意都比预期要好。

舅爷爷不断关照冯伯伯与日本的联系。日本全国也一致加紧生产，争取早日摆脱战争带来的恶劣影响。在国内有对战争罪犯的声讨，声音比较强烈的是高校，尤其像冲绳这样原本的琉球国。上世纪初日本出兵强占了琉球，二战以后，琉球要求恢复其原国名。当时美国代管琉球，《辞海》“琉球群岛，日本西南部岛群……”1877年冲绳县，二战后为美国强占。1953年美国将萨南诸岛归还给日本，1972年将冲绳诸岛和先岛群岛归还，仍属冲绳县。其实琉球国最早为清政府的保护国，十九世纪初被日本占领，清政府未公开交涉。此后日本将其改为冲绳县。总之日本在地图上不留琉球字样。二战后蒋先生只要回台湾，没有对琉球国的主权提出要求，或者说可能提出了要求而没有得到明确的答复。追根溯源，琉球国曾是清政府所保护，不能日本说占就占，在国家上总该有个说法才行。如果是认定是清政府的保护国，应该归中国所有，而事实上日本出兵占领琉球国有据可查。二战后美国为什么占而不还给中国，一个国家在历史上不知不觉就没有了。美国后来靠武力占领了琉球，却与日本私相授受，中国政府应该正式向日本索要琉球群岛。中日甲午战争后，清政府将台湾割让给日本，1945年日本接受波茨坦宣言，将台湾归还给中华民国。可当时民国政府为什么不坚持索要琉球呢？四九年以后，中日建交，中共政府也应该提出归还琉球群岛的主张。不知道毛泽东和周恩来当时是怎么想的。特别是中国免除日本的战争赔款那么大的事情，你周恩来和毛泽东直接就拍板定了，还有鸭绿江丹东向东江心岛也给了朝鲜，割让领土这么重大的事情居然如此随意，毫无民主可言。

现在看起来，第一，琉球国的问题，日本出兵占领，国际上不能没有人出面主持公道。清政府当时如果是放弃了对琉球群岛的主权，可以查找当时的两国协议。

美国有什么资格将冲绳“还”给日本？美国占有冲绳是因为日本二战投降，美国代管而已。“还”给日本证明美国认为冲绳属于日本。中国还认为历史上琉球一直是中国的保护国呢，你美国“还”给日本还是还给中国更合理呢？

日本战败投降，主要向中国、美国和英国投降，而与日本交战最多，战死人数最多的当属中国，中国参战人数之众是举世公认的。战争的赔偿应当有一个公平合理的规定，有一个计算的标准。当年蒋委员长没来得及往回要琉球，不等于不要了，但内战蒋先生败走台湾，一切权力都由中共获得。1972年日本与中国建交，首先应该讨论的就是战争赔偿问题。不能因为你毛泽东和周恩来一句话，战争赔偿就不了了之。另外关于美、英、苏的赔偿，我们可以参考最低水平也应该让那些失去亲人的家庭获得一定数额的补贴。毛和周没有权力拿中国人的生命赔款当人情送出去。

国家领导人不能拿自己当皇帝。战争以后，毛、周的确有当皇、王的愿望。见过十七年不制定国策，表现出千秋万代自己不断地干下去的欲望。这种帝王世袭与蒋委员长很像，说学西方，学英国、美国，实际根本不想真学。

我们不了解马列主义的真实内涵是什么。但共产主义给百姓的印象就是改朝换代。由你毛泽东、周恩来等世世代代干下去，中国权力必须由毛、周掌握，一个“为人民服务”就想要代表一切。如果真能把中国的事情办好，民众也不会有太大的意见。但中共清楚，全国土改后，土地迅速集中，到八二年人民公社解体。从建国到八二年一共33年，看看人民公社剩下了什么？建国以后无数次灾害，灾民得到政府什么救助？抗美援朝的死难者，其家属在经济上获得了什么补偿？

蒋先生不走群众路线，最终失去江山。保江山毛强于蒋，毛的无赖程度更是前无古人。民众从毛、周处没有获得任何实惠，毛一直干到1976年，而且死后还要进纪念堂。毛死后华国锋与邓小平掌舵，但华国锋哪里是邓小平的对手。邓自八大后就管中央书记处，五六年到六六年所有人事安排都是邓来管理。改革开放，就是几个人的事，用自己人管自己的事，口号越来越少，实惠日渐多起来。刘、周、朱等人只知道喊口号，什么为人民服务之类的，全世界口号最多的当然是毛泽东。

舅爷爷用冯伯伯管理货物的进出，海城由章玺地管理，牛庄由岑里明来管。四九年一整年都经营得不错。四九年五月甄心诚生了个男孩，六月份章家大摆宴席，庆祝喜得长孙。甄家亲家公、亲家母以及甄心诚的两个哥哥全家，都从甘泉镇赶来祝贺。岑里明一家也从中小镇赶来，自然还少不了牛庄和八里的“皆大欢喜”。席面仍然是海参宴，特意从牛庄请了擅烧海参的大厨。当天我的奶奶、父亲、母亲也都从鞍山赶来。父亲此时已经到鞍钢上班，据说不用多久母亲也能到鞍钢工作。听说老爷和老奶仍然在本溪，因为本溪比鞍山解放早几个月，本钢开工也比鞍钢早几个月。但本钢的规模与鞍钢当然无法相提并论。不过本钢除了钢铁还有煤，所以被称为煤钢之城。母亲是章玺地的表嫂，母亲的到来给章家带来了欢乐。

冯伯伯的到来又增加了喜庆的氛围，他和父亲是老相识，去年章玺地结婚时冯伯伯还没有到舅爷爷家做事。父亲与冯伯伯打过招呼，一阵寒暄，然后大家就坐。舅爷爷请的牛庄大厨，赏了二十元，那时候二十元可不算少，满月酒与婚礼不同，结婚宴要几十张桌，劳动量巨大，而满月酒，一般也就十桌以下。

甄心诚给章家生了一个儿子自然脸上有光，席间有人开龚文雅的玩笑，岑里明接过话头说龚文雅怀的也一定是男孩。那个时候还没有超声波显像技术，只是凭感觉论断，反正非常重男轻女。父亲跟冯伯伯攀谈起来，聊到鞍钢的差事很好找，冯伯伯说自己在海城牛庄两边跑，很忙，尤其日本战后工业兴旺发展，日本的自行车也很有竞争力，估计用不了几年，日本经济就会全面复苏。

今天甄家客人、龚家客人、岑家客人和大厨等人都要回去。我奶奶和父母也要回鞍山。于是八里和牛庄的“皆大欢喜”随大厨一道回城赶往牛庄，岑家客人自然返程中小镇，我奶奶和父母乘火车返程。总之，这个庆典的确皆大欢喜。

舅爷爷全家都很高兴，甄心诚也很满意，毕竟生了一个男孩，一个女人生孩子本来不是多么自豪的事情，但这种生了男孩的满足感自不必说。同时甄心诚也莫名地希望龚文雅也能生个男孩。龚文雅在学校当班主任，授课非常用心，总担心自己的班级被其他班级超过，不管是学习成绩还是班级纪律，又或者运动会表现，她的班级都是名列前茅的。龚文雅不愧是她母亲一手栽培的好女儿，在岑家赢得一致好评。女人的细腻再加上有文化，把家庭经营得异常和睦。龚文雅的母亲是她最好的老师，在她的记忆中，她母亲总是第一个起床，最后一个入睡，她的父亲永远是吃的最好、穿着最得体的人。龚文雅嫁入岑家后也明白了为什么她的母亲每天劳碌却很愉快。

冯伯伯说日本现在对远东法庭公布的战犯处罚，国民并不介意。天皇发终战诏书已经说明了战争结果的走向。在日本，天皇做什么事国民都能理解。天皇在日本人心目中有至高无上的地位。天皇继续存在，但权力有所削弱，比如没有宣战权力，日本民众对此非常满意。其实随着日本宪法的变化，日本再也不会有率先发动战争的可能，亚洲人民基本无战争之虞。如果远东法庭罢黜天皇，那么日本这次战争就吃了大亏，全世界受到原子弹轰炸的只有日本的广岛和长崎，可能是后来美国同日本作战死伤人数太多，所以用原子弹结束战争。美国一开始也没有想到日本如此能坚持，而且日本说了一亿人宁可全部战死，用“玉碎”精神捍卫荣耀。后来的日本战机全部装满炸弹，去轰炸美国的航母，战争之惨烈触目惊心，日本人表现出了不畏强敌的气势和决心。

难怪世人都说日本人为了这场战争做了决心战斗多年的准备，日本人的战斗力，绝不能低估。日本人顽强的战斗精神和高度的服从命令达到了非常和谐的一致。抗日战争伊始，尤其太原保卫战，卫立煌和阎锡山有那么多的军队，其战斗力与日本军队相比差距甚远，日本人为了侵华战争所做的准备不可小觑。日本人与美国人交战、德国人与苏联人打仗，才是现代战争。现在看，六十年代初中共关于中苏论战涉及的斯大林问题，苏德战场上的确厮杀过于激烈。美日交战，美国方面一直也在反复论证是否需要使用核武器，美国的纠结，反映了有核国家对无核国家使用核武器的举棋不定。当然最后美国还是终于不再纠结，于是将两颗原子弹投放到了日本。

黑龙江和吉林土地多，人口相对少。后来说黑龙江土地改革斗争相当激烈，其实未必是事实。黑龙江48万平方公里的土地，每年闲置不耕种的土地有很多，无主土地更多，所以那时候说黑龙江农民没有土地耕种显然是谎言。

进入六月，如岑里明所说，龚文雅果然生了一个男孩，母子平安，岑家非常兴奋，当然也得操办一番。此事由牛庄的“皆大欢喜”全权负责，但八里的“皆大欢喜”似乎受了冷落，而且八里的“皆大欢喜”本就是龚姓，感情上本就觉得应该比牛庄的“皆大欢喜”更为亲近。好在并没有因此心生嫌隙，二人同唱一台戏，当然也是准备的海参席，各家热热闹闹地从各地赶来，又是一番热闹。

龚文雅的父母在中小镇是很有名的，当地都知道龚文雅母亲料理家庭的本事。席间谈论最多的当然是赞美岑家找到一位人见人夸的好媳妇。而五个镇长聊的则是另一个话题，话题由八里的"皆大欢喜"挑起，因为东北野战军才进关不到半年，国民政府的长江天险已被中共军队突破，牛庄"皆大欢喜"说看起来没什么可打了，中共军队既然能突破长江天险，国军扳回的可能性就很小了。八里的"皆大欢喜"说听说国军尚有白崇禧几十万广西兵，还有一战之力。但甄心诚父亲说共军29小时攻陷天津，4月22日攻占南京，国军似乎有兵败如山倒的颓势，挽回战局的可能性看上去微乎其微。自从林彪入关，粟裕打完淮海战役，大规模的战斗不会再有了。蒋先生没有必要将那么多精锐部队都押在东北和华北。国民党自从让位于李宗仁之后，便注定了失败的命运。其实自林彪三下江南，四保临江，东北的战事已经基本结束。林彪率百万大军入关，战争那时候基本上就结束了。中共的胜利就是从那时开始的，国军那时候早就应该放弃东北，或者说抗战后共军取得日本关东军的武器后胜负的天平就已经倾斜了。蒋先生忽视了苏军，自从苏军倾向性地出兵东北，蒋先生就已经棋差一招了。蒋先生放着东北不要，放着关东军的武器不拿，只顾着跟共军抢地盘，就是没看清二战后的格局。国军的失败在打四平时就很明显了，卫立煌和杜聿明哪里是林彪的对手，国民党本就没人能与林彪抗衡，哪里想到后来又多了个粟裕，只能说共军太过幸运。说到这儿冯伯伯说抗战结束国民党应与中共签订君子协定。蒋先生过于小觑中共的燎原之势，中共的共产主义搞不搞实际上根本无所谓，中共的目的是彻底灭掉你。国军打共军从1927年打到1937年，为什么没有斩草除根？蒋先生为什么不思考一下自己失败的根源？你对张少帅过于仁慈，给你两次剿匪的机会你都把握不住。一个林彪就能决定胜负，再来个粟裕。即便再给你一次机会，关东军的武器全数落入共军之手，日本人制造武器的水平很高，美国武器那么好，打日本也不是一边倒，没考虑武器的因素吗？你在日本留学过，应该比谁都了解日本，这种低级错误是完全应该避免的。日本这种国家，虽然战败，假以时日，凭这个民族的智慧和水平，很快就能追上来。

不要以为抗战胜利就可以马放南山，刀枪入库。论思维，美国人哪里是中国人的对手，国民党的失败从国共合作时就已经注定了。二四年国民党第一次代表大会的联俄联共，殊不知北伐军在前面打，贫农团在后面分地主土地，把地主、富农戴尖帽游街，结果国民党用屠杀共产党人来报复却忽视了政治上的宣传。

土地革命对象当然是地主老财，而国民党的联俄联共中不包括分地主土地，“四一二”反而像是国民党组织贫农对地主下手。国民党制订的革命内容是打倒军阀，土地问题与打倒军阀应该分个轻重缓急。当然共产党解决土地问题的手段也是过于激进，是一种流氓做派。国共第一次合作已经决定当时的革命性质应该是资产阶级革命，而不是无产阶级的土地革命。

国共第一次合作最终失败了，造成自己人先打了起来。本来抗战胜利之后应该各自开展自我批评，双方言归于好。但居中调停的美国不了解中国国情，把好端端的局面搞乱了。北京天津的局面，对于中共来说，北京显然更为重要，毛泽东早就有定都北京的想法而不像蒋先生对江南格外钟情。就我个人来看，定都西宁未尝不可，或者考虑在甘肃设立首都也不错，能带动西北经济发展，尤其陕西的西安更是自汉唐以来的京城之地。

到了六月份江南的战事已经告一段落，大型的战斗逐步减少。中原野战军主要进军西南，大概在川、滇、贵一带。但战事并不激烈，整个战局基本上处于一边倒的局面，全国已经没有战事胶着的省份了。且中原野战军已经做了进军西藏的准备，东北地区连“剿匪”的工作都已经基本结束。国军没有能力阻止中共军队向南部和西南方面进攻，而新疆由于太过广袤，中共的军队已经放弃了步行，一律改用汽车进军很快就解放了乌鲁木齐，听说北京方面已经开始准备国庆大典。另外，中央政府人选已经确定，中共大有改朝换代的趋势。蒋先生最恨杨虎城，蒋认为杨虎城鼓动张学良兵谏，否则以张的性格不会这么干脆就在西安调动东北军而轻松扣押了蒋先生。

辽南基本上没有中共的留守部队，原来的后勤人员也纷纷整编进北京了。中央首脑批示是三月份开始进京。蒋先生的首都四月二十一日撤退清除，李代总统到最后也没有掌握国民党的军队，仍然是一位有职无权的代总统。一九四九年十月一日中共开国大典，中国正式进入中共时代。

听说大连附近阶级敌人对抗土改，贫协请解放军杀害了不少地主和富农。并且将所谓的地主富农活埋了一大批。我没有亲历那种场面，只是听说而已。还听说北京也抓了不少准备反攻大陆的潜伏人员，但是人数并不多。开国大典放在十月一日下午三点，足见毛泽东的精明。他一点也不给国民党破坏庆典甚至造舆论的机会，中共的地下党很早就在北京、天津布置了力量，打仗的能力虽然没有，但是宣传动员老百姓绝对是中共的强项，国民党留下的地下组织只能自叹弗如。

东北的土改可以从六六年文革开始时大字报的书写内容来进行想象。每个村庄都有几个好吃懒做的人，他们游手好闲，无事生非，唯恐天下不乱。记得六六年到北京串联，在北京郊区光华木材厂的宿舍，认识一位崔姓师傅，因为他要表现其思想革命争先，将自己原名“保安”改成“学咏”，这一改，改出毛病了，于是有人说他投机革命，写大字报揭发崔，崔在难以忍受的情况下奋起反抗，也开始写大字报，用标语予以回击。这位师傅可以说是祸从天降，改个名改出人们对他的批判。于是北京老虎洞的文化革命成了街道邻居们的争斗，这样的纷争此起彼伏，也不知道最终是如何结束的。后来我还专门给崔师傅去信了解情况。现在看来，人家改名算个啥事，旁人何苦干涉，虽然崔师傅这种举动有点自找麻烦的意味。

其实一个村庄，或者居委会有那么一个爱煽风点火的人就足以把运动搞起来。文革期间，只要一个人对另一个人有了芥蒂，就可以掀起一场批斗。但土改总要揪出一两个人，这样的人还得是有钱人，否则分什么东西？批谁？斗谁？例如有一刘姓的人有两个老婆，但这个人根本不是地主，只是他老婆要生小孩，他小姨子代替他岳母过来伺候姐姐坐月子。一个月下来刘姓男子就与小姨子发生了亲密关系，但是后来他的妻子也认可了这种关系，于是小姨子就顺理成章嫁入刘家。他家就是普通人家，如果真有钱，早就雇保姆了。想以此为借口分人田地或者财产的人尽管能编造人家有几个戒指，有几个银手镯，但是土改毕竟是以土地为标的物，无论怎么编造，也编不出人家有大量土地。

土地改革最终必须落实到土地上，否则不称其为土改。而土改的目的是将多余的土地通过改革使无地或者少地的人获得土地以耕种，只不过这种获取是无偿的。同样的土地改革日本也做过，目的也达到了。据说孙中山就试图通过土地改革达到“耕者有其田”。按中共的做法，有其田必须先有户口，如果能耕作土地的人没有与其相适应的户口，是不能获得土地的。

但东北的土地改革主要与斗争有关。尤其村庄与村庄之间，斗争已经不考虑谁有土地、有多少土地。总之一句话，只要你家有土地，且土地面积高于本村平均值，那么你就是改革的对象。有时候往往出现在甲村被分土地的人到乙村反而变成被分配土地的人家，当然也有分得土地的人家其实并不需要土地，因为刚建设城市，农村户口属性不明确，甚至有些土地户籍尚未厘清，城乡不分，甚至祖上几代都没种过地的人分了耕地只能说是暴殄天物，但是白分又不能不要。比如在鞍钢上班，家在农村，分土地之前并没有规定在哪儿上班不能分，于是经商的、城里上班的反而可以糊里糊涂地分到土地。最大的矛盾就是土地分配的无偿性，如果像日本那样实行货币化，认同需要支付货币取得土地，这样才让真正有需要的人有选择的余地。中共搞的这套方法造成无论是否真是农民都可以分到土地，给人一种不要白不要的错误认识。因此无论有没有农业劳动人口，只要想，就能分到土地，即便自己根本不可能耕种，也得先拿到手再说。这种土改肯定有问题。当局只管“土改”，改完就走，反正上级没有评定方法，百姓也都愿意通过土改获得土地，至于以后如何，走一步看一步，古往今来没有这种荒唐的政府行为。

黑龙江、吉林参军的人都戴上了大红花，说有了大红花上前线可以立功，立了功，土地就可以千秋万代给你家里。别的事情老百姓没什么兴趣，只要与分配土地挂钩，屁股就像着了火一样，说参军给分土地，马上就举手。几十个参军名额一会儿就凑够。当时也没有体检这个项目，有人报名就去。老百姓也不信当兵能死人，想着是哪儿那么容易就死呢。再说死了也是烈士，人活一辈子，混个烈士也是光荣。听说当时一个烈士称号比乡长、堡长还值钱，而且共产党多精明，给你好土地换你家孩子当兵，各取所需。

作为一个农民，一生中为之奋斗的就是为家族攒下几亩地，有了土地很多事情就都好办，没有土地就等于没有钱，一亩地有时值十元钱，有时候值十一二元，主要取决于当年收成如何。老百姓不在乎一两年收成好不好，反正今年不好明年好，明年不好后年好。农民有句俗语：庄稼不好年年种。还有一句：庄稼是别人的好，孩子是自己的好。孔子也说过：“人莫知其子之恶，莫知其苗之硕。”

农民爱土地甚于生命。土地有味道吗？有农民会不假思索地回答“土地香”。土地的香当然就是丰收的五谷香，谷物的香本身就是食物的味道，农民劳作之后吃饭时，看到自己耕作所获的果实放在餐桌上供全家食用，心内自然无比欢欣。如果农民会文言文，估计会说“连年饱食，夫复何求”吧。农民的企盼就是这么朴实，这个要求过分么？中共的土改几乎就要达到这个目标了，但没有抓住这个机会。西汉的晁错在《论贵粟疏》说：“人情一日不再食则饥，终岁不制衣则寒。夫腹饥不得食，肤寒不得衣，虽慈母不能保其子，君安能以有其民哉？明主知其然也，故务民于农桑，薄赋敛，广畜积，以实仓廪，备水旱，故民可得而有也。”

五十年代初中国人口尚少，正是休养生息之时，而党内不实行民主，国内人口迅速膨胀，又受朝鲜内战影响，打了一场不该打的仗。过去常说得道多助失道寡助，像金日成的对南朝鲜的战争就是典型的失民心的战争，而中国不分青红皂白，一边倒地支持金日成。其实中国绝没有理由与美国开战。

土地改革没有实行货币制，导致问题频发，但一切为了战争，为了兵源无货币分配土地也是无可奈何之举，这样的恶性循环也给今后的经济政策带来了无限麻烦。而且当时也没有制定长期国策的打算，党的领导人迫不及待地进城称王称霸，而且当时那种气氛，领导人不想称王，我党都不会同意，所以每打下一个地方便迫不及待地宣布政策，以示我党的伟大。包括建国，有点儿操之过急的感觉，完全应该等待一段时间再说，老百姓并不介意四九年还是五零年。

实际上，将建国时间安排在四九年或者五零年可能都不科学。土地改革也应该以货币化为纲领，那样的话对今后的经济制度的建设更为有利。生产资料与生活资料相比较，作为生产资料的土地显然比作为生活资料的房屋要重要得多。我党当时为了凸显自己人民救星的地位，操之过急，极力打压地主、富农和中农，大部分人不劳而获得土地，那些几辈子积攒资产囤积土地的人被剥夺土地这种宝贵资产，心理当然不可能平衡。不过我党是非常善于化解人民内部矛盾的，几年后合作社和随后的人民公社轻松化解了上述矛盾。在广大农民心中不由自主地产生了一种看似大锅饭的假共产主义思想。有土地的人吃亏是百姓自然而然得出的结论。而共产党土改开始就已经造成了人与人之间的不平等。中共的中上层从来没有对这方面做出过任何解释，而合理的解释恰恰是很重要的一项工作，这就在社会上造成了一种穷有理的舆论导向。其实穷富都不能形成有理的舆论基础，中共的土改形成了人们心目中穷有理的社会基础。而这种社会基础我党事先估计到还是没估计到呢？作为一个执政党，从执政开始就没有妥善考虑人民内部矛盾应该如何化解，只考虑一种表面上的“均贫富”。这种分配看上去皆大欢喜，其实既伤害了有较强生产力的地主和富农，又在贫下中农心中滋生了不劳而获的种子。结果是分配也不合理，生产力反而下降。其实土地改革最好沿用日本的货币化方针，穷人拿不出钱可以贷款，不愿意要土地的人可以经商或者当手艺人，不然无论是否务农，都可以免费获得土地，既然土地没有成本，谁会拒绝这种免费的财富分配呢？

中共欲做人民的大救星，毛泽东不顾全国各县的土地情况在全国范围内大搞土地改革，很难在全国范围内将土地划一，另外如果有地主拿出一九四三年之前购买土地的凭证，是不是应该考虑到人家占有的合法性呢？说人家土地剥削难以服众。土改用的人都是当地的流氓和二流子，真正淳朴农民没人愿意参与缺德事。说土改是刘少奇带头的，我想刘也不至于笨到用货币作为杠杆也不会吧？另外毛泽东和任弼时为什么对地主富农有如此仇恨？中共太想做大救星了，或许全世界也没有把农民如此划分成分的。回想一下，从四九年到七八年，中国这块土地上出格的奇葩事情也太多了。

农民看似老实憨厚，但涉及到自身利益时是很工于心计的。如生产队分粮，有挑选扬场上风头的心计，上风头的粮食成色足，分量重，这一点没有务农经历的人万万想不到的。

土地改革造成一种谁穷谁有理的社会氛围。不管土地如何分配，没有土地者总能占到一定程度的便宜。有土地分配的标准但是是以根本没有土地的人为标准的。就像谈到识字时穷人总说不识字是因为贫穷造成的，而贫穷是如何造成的却总是让“贫穷”本身负责。他们的逻辑是，如果没有万恶的旧社会，贫下中农也应该有文化。经过土地改革之后，人民找到了贫穷的根源，即一切罪恶都源于万恶的旧社会。于是分到土地的人们一方面对万恶的旧社会充满了仇恨，这种仇恨产生了民众斗争的力量来源。中共用这个普通的真理号召民众起来斗争。因为毛泽东是讲阶级斗争的领袖，有了领袖，全国人民才从被压迫中觉悟。土地改革的最大弊端最终是在全国范围内掀起了仇富的社会心理。

于是形成了一个简单的推理，在那万恶的旧社会贫下中农没有吃没有穿，终日受到地主富农的剥削而地主都是像黄世仁那样的坏人。凡是地主和富农都剥削穷人，都是欺男霸女的黄世仁，都靠剥削致富。全国上上下下都以这种阶级斗争理论为指导，而且毛泽东坚信这一理论，一句话哲学就是斗争的哲学。只有斗争才能打败剥削阶级，于是正如毛总结的那样，与天斗其乐无穷，与地斗其乐无穷，与人斗其乐无穷。这便是我党的哲学，凡是历史上进步的都是斗争，不斗争就不能进步，但天和地我们斗不过，只能和人斗。而与人斗有中国共产党为我们撑腰，不要怕斗不过，有党呢，怕什么？本来土地改革的目的是耕者有其田，历史上有过如太平天国的《天朝田亩制度》，中共的斗争哲学是杜撰一个万恶的旧社会剥削贫下中农，贫下中农吃糠咽菜。我没有问过“糠”是什么，后来得知糠是粮食表皮被磨掉的部分，有高粱糠、稻米糠等等。加工前后是一公斤粗粮可以生产0.7-0.8公斤米，吃的是米。总之粗粮加工成米肯定有损耗，但是这个糠的重量不会大于米。吃糠咽菜的人当然有，但人们不可能只吃米糠而吃不到米。在饥荒之月如青黄不接时这种情况当然会有，但绝不是常态，人们既然吃糠，请问米哪里去了？

辛亥革命孙中山向日本讨教过耕者有其田，绝没有像中共土地改革这种情况，况且国民党也不主张阶级斗争，绝不会为了侵占土地而打倒地主。

政府没有向民众分配过土地，则不能以土地改革为名实行均田制。清政府有过移民，在黑龙江和吉林向山东移民分配过土地，但并没有历史档案予以明确记载。顺治年间的移民是政府动员山东民众通过山东半岛向辽东半岛迁徙。

说国民党四一二大屠杀，这段历史有共产党人违背国共合作瓜分北伐军人父母的土地，导致北伐将士为父母复仇才引发。陈独秀当时不主张解决土地问题，后来被中共批为右倾机会主义，将其罢免。广东以彭湃为首最早瓜分地主土地，湖南也随势而动，国共矛盾由此激化。

我们小的时候只知道四一二屠杀共产党，却不了解真实的历史原因，我党当然避而不谈。

中国的土改定成分，我不知道别的国家有没有类似情况。如果有，可能苏联会存在吧。土地改革是中国独有还是凡社会主义国家都存在，需要进一步考察。阿尔巴尼亚和朝鲜这样向中国学习的国家以及越南这种搞过阶级斗争的国家在改革过程中做过什么，我党秘而不宣。社会主义最怕资本主义复辟，文化大革命中中国就怕这个，“辟”在《尔雅》中有时指帝王，据说夏朝时伊尹放太甲，后来太甲又复辟帝位，因此在中国有复辟的说法，过去有，后来又取消了。在中国，从来没有资本主义阶级，何来资本主义复辟。

中国搞社会主义其实老百姓都明白，现在的意识形态只有党校有时还讲一讲，别人都不研究这类让人感到无比繁琐的东西。实际上以后也没有必要争论。邓小平说“不要争论，不要讨论姓社还是姓资的问题。”百姓越不研究这些东西就越使这类意识形态的东西渐行渐远。

我的一位山西朋友跟我讨论过“不正之风”。问源于何时，我回答源于五十年代中央首长都把自己的子女送到哈军工和苏联以及捷克波兰等国留学，之后就是参军，无论儿女，都往部队送，尤其是部队高级干部。那是反帝反修时的事。但领导干部的子女人数毕竟有限，前段风靡一时的电视剧《父母爱情》，人们看了以后不由自主说原来政审就是一种形式，首长送来的人根本不需要审。

九十年代省招办部队院校提前录取。负责招生的人进招生办就办条子上的事，你不给办就不走，就说领导有命令。部队院校录不完，第一批次进不来，省招办只好放行。录取的部队院校的人也无可奈何地说，没办法，都是首长的条子，哪个敢不录。走后门的当然也都是部队院校，北大清华他们也不敢走后门，毕竟录进去也跟不上学习节奏，还得清退。

那些年有些县、市招办，高考时放量抄，有很多考生很聪明，抄到二批次的水平就不再抄了，知道抄多了并不是好事。有一个县城考生一路抄到南开大学，不到半年就退学了，自己也知道是因为抄多了到学校跟不上的原因。现在的体育特长生不像过去那样胆大妄为，例如某一城市办高考体优加分，居然有航模比赛。后来有考生家长联合上访，状告到省纪委，有理有据，因为这个市从来就没有航模比赛。结果该市的教育局长因此落马被判处十三年有期徒刑。后来可能是狱中表现良好减了几年刑，现已释放。

现在的高考可类比自隋朝开始的科举制度。或许只有隋朝没有科举舞弊，后期比如明清时代由于考试的范围越来越宽，参与考试的考生越来越多，舞弊情况越发严重。清朝对于考场作弊查的紧是有名的，据说鲁迅的爷爷由于监考时有舞弊行为被朝廷处罚过。中国文革前老百姓是很老实的，中央保密工作做得好，民间不知干部在特权方面都做了哪些见不得光的事，况且大部分老百姓也不敢跟高干比，毕竟高干动辄以中央名义撑腰，老百姓不敢言语。

总之，从中央土地改革以来，由于指导思想不端正，一开始就没有把国家的经济制度和政策紧密关联，造成了很坏的影响。

主要表现在形成了“穷有理”和疯狂造神的社会景象，比如“中国出了个毛泽东，他为人民谋幸福，他是人民的大救星。”我党的很多领导爱充当人民的救星，尤其毛泽东，仿佛他一挥手世界就会为之改观。

毛泽东的某些习惯是在党内极不正常的形势下养成的。毛一开始便有这种帝王思想，要中共像英、美那样太难了。党内没人给党降温，于是以毛为首的伟大派占了上风。毛从进北京就产生了帝王思想，既然是人民的领袖，喊什么口号他都欣然接受。如果从一开始就拒绝，严令禁止，党内就不会出现造神的趋势。不过至少中央还没有人行跪拜礼，可能是没人提议吧。中央那么多人都曾留学海外，难道不知道国外人与人之间平等是最基本的原则吗？领袖就应该少点伟人意识，多一些民众意识。

国外人与人之间，多的是平等和自由，没有等级观念。而中国早就一直批判的也是等级制度。民间一直提倡人与人的平等和睦。但建国至六十年代初毛却一直强调阶级斗争，年年讲月月讲天天讲，那个时候似乎没有条件讲和睦，一不小心就扣上阶级调和论。这样的问题作为普通民众不承担任何责任，是毛自己的估计出了问题。他认为国家的确存在着强大的阶级敌人，而这个阶级集团一直亡我之心不死，总伺机推翻共产党的统治。毛认为资产阶级随时有推翻无产阶级专政的实力。但实际上阶级斗争并不是毛所估计的那样，资产阶级也没有那么强大的实力。到了六十年代中期，民众满足于摆脱了低标准的粮食供应状态，而且沉浸在原子弹试爆成功的喜悦之中。中国民众没有受过资本主义教育，建国后一直在党旗的照耀下受教育，六零年民众经受了粮食短缺的灾难，这种短缺可谓刻骨铭心，民众经受不起饥饿的折磨，那个岁月真是任何人都不愿回首。

如果毛怕我们生活变质，那是他严重估计错误了。中共定量供应粮食，不至于让人民生活变质。而且到六二年副食供应还不能走上正轨，人民生活还处在精神会餐的水平。政府利用向老百姓兜售苏联手表回笼民众资金。国内自行车、缝纫机这类高价产品的供应改变了之前干脆无物资可买卖的状态。民众六三六四这两年积攒的人民币都被政府用自行车、手表和缝纫机回收到了国家银行。

毛很爱搞大规模的群众运动，而群众运动都伴随着抓出一批阶级敌人。这种运动除了1960-1962年以外，从不间断。一个国家领导人不把精力用在经济活动上，全国上下此起彼伏各种运动潮。1964年10月，第一颗原子弹试爆成功，人们开始庆祝，祖国上下一派大好形势，农业连续三年大丰收。刘少奇、周恩来分别访问亚洲非洲各国。另外亚、非还举办了新兴力量运动会，中国大有成为亚、非各国领袖的趋势。而且外交活动频频，亚洲各国主动到中国访问，中苏论战中方亦自认为胜利，其标志是赫鲁晓夫下台。赫鲁晓夫为苏共中央总书记，他的下台似乎与中共关系不大。还有1965年李宗仁先生回大陆，对中共是好事一桩。这时的毛又在酝酿一件自古都不曾有的大型运动。果然1966年5月16

日中共中央发布通知，宣布中共中央搞文化大革命。

有人开玩笑地说，文化大革命，正是革文化的命。文革首先在文艺界开始，先在《北京晚报》副刊《三家村》札记，对主编邓拓及撰稿人吴晗、北京市委宣传部长廖沫沙进行批判。一开始大家也没有十分重视，后来毛泽东的《我的一张大字报》算是揭开了文革的序幕。上海最先响应，姚文元的《评新编历史剧海瑞罢官》算是直捣黄龙的战斗檄文。后来中央成立了文化大革命领导小组，陈伯达任组长，江青任副组长，这已经不是草台班子了，而是绝对的官方机构。他们召集了不少人，如以前都没有听说过的王力、关锋、戚本禹。文化革命小组康生为顾问，文化革命领导小组的工作有计划、有预谋，实际上就是江青一个人说了算，毛实际上已经被架空。《我的一张大字报》有副标题是《炮打司令部》，大家才把注意力移向高级干部头上。北京先揪出“彭、罗、陆、杨”。人们私下还在议论，有人替江青抱不平，认为按资历江青三七年到延安，是老革命，建国后江青也没有要官当，就凭国家一把手夫人这个身份，凭赏也得给一个部长或者中央委员吧。同时不少人也说“江青没有大的野心，只要让她管样板戏就行。”还有人私下里批评彭真“主席夫人在北京，你彭真如果会做人，先提拔江青，算是给主席面子。”但提出“彭、罗、陆、杨”，罗是国务院副总理兼公安部长，且五五年被授予大将军衔。陆定一是党中央宣传部长，后来知道陆是出身于一个有文化有地位的家庭的，“定一”就是《孟子》中的“定于一”，“天下恶乎定，定于一，”而杨尚昆是中共中央办公厅主任。毛要整这些人才知道他为什么说“北京成了针插不进、水泼不进的独立王国。”他的炮打司令部还有大人物。后来证明刘、邓是毛泽东所指的司令部。后来陶铸也因为在文化革命领导小组中似乎没有听毛的话，于是在“司令部”中被排在刘、邓之后。

剩下的是就是如何给刘少奇和邓小平下结论，陶铸原本并不在被打倒之列。薄在不在北京，我们普通百姓不得而知。而林彪的名次上升到第二位，又被冠以“亲密战友”的名头，总之毛泽东总能出奇制胜，让民众不知道他要干什么。不过江青的样板戏确实不错，像四郎探母的“木易”那类毛病绝对没有。

毛泽东开展的批林批孔就非常荒唐。林彪本与孔子无涉，毛似乎在乱点鸳鸯谱。海城八里的老太太都说：“共产党什么都搞，搞完了地震，又搞批林批孔。”因为1976年2月4日海城发生了7.4级地震，老太太听说上级来通知地震消息就以为地震是人为造成的。

毛泽东后阶段不断颁布最新、最高指示。说他糊涂，军权可是时刻牢牢控制在手，以叶剑英为其掌握军权。现在看，谁也不能为民众负责了。尤其1976年上半年，海城的两个小青年为一件小事争论，其中一人越争论越激动，把当时民间传言的为邓小平昭雪平反的消息上报到海城法院，造成另一人被判刑。当然此事是真是假，不得而知。

毛泽东的问题非常严重。三七开是六十年代中共对斯大林功过的一个定性比例，用在毛泽东身上显然不恰当。应以1949年建国前后划线。封建王朝还设左右拾遗这个官职，这个职务有利于给头脑发热的领导人降温，使其清醒。否则人们不断将其称为“大救星”的时间长了，他自己就认为自己确实是大救星了。我们不妨举例分析一下毛泽东当时的心理状态。比如在陕北，中央机关人数已经超过万人，财政吃紧，非常困难，毛不顾当时庞大支出捉襟见肘的情况，无休止地往政府里调人。

毛自从1949年3月进入北平，就以战胜者身份自居。当然毛与蒋的斗争以毛的胜利告终。建国以后毛的第一个错误是主观决策，这也是其在党内形成的绝对权威。没有人对党中央主席的权力提出过质疑，像“抗美援朝”这种大事只有周支持，林抱病不出，高岗不想打，大家都知道错在北朝鲜，而且还是跟美国作战，这样的战争能避则避，况且金日成还有绑架中共的嫌疑。毛本是一个不愿意被人利用的性格，但毛要在中国树立一种这是他说话算的绝对权威。中央谁也没有毛想得远，毛受蒋氏父子的启发早就有授毛岸英军权的打算，这次正是机会。毛泽东当然不可能设立“左右拾遗”这种职务，他也从来就不想让自己的权力受到制约，他要在中国实现斯大林在苏联的那种权威。如果说他首次访苏有什么心得的话，做中国斯大林应该就是他的收获，毛就想大胆执政无任何顾忌和干扰，事情由周、刘等人管，他做全盘的主宰者。毛的领袖欲望是访苏时形成的，而且学了就用，中苏签约他不惜万里之遥，指派周恩来从国内赶来，以示中国也有先锋官。

毛的领袖欲从萌芽到形成，在中越交往中已露端倪。毛先派陈赓，后来派韦国清。但越南深受中华文化影响，在中苏之间不选边站队。等到越南收复了南方之后，立即表现出对中国的不友好。我们说两个国家如果没有能力迁移，一般情况下千万不能刀兵相见。不知当时邓小平是如何思考的。中越有一百种以上的办法和平相处，找不到一条非打不可的理由。所以现在双方都觉得当初打仗的决定欠妥，各自调整了态度。尤其中国是超级大国，不应与越南交战。比如台湾不到四万平方公里，大陆不应咄咄逼人，何况还都是华夏儿女。

中国建国后第一次出国作战，面对的就是以美国为首的联合国军，这次战争可归纳为四点。

中国藉此告知苏联，中国是个强国，敢于跟美国硬碰硬；

中国不怕联合国军，且能战而胜之。虽然我们说这场战争中国没有输，但美国也没有赢。中国有与联合国军作战的勇气；

美国不敢对中国使用核武器，那时不敢，现在更不敢；

对毛来说是失败的决策，因为他的儿子毛岸英死在朝鲜。我们假设，如果是林彪或者粟裕带队，毛岸英是万万不可能“牺牲”的。

战争的不足：

中国没必要出国参战，且朝鲜与中国的关系并不好，毛想通过拯救朝鲜于水火改善自商周以来因为欺负高丽人而冰冷的关系属于痴心妄想。

此战毛给林、粟上了一课，打起仗来毛是大手笔，他敢拿中国人的生命做赌注，也敢拿中国所有家当做赌注，林和粟当然不敢，当然他们也没有家当可以下赌注。

此战可以看出毛讨厌被人利用，他对金日成不满，中国也对金日成不满，金日成只会给中国找麻烦。可以断言，是中国将朝鲜起死回生。不过即便没有中国，朝鲜也不会从地球上消失，但以什么形式继续存在就不好说了。因为朝鲜民族是不甘心就此灭亡的。

中国一共出兵三百二十万以上，按十分之一计算，伤亡人数也震古烁今。此战的遗祸一直延续到六十年代，1960-1963年，中国被苏联逼债，要求偿还抗美援朝欠下的债务，天灾加人祸，中国饿死的人数不少于一个抗日战争，当然我党对于真实数字一直非常敏感，至今不肯公开。

五十年代中期对工商业的资本主义进行改造，先定性手工业者为资本主义，不管你干的什么行当，既然你是资本主义遗留物，社会主义必不容你。像理发、修理自行车、修鞋、修表、小饭馆……凡属私营的先定性为资本主义。所有商店、门市必须变成社会主义性质的。城镇由街道居委会出头，凡是经营者必须改变经营方。毛泽东先从北京大栅栏开始，民营一律转为公营或公私合营。好变国营的一律国营，有一定障碍的变为公私合营。服装这一块因为变为国营，越发粗制滥造。

五十年代民众生活水平很低，消费水平更低。且五十年代正值各家庭的生育高峰，一般家庭四五个孩子很正常。民间经济学家将欧美的人口结构比较中国的人口结构，立即遭到毛的痛批，毛说："人多，议论多，干劲大，中国妇女是个伟大的人力资源，要挖掘这个资源为社会主义建设服务。"既然伟大领袖都发表了意见，民间的计划生育声音日渐微弱。其实到六十年代人口的发展已经超出了中央的估计。毛也在军级以上干部会议上谈到了人口问题，尤其在人口急剧膨胀时指出："你们做军长、师长的，只知道谈自己带多少兵，中国现在人口自然增长每年1800万还怎么承受？"既然毛泽东在六十年代就已经发现了这个问题，并开始表现出重视，但已经为时太晚。随着以后的各种运动，人口问题直到七十年代后才开始真正落实到政策上。七十年代以后，西南、西北工厂武斗、停产，工人放假回家，计划生育基本上放任自流，六十年代初的估计是年增加人口率千分之二十一左右，人口生育率过千分之二十一是个极限，毛当然注意到了这个问题，但是没人具体抓计划生育工作。这么重大的事情应该交给妇联当作重要工作来抓，比如交给江青或者王光美，妇联还有康克清和蔡畅，这些人基本上都是领导干部的配偶，康是朱总司令的夫人，王是刘少奇主席的夫人，蔡是李富春副总理的夫人且是妇联主席，即便这些人能力差，也比计划生育没人管要好。

全国的人口基数大了以后，再想严格限制似乎来不及了。另外凡是毛抓的工作全是重点工作，如五十年代中后期的反右斗争，批彭、黄、张、周问题，全国、全党对毛长子毛岸英死于朝鲜战场的事都讳莫如深。毛泽东把孩子交给你彭德怀手中却死在你的司令部，无论如何彭都无法推卸责任，就算你彭德怀自己死了也不能毛岸英死，太子没保护好还要再次惹怒皇上。铸成如此大错还在庐山会议上书闹事，太不懂事。

庐山会议毛的本意确实是检讨，但是彭的行为改变了毛的初衷，令毛心情大坏，于是开始反右倾、反右派的扩大化。六十年代中苏论战，中国自己大搞社会主义教育、四清运动。当然如果毛岸英在，他或许能给父亲提意见，毛泽东能听与否，能听多少，不好说，但是他至少不会批斗自己的儿子。

六五年之前因负责排练大型音乐舞蹈史诗《东方红》，周的能力不被人看好。但他总比彭干得好，大奸若忠还获得民众认可，这是真本事。你彭德怀葬送了毛岸英就应该偃旗息鼓，不要再招惹毛泽东。

反右斗争是毛的一个大错，当一个人心态发生倾斜时犯什么错都在情理之中。对于反右斗争的主观错误就没有必要重复描述了。但有一条，从反右斗争开始以后，全国的民主党派聪明多了。当然也有不知收敛的，如中国民主同盟的费孝通和千家驹，这类人的思维还停留在中国古代的“文死谏，武死战”上。而毛在反右派时还说他认为右派分子可能更多，于是提出了5%的比例。

毛的最大错误在于他发动了文化大革命。他的心理：第一、毛岸英死于朝鲜战争，权力转移给儿子的可能性消失，他最恨谁呢？当然可以归咎于美帝国主义，但是归根结底是彭德怀的护太子不利，彭是一个最缺乏责任心的军事统帅，除了彭，无论换成谁出兵朝鲜，都不会断送毛岸英的生命，最终结果一定是毛岸英载誉而归，也就会顺理成章地继承毛氏权力。如果这个推断成立，毛的心情自然不会差，而事实是毛的心情大坏全因你彭德怀，否则反右斗争恐怕都不会出现。而且毛的容忍度将会大幅提升。且刘、邓等人对中央权力的欲望都会随着毛岸英进入中央而变化为“让贤”的谦虚。文革开始时毛说出了“邓小平十年来一直不向我汇报工作，开会时他总是在距我很远的地方就坐，看起来他对我是敬而远之。”毛能观察得如此细致，刘、邓就显然要出问题了。而如果毛岸英还在，他就能缓和江青与毛泽东的关系，江青也无非就是想当个中央委员，并且在文化部或者北京市委做些工作而已，至于政治局委员，估计江青都不曾想过，因为建国开始就没有女同志进政治局的。

只要江青心情好，有工作干，北京市委或许不会率先向江青发难，而且以毛驾驭权力的能力，每个人都能在各自擅长的领域里找到恰当的位置，如果江青的工作岗位毛能满意，或许文化大革命都不会发生。

无论谁都无法承受失去爱子的打击，即便是国家最高领导人，而且毛已经为毛岸英的每一步都做好了安排。如果毛岸英一定会死于朝鲜，那么毛泽东恐怕就不会同意出兵，当然我们肉眼凡胎也只能做出凡夫俗子的推测而已。

文革的第二点，毛说出了心里话“北京或成为针插不进、水泼不进的独立王国。”这已经再明白不过了。试想连国家一把手的夫人的工作都没有得到妥善的安排，还能让主席满意吗？我市政界一个位置并不高的人得出的结论：现在省市县办公厅，难道自己该做什么还需要领导发话吗？如果等领导命令你该做什么那也太笨了。其实用你彭真管北京，这么重要的位置给你，你不思考一下应该怎么做才算合格吗？毛为什么对上海的工作那么肯定，你彭真不思考吗？也可能是毛的个人嗜好少，贺子珍在延安时就因为毛与别人跳舞而醋意大发，作为笑谈你彭真也该知道吧。毛修了游泳池，你彭真总不能让毛一个人在里面游泳吧？如何让主席高兴你还不知道？你彭真常请京剧名流到北京市委切磋技艺，为什么不给主席安排妥当呢？

还有刘少奇，你带着王光美满世界溜达，不考虑考虑应该让毛也有机会带着江青出国走走？即便不出国，至少国内游览游览也是可以的吧？主席不坐飞机，安排火车、轮船出行都可以。总之，应该把毛的行程安排得满一些。另外，毛嘴上说不当国家主席了，你刘少奇马上就接班，毛说退下来你就信？简直难以置信。毛每句话都有所指，北京那么多高校，找一些文史类有名气的教授，多向主席汇报工作，汇报学术动态，多让主席有做导师的感觉才对。

现在我是以一个凡夫俗子的思维探讨为什么出现那么多让毛

泽东不高兴的事。刘、邓和彭都有责任。不是毛让你们怎么样，而是你们让毛怎么样。国家主席每年都要接见外国使节，你刘少奇接班当主席，毛怎么办？毛能闲坐无事看着你风光无限？

文革山雨欲来，刘、邓、彭竟毫无防范。毛的第一张大字报是忍无可忍，你们几个人不知道做了什么想了什么。以你们的智商，完全应该揣摩到毛需要你们做什么。如果毛都说了邓小平对其敬而远之的话，那就说明毛已经忍无可忍了，邓小平作为中央总书记，难道就没有工作内容需要找毛汇报？

刘少奇有时也是遇事不经大脑，在党内有过毛主席三天不学习就赶不上刘少奇的说法，刘少奇想必是个聪明人，但是聪明人干傻事给自己招来无妄之灾。

第三上海肯定是针插得进，水也泼得进去的。而邓小平身为中共中央总书记，就应该充分利用总书记这个有利条件，安排好人专门为这类信息负责。

关于上海针插得进，水也泼得进去指的是什么，邓小平肯定知道毛的所指。作为下级不能等主席主动找你，应该主动向主席汇报。上海与北京规模相差并不大，但北京作为首都和中央机关所在地，地位当然比上海重要。毛所说的北京水泼不进指的是哪些事？是安排人还是抽调人，亦或是选拔人。中国的上海就是出人才的地方，一般人很难在上海把关系处理得很好。后来邓小平退下来时为什么选择了江泽民，为什么九二年南巡讲话，就是因为江泽民主政上海的时候管理得不错，邓小平选择江泽民并不是远见卓识，而是江当时确实有过人之处。《史记·孙子·吴起列传》中田文论相一段可以概括这种情况。但是江对于邓的长子选中央候补委员时的准备工作显然是不到位的，邓朴方做候补委员似有不妥。邓小平是个实在人，他不会在邓朴方的个人位置问题上犹豫不决。江的为人处事确实有待进一步分析。邓朴方的中央委员问题应该早一点解决，在党内也不应该存在什么阻碍。

炮打司令部显然是对刘、邓，刘那时已经是国家主席，邓是中共中央总书记，那时的书记处，在总书记的领导之下，六六年五·一六，文革还没有白热化，毛想要干什么，老百姓还不知道。到了第一张大字报出来，老百姓才明白过来，这时候刘和邓已经来不及跟毛调整关系了。究竟其矛盾是如何产生的，现在也没有定论。八大领导班子是毛指定的，那是五十年代中期的事，那个时候也看不出矛盾所在。被打倒的彭真排在第一位，第二是罗瑞卿，第三是陆定一，第四是杨尚昆。陆的问题是意识形态方面，罗的问题应该是大练武时没有给毛过多的出镜机会，罗作为总参谋长，这些都应该是分内事。主席是军委主席，总参、总政都是在军委的领导下，你搞了好多年大比武居然把军委主席落下，此错非同小可。而杨作为中共中央办公厅主任，不能有问题只请示邓一个人，这不是把毛主席架空了吗？总不能主席要做什么还得先问你办公厅主任吧？毛本来就是一个闲不住的人，尤其他长子去世，他得多工作才能排解这种痛苦，结果身边的几个人都盼着毛做太上皇，让他清闲，结果事与愿违。当然如果毛岸英在世，可以分担一下父亲的工作，就像蒋先生把一部分工作交给经国一样。只怪彭德怀没有保护好太子，毕竟毛除了自己儿子以外，对别人抓工作还是不太放心的。比如周的工作尽管回避了军队的旧部和中宣部等敏感部门，反而去搞舞蹈史诗《东方红》。现在看，邓、彭、罗、陆、杨做的确实有毛病。北京市委晚报的《三家村》就在你彭真的眼皮底下，“一个鸡蛋的家当”连小孩子都能看出来矛头直指中央大跃进，难道你彭真全不知？且邓拓是你北京市委副书记，分管宣传，你难辞其咎。

《评陶铸的两书》有这样一段话“几个歪七歪八的文字，连念都念不成句子的文章，还硬要称什么文采，简直都要愁死了。”这显然是人身攻击，超出了学术范畴的批评。而毛知道后阶段既然要发动的群众已经都发动了起来，要打倒的人已经都打倒，他基本上不再率先回忆他所记的事情，不再提打倒谁了。

对于上海的事，毛泽东一开始就欣赏上海，因为六五年之前上海市委书记柯庆施是毛的人。只不过有的人自己做得不好。毛一直在观察所有的人，尤其上海和北京市委，几个人中央局毛也很重视，所以派宋任穷去东北局做书记并兼任沈阳部队政委。

实际上北京的事办完了，文革的事也就办完了。毛主要要让全国一直在他的控制之下。所谓的文化革命，就是毛一个人的事而已，他接见红卫兵就是考虑到他在全党的地位，他从来也不是一个按章法办事的人。

夺权以后一系列的事，有些是按毛的意思办的，有些事是他也控制不了的。但毛有办法，一个解放军应该支持左派广大群众，把解放军扩充进文化革命中来，这时我们才知道为什么他能在接见红卫兵时把林彪钦定为接班人。有人说华国锋与毛有血脉联系，显然不对，但华的出现也确实有些莫名其妙。“你办事，我放心。”也说明了毛对华有托付后事的意思。

研究由谁接班是七六年的事。文化大革命实际上早就应该结束。毛的目的:

党内走资本主义的司令部已经解决，并且刘已经于七零年去世。

北京的问题已经解决，彭、罗、陆、杨后来加上陶、薄。

各地革委会人员基本确定，只不过这次的人选全部由毛一个人定，或许林和周也提供过意见。

其实这些工作都在党的日常工作范围内，没必要搞一个文化大革命，而且文化大革命向人们宣示了一个事实，即国家的一切包括党的一切工作可以用大字报形式进行。无意中否定了国家法律，把大字报合法化，而这项工作劳民伤财，首先把国家搞乱了，毛用半年时间，不断接见红卫兵，后来把接见改为检阅。红卫兵停课了，全国教育打乱了，有些教育活动干脆停止了。比如高考和中等技术学校的招生停止了。人们不知毛有什么新的工作内容，毛的文革他应该也没想到会持续十年之久，后来想停都停不下来了。许多内地此前就开始的三线建设也基本停顿下来。一个文革引起各造反派之间的武斗。后来由于解放军的介入，武斗总算停了下来。各高等院校在校搞运动，但不能一直搞下去。所以按入学的时间，从六八年就应该有毕业生。文革十年，六七年上半年各地革委会陆续成立，取代了原来的政府、人大和政协。革委会下面分生产组、政工组、人保组等等，总之原来政府职能全部由革委会接管。革委会的工作同原来的政府无论工作范围是否交叉，革委会就是当地最高领导机构。后来随着干部的解放又分期分批参与革委会的工作。各地革委会有所不同，有的地方有军管会，名义上叫“支左”。但是军人涉及到以往政府部门的义务，毕竟缺乏工作经验，现学也来不及。但是军管会权力特别大，可以解放干部。六八年以后，随着知识青年的上山下乡，专门的管理机构知青办又应运而生。总之，文革搞到这种程度是毛也万万想不到的。最使毛脸上无光又极其难堪的是一九七一年九月十三日，当时林副主席携其妻叶群、其子林立果驾机外逃，飞机是英国的三叉戟客机，结果在蒙古国的温都尔汗坠毁，人民的林副主席结束了他的政治生涯。

这件事使毛的脸面大为受损，以林的坠机分界，一场闹剧应该结束。到了七二年以后，邓小平恢复了工作，又做了党的副主席和解放军的总参谋长。主抓政府的日常工作。高等院校开始招生，虽然未恢复考试，以工农兵中招收学员为主，历史上称为工农兵学员。当时出现了一位白卷考生，这位考生名叫张铁生，来自辽宁，其实他文革前只有初中文化水平，让他答大学考题确实勉为其难。所以他很诚实地说出了自己的为难之处，并未对考试有任何评论。当然他也是一个受害者，是工农兵学员这个现象的时代灾难。

还有全国学大寨、工业学大庆。全国学解放军是毛泽东在六十年代提出的口号，与大庆、大寨没有任何关系。但学的过程中难免有形式主义的趋势。邓主持工作后对文不对题的形式主义提出了批评，本属正常，结果后来被人当做问题而大做文章。尤其周的悼念活动有人认为是邓小平从中煽动的，其实邓那时自身难保，根本无暇顾及周的事。邓恢复工作后没有对毛进行深刻批判，中央开始揭发批评“四人帮”，是党中央粉碎了四人帮之后开始的，且四人帮是毛生前形成的政治术语，并非是哪个人的专利。四人帮指的是王洪文、张春桥、江青和姚文元。当时抓捕四人帮时，邓小平还没有主持工作，主要由华国锋、叶剑英、李先念等人完成，直到七七年五月份邓才正式出面，在工人体育场观看足球比赛。因为全国人民都呼吁邓出来主持工作，为了顺应民众的要求，所以中央选择了这一时间。

民众知道的是一九六六年五月十六日中共中央通知。当时中共中央政治局常委有毛、刘、周、朱、陈、林、邓。这些人是什么态度呢？中央决定搞文化大革命，刘少奇不了解情况，毛可能已经事先软禁刘也说不定。反正毛的某些作为不那么磊落。六十年代中苏论战开始康生获得了毛的欣赏。而且由原来的政治局候补委员一下成了政治局常委。很显然他的提拔最快。

另外，毛还可以找彭德怀谈一谈毛岸英的事，但一直到庐山会议之后，始终没有这方面的记录。到目前为止，彭对毛长子之死的解释一直是文献记录上的空白。从情理上看，彭应当有所交代才对，毕竟把太子托付于你，无论如何总该有所解释才对。庐山会议上彭首先向毛发难，好像他说了在延安你骂了我半个月，我在庐山才骂你半天之类的话。当然这种话是否属实就不得而知了。庐山会议上还有张闻天、黄克诚和周小舟，后来都无消息。

毛的“我的一张大字报”可看作是毛忍无可忍，但也不至于将刘少奇整治而死。这不应该是毛的本意，或许与江青有关吧。我曾在闲聊时说过，文化大革命就是两个女人的大革命。是王光美爱出风头刺激了江青。其实责任在刘少奇，国家元首的位置毛作势要让，刘就不应不识趣地接过来。这里朱德也有责任，作为资深元老，朱有资格劝诫毛。或许毛对于刘的怨恨来源于此吧。人往往有一种心理，有些东西自己拥有的时候不是很在意，也没那么珍惜，一旦落入他人之手，内心便不是滋味。六二年以后游行打着两位主席的头像时，已有毛让出国家主席稍显草率的感觉。因此，周、朱、邓当时应极力反对刘接班。两个主席像打出来，假作真时真亦假，毛既是国家元首，又是党的主席，别人与毛是没有可比性的。这时两个主席像同时出现，问题就显现了。而且毛不让这个位置可以有多种理由，而让出来，事实上就在民众心理产生了两个领袖的概念。毛的内心肯定是不痛快。

毛就是为满足江青的虚荣心也应以国家元首身份逛一逛欧洲或亚洲，让江青领略到元首夫人的风光，那么以后的麻烦肯定就会少很多。因为王光美无论从个人资历和形象上都不如江青。毛的草率造就了王光美的得意忘形，同时也给刘挖下了陷阱。

国家主席刘做与不做大不一样，人的心情变化是个很复杂的事。

我们必须从人的生理、心理的层面加以分析。进北京后江青如果要求安排工作，中央和毛都不会制止，拿当年贺子珍的河东狮吼作比较是没有说服力的。如果没有理由排斥江青工作而且北京市确实有江青展现才华的岗位，后续的事件可能都不会发生。而我党进京之后对于党的领导人如何出任政府职务是一直没有也不可能像英美那样以法律制度予以限制的。我党进京后就表现出穷人乍富的姿态，不想对自己有任何限制。制度，那是给中共以外的人制定的，我党的高干就得我行我素，没有限制。入城之际中共谁也不可能制订自我限制的规定，他们没那么傻。“江山是老子打的”，共产党就是要理直气壮坐天下。当然该作的姿态还是要作，找个党外人，安排个副总理、副委员长、政协副主席之类的闲职，假装把民主党派当兄弟。

建国以后，如果江青要求工作那是天经地义的。中央没有任何理由限制江青出风头，如果江青的内心得到了满足，毛的心情也会很好。那么类似彭德怀和高岗的问题可能都不会发生或者获得极大的缓解。我认为党内高级干部的任职应该有个年龄限制，很多事情估计党内人士是想过的，但是最后都不了了之了。第一中国不是西方国家，没有反对党，中国的民主党派都是自己人，而自己人肯定不能成为反对党。所以在政治上的刚性要圆滑。如果对自己人刚性，就没必要了。从进北京关于中共方面参与政府工作就没有任何约束，有人认为是有意为之，有人认为是疏忽使然。现在看来，刻意为之似乎更符合逻辑。

江青与毛的结婚是贺子珍让位、闹事的结果。这个康生提供了机会，康对江有需求，江对康也是有需求的。康生最后升到政治局常委不能不说与江青肯定有直接关系。毛对康相当信任，又欣赏他的才华，据说康生的字写得也相当不错。康生在中央没有或者说几乎没有对立面。康同王明从苏联一同回国，当时正值抗战保卫武汉的紧要关头，王明主张一切服从统一战线，而当时的毛泽东则主张统一战线要有独立性，二人意见相左。康生背弃了王明而赞成毛泽东，毛肯定在那时就已经对康生有了好感，且康生与江青还有同乡之谊，毛自然倍感信任。

至于刘在党内的地位先是超过了朱，不久又超过了周，四五年党的七大定为党内二号人物，因为中国共产党一直论资排辈。刘是1921年入党，周是1922年入党，朱德的入党时间则更晚。我们可以假设，如果彭德怀是个责任心极强的人，他必须带回一个载誉而归的毛岸英。但事有不巧，彭的疏于防范使太子命丧朝鲜，于是情况发生了变化。彭德怀五九年千不该万不该上书批评毛，可能是因为八大时彭没有获得政治局常委而心生不满也未可知。但彭确实欠毛一条太子的命。即便八大他受了委屈，按道理也不该耿耿于怀。如果彭不认为太子的去世与其有关，那他的心也未免太宽了。这是任何人都会谴责自己一生的失误。如果太子还在，毛泽东万万不会让林彪做副主席而不给彭相应的补偿。

刘的毛病还在于他写了一本《论共产党员的修养》，文中多次提到“慎独”。慎独出自《中庸》的“君子慎其独也。”对于“慎独”，专门研究孔子的人都是能避则避。而你的这本书，中央委员中一大半人恐怕都不会去读。中央的大人物例如毛、周、朱、陈、林、邓，以及武将如刘伯承、贺龙、陈毅、徐向前、聂荣臻和叶剑英等估计都不会去阅读这本“著作”。你刘以有修养自居，毛把主席位置让给你，你却不懂推辞，也太不知轻重了。

刘少奇的问题连他自己都没有准备。所以说刘是最悲哀的。刘主席频频出访外国，把自己置于干柴之上，等待烈火燃起，后果可想而知。刘最后死于河南，中央说刘的遗体找不到了，这是电视剧《在历史关键时期的邓小平》中透露的。这么大的人物，管那么多人，连保护你的人都没有么？看到这部电视剧，我很为刘感到遗憾，而且既然是有人害刘，中央应该彻查才对。

关于革命委员会，这是毛的又一力作。毛说这个革命机构叫革命委员会比较好，连名字都给取好了，可是并没有具体的操作细则。三结合，工人结合后，干部编制要不下来，人民解放军参与革委会工作，自己的工资关系和人事关系仍在部队，只有原来的干部也就是三结合中的一支，却不敢大胆地工作。毛的三结合，工人代表、解放军代表、老干部代表。工人和解放军代表不了解地方政府的工作程序，需要不断地适应工作情况。而上级工作又陷于半停顿状态。实际所有工作都由原来的老干部主持。但这些老干部里有些人胆子很小，好不容易结合进去又生怕犯什么错误。其实以前也没犯过什么错，既然当作走资派被三结合，反而不知道该怎么工作了。这时上面又树立三结合的榜样，不过这个榜样距离工作的性质较远，并不适合三结合后的新班子的要求。所以工作就一天天拖着，反正工作又不是自己家的，损失是正常的。那个时候流行一句话：只要没把东西拿到自己家里，反正“肉烂在锅里”。细想想这句话还真有道理。那一时期工作拖拉，工厂损失非常严重。但是像鞍钢这样的国有大型企业工人觉悟还真高，无论高炉还是平炉，照常开工作业。只要不武斗，工人都按部就班上岗劳动。尤其高炉平炉无人旷工，都很自觉，当时流行这么一句话：父母遭难，子女都格外懂事。家里的家务活都弄得井井有条。但这种情况只能维持一两个月，时间再长家里如果没有工资那可就难以维持生活了。当时我妈妈在鞍钢上班，据母亲说，工人觉悟真高，人真好。整个工厂井井有条。武斗中常见的打砸抢在鞍钢很少看到，爱打打闹闹的也就那么几个人。唯一不好的就是领导管着的时候话最多，但谁也不敢说把工作停下来。厂长背后都说工人觉悟一点儿不比干部差。铁路工人火车都是正点到，迟到就赶不上火车。所以海城居住的工人每天准时上下班的确很让人佩服，以前没人注意这些小事，通过大革命大家都明白跑通勤的工人最辛苦。

我下乡的那个生产队有三四个地主成分的，他们其实都是老老实实的农民，农活干得特别好，也都很守规矩。我还记得一次割高粱，每人六条垄，每捆割十七八根，再用两根高粱做绳子勒好。我们刚开始劳动，不明白为什么一捆要十七八根，有的人一捆弄上三十几根，结果第二天戳椽子，谁割的谁戳，这在农村是规矩。二十捆为一椽。四个人按昨天的劳动找到自己的六条垄每人抱五捆，共二十捆。如果不够，也得到别人的垄上凑够五捆才行。我们才明白投机取巧是不行的。所以今后凡是劳动都先问好为什么。农村劳动有不成文的规定，你要滑最后还得还上。我遇到的几个地主和富农，都格外认真。闲聊天时我问过这几个地主和富农是怎么到这儿来的，他们说，这是上屯，一般没有水灾，河西地很多，但是三五年肯定有一次水灾，所以有机会就把户口迁到这里来了。我们半开玩笑地问他们在万恶的旧社会怎么剥削贫下中农的，他们都露出了无可奈何的苦笑并说道“我们从生下来就这么劳动，用干活攒下来的钱买别人出卖的土地。人家说我们剥削就剥削呗。”我们问有没有人不想买土地的，他们说没有人不想要土地，除非家里人口多，家境不好，没能力所以买不起。听到这里我们就不好意思再细问了，而且以后也不开这种玩笑了。他们都没有什么文化，靠劳动积攒了一点土地，结果土改时要求每个村都得揪出地主和富农，结果他们就成了土改的牺牲品。乡亲们对他们也都挺好，他们说现在每天干活也不错，到年底还能分点钱。

我在读书时有一位同学比我小九岁。他是一九五九年生人。海城高中毕业后高考不理想，只能报考师范类。后来闲聊天得知他父亲在鞍钢工作，竟然跟我在同一工厂，而且还是一个车间。这个同学不善表达，毕业后分配到海城政协，然后到牛庄镇挂职锻炼，在牛庄镇任副镇长。我在海城办教育函授时在牛庄设立了一个函授站，为此因为检查工作就到了牛庄高中，他得知我的行程，还特意请我吃了牛庄馅饼。他的父亲就是一位老工人，应该是五十年代后期大跃进的时候进厂的。现在已经作古。他的父亲没什么文化，很听话，有着农民的淳朴，在工厂非常守纪律，勤勤恳恳一辈子。文化大革命他父亲这类人绝不会参加任何组织。车间主任或者工段长吩咐他做什么他就干什么，绝对不会反其道而行之。

我文章中记载的农民是山东移民的后代，工人也是山东移民的后代。他们在河西生活是因为土地太多，太肥沃了。而当工人是每日有工资。文化大革命似乎与他们一点关系也没有。六三年，鞍钢没有斗地主、富农，没那么多阶级斗争可讲。毛的先人为他杜撰了一个反党反社会的阶级阵营，且在宪法中还煞有其事地说“现阶段阶级斗争是我国的主要矛盾。”这样的观点难道中共没有冷静下来分析？尤其六十年代初人民饥饿到如此程度，中共不想办法救灾、赈济民众，还搞这些毫无根据的阶级斗争，制造舆论导向，令人费解。

春秋左传正义

1、春秋左传

（1）隐公

（2）桓公

（3）庄公

（4）闵公

（5）僖公

（6）文公

（7）宣公

（8）成公

（9）襄公

（10）昭公

（11）定公

（12）哀公

2、春秋公羊传

3、春秋谷梁传

《论语注疏》

学而第一，学而时习之，不亦说乎。

为政子曰：“为政以德，譬如北辰，居其所而众星拱之。”

八佾孔子谓季氏：“八佾舞于庭，是可忍也，孰不可忍也。”

里仁子曰：“里仁为美。择不处仁，焉得知?

公冶长子谓公冶长：“可妻也。虽在缧绁之中，非其罪也。”

雍也子曰：“雍也可使南面。”

述而子曰：“述而不作，信而好古，窃比于我老彭。”

泰伯子曰：“泰伯，其可谓至德也已矣。三以天下让，民无得而称焉。”

子罕子罕言利，与命与仁。

乡党孔子于乡党，恂恂如也，似不能言者。

先进子曰：“先进于礼乐，野人也；后进于礼乐，君子也。如用之，则吾从先进。”

颜渊颜渊问仁，子曰：“克己复礼为仁。一日克己复礼，天下归仁焉。为仁由己，而由人乎哉?

子路子路问政。子曰：“先之，劳之。”请益，曰．“无倦。”

宪问宪问耻，子曰：“邦有道，谷；邦无道，谷，耻也。”

卫灵公卫灵公问陈于孔子，孔子对曰：“俎豆之事，则尝闻之矣；军旅之事，未之学也。”

季氏季氏将伐颛臾。冉有、季路见于孔子曰：“季氏将有事于颛臾。”

阳货阳货欲见孔子，孔子不见，归孔子豚。孔子时其亡也，而往拜之。遇诸涂。

微子微子去之，箕子为之奴，比干谏而死。孔子曰：“殷有三仁焉。”

子张子张曰：“士见危致命，见得思义，祭思敬，丧思哀，其可已矣。”

尧曰尧曰：“咨！尔舜！天之历数在尔躬，允执其中。四海困穷，天禄永终。”

《孝经》

开宗明义

天子章

诸侯章

卿大夫章

士章

庶人章

三才章

孝治章

圣治章

纪孝行章

五刑章

广要道章

广至德章

广扬名章

谏诤章

感应章

事君章

丧亲章

《尔雅》

尔雅之尔为遐尔之尔的本字，尔为迩，尔为近，在辞书中为近似，雅为正，诗经中大雅小雅，雅者正也，正者政也，政有大小，故大政小政，迩为近，取近于正，故尔雅为近于正。

释诂

释言

释训

释亲

释宫

释器

释乐

释天

释地

释丘

释山

释水

释草

释木

释虫

释鱼

释鸟

释兽

释畜

《孟子》

《梁惠王》上、下

《公孙丑》上、下

《滕文公》上、下

《离娄》

《万章》上、下

《告子》上、下

《尽心》上、下

第五章

宪法这样描述当前的阶级斗争仍然是社会的主要矛盾显然是不妥的。当然文革刚刚过去，积重难返。但阶级斗争绝对不是那一时期的主要矛盾。而人们对物资的需求才是社会的主要矛盾。应该这样描述：阶级斗争随着剥削阶级赖以生存的经济基础已经消灭，剥削阶级已不复存在。他们不具备和剥削阶级斗争的条件，随着社会结构的变化，那时候的阶级斗争其实是毛泽东杜撰出来的，使党在经济建设的关键时刻没有来得及转舵，延误了经济建设的大好时机。作为人民领袖，对中国的社会形态的错判导致了严重后果，难辞其咎。

实际上建国以后我党就应该将工作重点转到经济建设上来，但毛泽东的阶级斗争理论绑架了党内决策。后来不知谁提出的无产阶级斗争始终贯穿社会主义时代经济，估计是毛泽东自己发明的理论。并以此代表社会主义阶段的指导思想，试问党内还有谁有这个能力可以不顾社会实际？马克思的理论到目前为止我国都未能吃透。马克思和列宁是否专门研究过中国这种类型的社会经济，对中国封建社会是否有一定了解？中国的阶级构成并非可以直接套用马列主义作为指导原则。“放之四海而皆准”这句话是否正确?

列宁在俄国推行他的学说，但到了二十世纪九十年代，俄罗斯首先摒弃了列宁的理论，同时放弃的还有罗马尼亚、波兰、保加利亚、南斯拉夫、民主德国、匈牙利和捷克斯洛伐克。我们对这个理论知之甚少，但中国有句俗话“捆绑不是夫妻”。这个理论既然被众多国家摒弃，说明实践检验真理已经检验出这个理论不是真理。现在社会主义阵营还剩下中北美的古巴、亚洲的中、朝、老挝，何去何从拭目以待。

我们现在已经没有精力再去探讨什么社会主义，更不能奢谈共产主义。且中共已经在党的决议中说了现在不谈共产主义理想为好，先把社会主义初级阶段的事情做好才是当前以及今后长期努力的目标。这个时间的跨度相当长，可回忆资本主义从原始到成熟的时间跨度。

资本主义一直贬低社会主义，并以消灭社会主义为目标。而社会主义倒是一直对资本主义表现得很友好。例如蒋先生始终仇视社会主义，他没能在大陆消灭社会主义，在意识形态上他从未认同过社会主义存在的合理性。大陆似乎从未对台湾和香港的制度进行过官方的负面评价。

我党对毛的错误都手下留情。尤其曾参与过中共主要决策的老干部，他们对于毛的批判或者受历史制约，或者碍于自己也曾参与过，因此无法对毛予以完全的否定，当然现在可以毫无保留地对毛的错误加以批评和完全否定。

从建国伊始全党的决策导向就倾向于毛的阶级分析理论。一是将农民分成地主阶级、包括富农与地主的区别在于富农不赶出大院，而地主是要赶出大院的。但以土地为标的物，似不应该将住宅与土地定为同一标准。二是定一次成分要跟随一生，如果是地主，参与了剥削就要定为地主分子，是敌我矛盾，可以设想，如果不是八十年代为地主和富农摘掉阶级敌人的帽子，这个阶级区分恐怕能一直持续到现在。

不能为了保障兵源而用土地看管人一辈子。农民土地土改时定的年限为1943年之前和之后，1943年之后社会没有大的变动。以此限定很不科学。

土地在地主或者农民手中效用不同，但农业合作化以后已经无法区分原来的归属，为什么要让曾经辛勤劳动获得土地的人与好吃懒做的人平分土地呢？人民公社难道可以定义土地的阶级属性吗？法律还规定一事不二理，结果拥有土地的地主终生有罪，这是违反时代的株连行为。

对毛的错误。我党格外宽容，大有牵一发而动全身的感觉。现在看除了三反、五反、镇压反革命以外，其他事件都有本质性的错误。毛的错误由于种种原因没有清算，邓小平说过“我们都有份。”其实邓说得不对，有份和负主要责任是两个性质不同的概念。毛的错误在于建国后就做了父传子的设计，彭德怀的失误打乱了毛的计划，试想毛一直大权独揽，怎么可能因为金日成的一封信就大动干戈与美国开战，这很荒唐。斯大林不同意帮金日成，金后阶段不得已给毛写信，那么此前对南朝鲜的开战，总不可能没有事先跟斯大林通气吧。斯大林是一个很细腻的政治家，中国参战，苏联不出钱也不出人，至于后来出军火和飞机这些情况是民众所不知的。毛泽东派毛岸英参加志愿军，斯大林是知道的，也看出了毛的用意。这些目的对于政治家来说，是心照不宣的。中共方面谁知道毛岸英上前线的目的呢？彭德怀肯定知道，彭当然不可能故意没有护太子周全，只能说是一个失误，一个不容原谅的疏忽。中国古代帝王出征太子监国，毛泽东犯了大错，居然让太子出国参战，而且没有通过政治局是大不敬。可以看出毛在五十年代已经目中无人，他的错误是他的性格、地位和主观主义造成的。我党讳疾忌医，始于毛，终于毛。

栗子伟向长官请好了假，准备带着布国生回沈阳探亲。他和布国生都没有受伤，游击训练班结束，他所在第二排被分配到重庆的靠近红岩村的一个小饭馆。重庆的伙食在抗战期间一直很好，小饭馆经营得不错。他们来之前有三个人在这里经营，栗子伟和布国生过来之后，那三个人就调到陪都的党务机关去了。栗和布已经确定了结婚时间，本打算早些成婚，但是二人的家庭观念都很强，婚姻大事必须双方父母都在场，否则不敢私定终身。

他们的行程安排是第一站到沈阳，栗子伟回家先看望父母，再和布到长春，然后返回沈阳完婚。栗的父母对儿子的婚事十分满意，且栗和布都是团职军官，就像谢明经和金百枝一样都是抗战有功人员。栗和布1941年到重庆，训练非常刻苦，射击训练全连前十名的水平。尤其栗子伟，在沈阳时就是学校的体育尖子。他和布约好，回沈阳最多休息7天，然后就到鞍山去看望谢明经一家。谢的儿子已经满月，住处也有着落。栗准备到鞍山后下一站去大连看望简一明，他们这期训练班虽然训练很刻苦，却没有真正上战场，所以三十三人完好无损。因庆祝九三抗战胜利日，给了一个月，主要是给时间回家结婚。如一排的副排长明理就与简一明回到大连结婚，全一和路正结婚，路正是湖南人，他们先到岳阳，再到甘肃，因为路途相隔太远，这次就没有来东北一聚。

这样一排原来谢明经和金百枝为一家，副排长明理又嫁给了简一明，全一嫁给了路正。本次完婚的还有二排栗子伟和布国生，卫楚民和廖盈民，平安全和柳河边。一排的吉陆嫁给了程先仁，白崇民嫁给了黄令满，三排的排长和名找了副排长莫莹……

这样一共三十三人，在训练班成亲的有明理、简一明、白崇民、黄令满、全一、路正，而荆棘在湖北有女朋友。

一排

谢明经、金百枝，均为辽宁鞍山人

明理、简一明，四川、大连

全一、路正，甘肃、湖南

吉陆、程先仁，江苏、安徽

白崇民、黄令满，陕西、黑龙江

谢明经和金百枝已在鞍山结婚，荆棘也回到湖北准备迎娶娇妻。

二排

栗子伟、布国生，沈阳、长春

卫楚民、廖盈民，河北、江西

平安全、柳河边，江苏、云南

何迟、刘多全，福建、甘肃

奚路程、章常宁，河南、宁夏

王贵乡准备回上海完婚。

三排

和名、莫莹，甘肃、山西

伍雅娟、令则行，山东、山西

千百万、郭有粮，浙江、北京

茅维维、沈丹冰，浙江、北京

何程、郑重，广东、河北

吴敌也准备回河南与女朋友完婚。

栗子伟携布国生回到沈阳，栗家只知道儿子之前去重庆参加游击训练班，对他后期在重庆的工作则一概不知。听说跟儿子一起回来的是准儿媳，全家无比高兴。栗子伟告诉父亲要去长春见布国生的父亲，于是第二天便从沈阳乘坐火车，一上午就到了长春，长春作为满洲国的首都，城市建筑确实很好，马路修得非常平整，城市规划也十分宽敞、规整。马路东西称街南北称路，路的街面较窄，不如东西街宽。据说当年请城市专家设计的。有人说日本的专业也参与了设计，这是很可能的。但中国的城市设计专家也不比日本的差，而且应对庞大的设计规划，其驾驭能力甚至超过日本专家，尤其是北京的城市设计专家，他们设计的故宫、天坛、地坛、月坛、先农坛等，把农耕社会的历史活灵活现地展现在民众眼前、到目前为止，这些建筑设计之美和建设质量之高，仍旧无与伦比。虽有原始的众多色彩，但仍显现出中国历史文化的积淀。而日本的进步主要体现在现代医学上，在明治维新后的工业与农业之间似有可取之处，但传统文化仍与中国有较大差距。日本的城市建筑远不如中国，如果综合评价适用性，一条大运河两岸可观赏的东西实在太多了。中国人的智慧是无与伦比的。另外，中国的建筑从不怕“大”，建筑师似乎心里装着宇宙。例如万里长城，她承载着中国人的气魄、智慧和胸襟。

栗子伟当时在沈阳时就准备学建筑学，但国难当头，什么都比不上救国。可见国民党政府确实有能力聚拢人才，也能培养人才。栗子伟的优点是干什么都一步一个脚印，有宏伟的抱负，但又绝对能从头做起。布国生当年也是看好他脚踏实地这个优点，回想当时如果就委屈自己接受满洲国的现实，就如同别人一样碌碌无为默默承受一样。日本人在东北没有人看到像在山西、山东那么骄横，而且东北土地广阔，日本人到东北不是为土地而是为了矿藏。因此跟东北的农民没那么多矛盾冲突。东北农民大部分来自山东，他们自称是“小云南”的山东人。云南前面加个“小”是什么内涵呢？可能是清军入关用吴三桂和尚可喜、耿精忠等人从山海关一直打到云南也未可知。写清史的人对这三个汉族王爷没有好感，于是在云南前面故意加了一个“小”字吧。

栗子伟与布国生的婚礼办得很热闹。那时沈阳国军还没有多少，只是从南方仓促调来的一部分杂牌军。苏联人还真给中国人面子，只要接收大员一提要求，苏联人立即撤出，绝无矛盾冲突，可能是联合国有规定吧。栗与布婚后一周便立即赶到鞍山，谢明经自然到站接人。谢明经年龄稍长且为人厚道，深受训练班同学的爱戴，不过其实谢明经并不怎么管队伍，多数是金百枝的主意，而金百枝对人的谦和，所有人都认同。大家来到谢和金在铁西二白楼的住所，金百枝已经备好了丰盛的酒菜，栗和布送上为孩子准备的新衣服。谢明经这时候已经雇了保姆操持家务，保姆是南地号人，烧得一手好菜。谢听说栗布二人次日就要去大连，坚决不同意，强烈要求二人在鞍山住几天。二人盛情难却，决定在鞍山留宿三天，于是订购了第四天的车票。

到了日子，栗子伟、布国生和谢明经一共出发，谢明经必须也得去大连，而金百枝在家带孩子无法同行。

几人在大连一共逗留三天，然后大家一起赶往南京国防部报到。他们以为没有战斗任务，因此大家都没有任何准备。结果刚到南京就接到命令，其实谢明经早就知道南京可能有任务，只是不便于过早透露。国民党军队一直有严格的保密规定，无论谁都得遵守，即使两个人相同任务也不能提前通气。这次有一位长官单独对谢明经安排任务，谢报告后就被告知在办公室等候，过了一会儿一位少将军衔的长官接见了他，一开始便问“明经”是什么意思？谢明经先是一愣，随后想到父亲告诉他这个名字是爷爷取的，仿“三十老明经，五十少进士”，既然进士不好考，就谦虚一点，明经也可。少将又说“命令，上校团长谢明经到陆军大学报到，你到了学校自然有人安排。”谢万万没想到放假一个月回来，工作居然变动为取陆军大学学习。

陆军大学就是原来的黄埔陆军军官学校，谢明经做梦都想去那里学习。但是自己只有小学毕业，想都不敢想。同时接到通知的还有明理、栗子伟、布国生、和名、莫莹、简一明、全一、柳河边、奚路程、令则行和伍雅娟。

人员有较大变化。过了几天少将找到谢明经说“你马上就要走了，家里的事安排好了吗？你的夫人近期不要回来了，党国今后有安排，你不要急，就这样吧。”然后拿出一个信封说“党国知道你喜得贵子，委托我将党国的意思向你表达，里面有十万元金圆券的支票，多说一句，尽快花，花不完的话换成美钞，要保密。”

简一明是大连人，此次放假他回到了大连。他的夫人明理特意从四川成都赶过来与他完婚。简一明临走时从重庆到了成都，见了明理的父母。明理家开了一个火锅店，生意不错，在四川也算是家境殷实，她本不必参加训练班，但她不甘心庸庸碌碌过一辈子。加之她对外界的事物很感兴趣，因此拒绝了父母让她接手火锅店的愿望并且主动让她的哥哥帮父母经营，这样她就有机会闯荡世界了。明理上学时成绩不错，她家也有能力供她上大学，但是四川人“女子无才便是德”的传统观念使得她没有机会继续读书。因此参加游击训练班便成为她闯荡世界的捷径。现在又接到上峰让她去陆军大学深造，她兴奋无比。但是明理的想法与简一明又不太一样。简一明回到大连的时候正值民国政府在四处抽调兵员准备对东北实行全面管理。在大连的苏联军队八月十五之前才肃清了日本关东军，加上有一些事情没有处理完毕，所以苏军一直没有回国。简一明还听说中共在抗战胜利后派了一些军队到东北，虽然说可能不是主力。蒋先生在重庆邀请中共领袖毛泽东进行会谈，简一明感觉如果蒋先生愿意让出几个大城市给中共，国共两党可能会摒弃成见言归于好，至少立即翻脸的可能性不大。且中共在抗战期间一直听从蒋委员长调遣，不过简一明也知道蒋先生似乎对东北的张少帅心怀芥蒂。他想与栗子伟和布国生探讨一番，但考虑到大家都是新婚燕尔，也不大方便在晚间因为这些事特意商议。因此这个打算也就搁置了起来。

简一明希望自己最担心的事不要成为现实。

就在少将找到谢明经谈话并赠送支票之后没几天，金百枝便接到谢的电话，知道了这些安排。所以金百枝没有几天就接到了谢寄来的支票，不过不是金圆券支票，而是通过沈阳转来的美钞。金百枝把美钞收好，到鞍山军界办理了她在鞍山的个人关系。金对外只说自己是国军陆军大学的家属，没有提自己的背景。金与外界联系甚少，只在家伺候孩子，鞍山市有头有脸的人也都不认识金百枝，就知道她的丈夫在陆军大学读书，而且是抗战胜利后入校，金百枝曾经加入游击训练班的事可谓神不知鬼不觉。

上海的王贵乡的兄长乃是守四行仓库的连长，抗战中参加湘桂作战，屡立战功。本次王放假回家成婚，王的妻子姓黄，相貌姣好，在虹口区有独栋小楼，家境很好。王贵乡的家境也不一般，王的爷爷是参加过辛亥革命的老一代国民党员。

蒋先生与居正和汪精卫都有较深的关系，但最后都道不同不相为谋。汪抗战未结束就客死日本。蒋内心讨厌张学良，而宋美龄为此做了很多工作。但蒋始终不肯用张，因为张的作为给蒋的剿共工作带来了极为恶劣的影响。据蒋的幕僚长说，中共在那个生死存亡的时刻只有流亡哈萨克斯坦，俄罗斯都不会为中共开方便之门。白俄罗斯的流亡贵族很早就进入到黑龙江，在哈尔滨过着花天酒地的生活，他们有无数钱财可供挥霍。回头看蒋把张学良放回东北的可能性很小。抗战胜利了，张还好过一些，如果出现曹操战官渡的结果，张肯定就没有释放的可能了，蒋公能宽待张学良已经足够仁慈，张必然不能再有非分之想。

训练班大多数人并不知道王贵乡如何安排，但是一个月假期过后王并没有回重庆。

下面说说和名和莫莹。和名是甘肃人，在训练班这四年多一直对莫莹不错，莫莹是山西大同人，大同产煤，城市规模仅次于太原。莫莹说她老家是广西，因为其父学的是采矿，于是迁居山西。她的祖父是辛亥革命的元老，莫莹父亲一直在外读书，也没怎么在广西生活，没有广西口音。莫莹的爷爷一直辗转于北京和上海等地，后来到日本留学。莫莹看好和名，和名家是满族贵族出身，辛亥革命时他家正在武汉，遂被裹挟参加了革命，为什么说是迫不得已呢，因为他家在武汉并掌管几营满汉士兵，他的爷爷当时也痛恨满族的论资排辈，如果继续留在北京就只有两个选择。一是成为典型的八旗子弟，一是摆脱满族汉民同化。但他不可能去除满族族籍，又痛恨八旗子弟的不求上进，所以只能游走在汉人和满人之间，过着非汉非满的生活。好在家已经安在武汉，不用在京城看着那些八旗纨绔子弟醉生梦死。正值辛亥革命之后，黎元洪做了民国总统，和名的爷爷倒也难得清闲做了个将领。后来又移居到甘肃，于是和名家族便在甘肃生根发芽了。

和名与莫莹先回大同，见了莫莹的父母，说明了二人在重庆的生活和准备结婚的打算，莫莹家想要操办二人婚事，但和名说他家已经做好了准备，等二人回去就举办婚礼。莫家也只好听任二人的意见。甘肃无战事，一切都安全。他们约了刘多全和何迟准备之后一起回重庆。刘多全的父亲在甘肃省政府挂一闲职，他本是行伍出身，一直没有离开过部队，自从刘多全去了重庆参加训练班，他便申请将关系调到重庆，但由于训练班的驻地不固定，他也就一直没有办成。和名于是与莫莹约了刘多全和何迟一起回重庆。何迟家在附近的一个小城三明，是一个交通极为不便的小城，何迟的父母都是教员，福建的教育有厦门大学做榜样，全省要么不办教育，要办就得像样，所以教员在福建省属于比较好的职业。尤其在泉州、厦门、福州的师范院校都比较好，三明在全省没什么名气，但西北部能较早的设市，可见三明的地位还是相当重要的。

何迟的母亲家最早在浙江，母亲的表兄与蒋经国是早年的同学，蒋经国在抗战时期有一段时间在江西，恰好母亲的表兄被抽调到江西协助蒋经国。经国告诉他蒋公很重视这个训练班，因此才有何迟母亲把何迟送到重庆的事。

蒋经国很有人情味，蒋先生一般不太好出面办的事都交给蒋经国，这是蒋公的策略。且蒋经国所办之事既有原则性很强的大事，又有浙江奉化的家族小事。因为蒋先生欲父子承袭，必须先给蒋经国充分的锻炼。日后蒋经国主政台湾的一番作为就能看出蒋先生的准备工作做得有多好。

刘多全与何迟借了蒋经国不少的光，八十年代末蒋经国还用刘多全做了很多机密的事情。可惜蒋经国寿命稍短，如果如其父一般长寿，其执政生涯必然更加辉煌。

伍雅娟和令则行，一个山东烟台人一个山西太原人。令则行先陪伍雅娟到烟台，随后二人来到太原。令则行家境富裕，在太原经商，家人听说令则行带女朋友回家完婚，十分高兴，邀请了太原商界的许多朋友，并请了阎锡山的大秘书出席婚礼，这可能是所有结婚的学员中婚礼规格最高的一对了。

伍雅娟和令则行是全部学员中除了谢明经和金百枝之外最出

众的一对。那个时候很少有人谈“气质”，而伍和令的气质绝对是出类拔萃，这在训练班中是有目共睹的。

这里就应该介绍一下没有在训练班谈恋爱的吴敌了。据说吴的夫人是河南豫剧名伶的女儿。河南的戏剧全国闻名，明清时戏剧演员在河南省就非常有地位。京剧是全国闻名的剧种，但说不明白它究竟属于哪一个省份的地方戏。而河南豫剧，只要板胡响起，你就不由自主能哼上一两句。南方多弹词，北方多鼓词，为什么河南豫剧能受到广泛欢迎，那是因为像木兰从军“这样慷慨又不乏气吞万里如虎的英雄气概，又具有竹杖芒鞋轻胜马，谁怕，一蓑烟雨任平生”的大度，你如果到河南南阳去过，便会感觉到“结庐在人境而无车马喧”的静谧。中国北方如山海关以北的广袤土地上，二人转似乎过于戏谑了，有时甚至让观者难为情，似乎过于放荡了，固然表演者可以因为这种风格而放开手脚，但是必要的含蓄还是应该有的。

谢明经代表他的夫人金百枝赶到河南，在吴敌的婚礼上送上祝福，并代表训练班送上贺礼，也见到了那位名伶的女儿。一切都好，吴敌万万没想到谢明经会不远千里而来参加婚礼，万分感动。谢明经临回陆军大学之前吴敌的夫人特意又宴请一次以表感谢。她豫剧也唱得不错，但是似乎不想以此为生。

谢明经当然也参加了大部分学员的婚礼，而且代表官方表示了祝贺，谢的为人处世获得大家的一致称赞，自然理所应当成为训练班学员的领袖，这种领袖不是自封的，而是凭借自己超出他人一筹的风范获得众人的尊重和认可。

荆棘的婚礼以及王贵乡的婚礼，训练班长官委托了有关人员都做了妥善的安排。后来陆军大学开学，因为庆祝抗战胜利而异常热闹，大家也自然意气风发摩拳擦掌，准备在新的旅程中大展拳脚。

陆大的课程难度并不大，那时随着英美苏都争先恐后与民国政府做生意，都不惜给中国提供长期无息贷款，甚至有些国家找到刚出狱的张学良，张一直以为蒋能够重用他，结果当然出乎他的意料。蒋先生自视甚高，被众星捧月后似乎有些膨胀，没有看到苏联军队撤离中国时将大批关东军武器弹药都留给了八路军。当然蒋先生可能也没有把这些武器弹药看在眼里，但是对八路军来说却是如获至宝，相当于秋天进入了庄稼地，不到一个月的时间八路军就顺利地武装了自己，装备之精良完全不逊于国军。

苏联人没有考虑八路军是否需要武器，只是认为自己更需要德国的装备，因此对关东军剩余的武器装备没什么占有欲。而林彪正是利用这个机会迅速地丰满了自己的弹药库。这时国军正在南方用美国的飞机和军舰运送前线上撤退的战士。实际上正是苏联人帮助林彪武装了共产党的军队。后来说解放军从东北破局，不是因为林彪能打仗，而是中共拥有了大批精良的关东军武器。等国军明白过来已经晚了，这么多可改变战局的武器居然全部便宜了中共，波茨坦宣言也没有规定战败方武器的归属，中共是占了大便宜。

这里介绍一下简一明，大连人，1941年9月赴渝，入伍前住大连甘井子区，渔民出身，但全家已弃渔多年改为经商，主要经营洋货，即搪瓷贸易。简家多年与日本商户进行贸易，日本的洋货进口主要集中在东北，辽宁的大连、沈阳和鞍山一带生意兴隆，吉林的长春、吉林市、四平地区此类贸易也相当发达，黑龙江的哈尔滨、佳木斯和齐齐哈尔洋货贸易比吉林和辽宁发展得还要好。简一明高小毕业就在自家的洋货店料理买卖，简家的生意非常不错，简一明的两个姐姐和两个弟弟也一起帮忙，大弟弟叫一凡，二弟弟叫一乾。两个姐姐一称朴一称素。简家做生意的门市房有四间，后面四间平房是住宅，家大业大。所以简一明到训练班对家里生意并没有多少影响。两个姐姐在四三年出嫁一个，还有一个在家帮忙，也已经找了婆家，再等一年也要出嫁。简家的前几辈是山东移民，走到大连就不想再往北走了，于是就在大连扎了根。简家留在大连还有个原因就是大连的口音与山东相似，实际上并非如此，他们只保留了一句山东话，就是“夜里后响”，翻译过来就是后半夜。

简一明回了一趟青岛，回来后就决定赴渝参加革命，一晃简一明在重庆已经四年多，现在接替谢明经当了一排排长。简向长官汇报了与明理的婚事，长官要求简将三个排的人员集中做一次军容军纪的训练，现在三个排就剩下二十四人，长官要求简将新增的五位排长将工作时间和工作内容做一下调整，调整后的排长副排长如下：

一排

简一明、全一，辽宁、甘肃

二排

柳河边、奚路程，云南、河南

三排

令则行、伍雅娟，山西、山东

一排全体成员如下：

简一明，辽宁；2、全一，甘肃；3、路正，湖南；

吉陆，江苏；5、程先仁，安徽；6、白崇民，陕西；

黄令满，黑龙江；8、荆棘，湖北。

二排全体成员如下：

柳河边，云南；2、奚路程，河南；3、何迟，福建；

平安全，江苏；5、卫楚民、河北；6廖盈民，江西；

刘多全，甘肃；8、章常宁，宁夏。

三排全体成员如下：

令则行，山西；2、伍雅娟，山东；3、何程，广东；

千百万，浙江；5、郭有粮，北京；6、郑重，河北；

7、沈丹冰，北京；8、茅维维，浙江。

简一明通知了三个排，说明了长官要求全体学员十月十日以后找个周日参加座谈会，不得缺席，必须全员参加并且发言，长官也会莅临座谈会。

十月十日是双十节，是辛亥革命的纪念日，上峰要求各部门分别庆祝。

转眼间到了座谈会的日子，全体成员如约而至齐聚一堂，发言顺序如下：

简一明

过去都是谢排长打头炮，今天我也大胆地首先说几句。首先向全国人民表示歉意，抗战在美国人的原子弹爆炸后迎来了胜利，全国人民一致认为美国非常了不起，日本是罪有应得……简一明的发言从国内谈到国外，慷慨激昂，讲得所有人都跃跃欲试，之后长官接着讲了几句，大有为简一明鸣锣开道之意。尤其简一明不知在哪儿看到过原子弹爆炸的描述，因此讲起来津津有味，仿佛身临其境一般。比如什么原子弹爆炸瞬间的辐射和冲击波之类的，大家很钦佩简一明的博学多闻，发言阶段掌声此起彼伏竟多达二十几次。抗战胜利后蒋先生的社会地位和中国人民的喜悦心情可以说远超任何时候，最后简一明说对于抗战，自己曾是个悲观主义者，从首都沦陷开始就期盼能够早一点收复南京，战争持续时间太长，但是国人的意志力太强大，我都佩服我自己是个中国人，他讲到此处大声呼喊“中国万岁，中国人民万岁”。所有在场人员无不激动万分。简一明的发言发挥得太好了，不是表演而是内心真实想法。可惜简一明没有机会拿起武器上战场，但是他的讲话绝对引发了共鸣。

简一明的发言引起了长官的高度重视，他们甚至隐隐觉得没有早日发现简一明这个人才是个遗憾。从此简一明以会演讲而出名，但国民党不学共产党，不搞群众运动，如果真学共产党，简一明必定能一鸣惊人。抗战胜利太应该庆祝了，人们需要欢乐，国家需要欢乐，无论如何庆祝都不为过。这种庆祝的场面，我听父亲描述过，全国人民集体上街，喜极而泣，无论认识与否，见面都喜笑颜开互相拥抱。商店的鞭炮全部免费，所有人都沉浸在无比兴奋和激动的情绪中。

简一明发言后，长官又补充说他代表陆军大学的同学向全体与会者问好。并强调学员们一定要听蒋委员长的话，现在虽然国共两党言归于好，但委员长对于时局还是有些放心不下，中共有可能接受双十协定，中共拥有就是个旅，这是个庞大的数字，国军还不能马放南山刀枪入库。中共80万军队，国军有三百二十万，四倍于中共，如果马上进入战斗，毫无疑问国军将战而胜之。有人认为日本人两次帮助了中共，日本不侵华，张学良不会兵谏，没有兵谏就没有中共军队改编，没有中共军队的改编，则中共势必被张学良的军队包围，中共所剩不到五千人，只能远走哈萨克斯坦。长官对于张学良的问题带有很大的假设性，如果中共无法战胜国民党，张学良的错误就不成其罪过，所以说张学良就应该被执行死刑，而蒋先生过于仁慈是大家公认的。蒋先生有自己的逻辑，这类问题应该从历史的角度看，从问题的性质看，从影响上综合判断。长官的看法固然有一定道理，而蒋先生四六年则没有给张学良机会，蒋的意思是张学良像魏延一样而脑后生反骨，不可再用。

双十协定后，不知道蒋先生是如何想的，派胡宗南出兵占领延安，而随后的行动却没有跟上，胡宗南有负于蒋先生所托。我们谈论蒋与毛的问题，蒋确实输得无话可说，对不起四百万国军的浴血奋战。不到四年就让中共直捣黄龙。回忆一下四次、五次对红军的围剿，说明蒋与毛的较量在三十年代就已决出胜负了。双十协定只不过是给毛重新演练的机会而已。

东北的林彪三下江南，四保临江，打得如此漂亮，展现了东北军队的风采，使陈明仁大好的战果付之东流，东北形势急转直下。长春的外围，南面的沈阳，西面的锦州都形成了不好收拾的局面，不到三年时间东北换了两任主官，现在杜聿明也有孤掌难鸣的态势。如果林挥师入关，整个局面不好调整，当然这都是以后的事。长官讲话那个时候局面还能维持，但一点也不乐观。国军将领的思维尚停留在抗战胜利后的一年之中，四倍于共军的部队不知为何最终战败。一个林彪就搞得国军溃不成军，东北从攻势变为被动防守，实际上也不能说国军战斗力弱，只能说共军的战斗力大幅增强。共军从黑龙江和吉林经过土改，有了土地的军队像杀红了眼的下山虎，什么保卫胜利果实，什么誓死与国民党战斗到底。幸亏有美国人调停，江北的局面才得以控制。

接着发言的是全一，全一是甘肃人，这次放假她与路正办了婚礼。全一认为看战局不能只看一时一地，如陈明仁当时打四平时无比骁勇，获得委员长的奖励，获得中正奖。后来美国人巴达维告了一状，蒋先生不得不处分陈。不过东北的局势虽然不好，但共军并没有在东北形成关门之势。而西北的局势倒是很好，尤其甘肃和新疆。蒋的主力设在甘肃，青海和宁夏有很多骑兵，战斗力相当了得，中共在这几个地区都没有任何优势。全一的发言给大家带来了喜悦的气氛，另外全一说湖南基本上没有共军的存在，中共后阶段都在陕西和甘肃一带活动，还有少部分游击队在四川的甘孜州一带。中共只是象征性地去过山西，而山西的大部分都由阎长官控制，煤炭的收入进入国家银行。令则行是山西大同人，插话说大同的煤矿最多，全部收入都由政府控制，战前蒋先生没有插手煤矿，战争中蒋先生派出中央银行到大同控制了煤矿，阎锡山很给蒋先生面子。伍雅娟见丈夫说话也顺便说，本来都是国家资源，不能总让一个省把持资源，中央政府都是政府统一管理。比如山东的黄金就一直由中央政府管辖。听说战前中共也想插手金矿的事，但是中央政府没有同意，我认为一个国家应该先统一政令和军令。比如国共合作，蒋先生就严格要求统一政令军令，不能中共自己找个所谓解放区形成国中国。长官插话说重庆谈判中共提的就是独立性，这显然就是国中国的嫌疑。这时柳河边抢着说抗战打来打去，中共悄悄做大，现在东北居然与中央分庭抗礼，不知道委员长是怎么想的，国中国的现象不能再继续下去了，如果让我说应该先从东北做起，千万不能形成中共在东北的关门之势，要关门也得是国军关门。我不明白，美国人为什么要调停，这不等于承认了中共的合法性吗？中共搞什么土地改革，富人的土地为什么说分就分，长官你能不能向委员长提提建议，分富人的土地就是要变天，穷人要田地应该自己劳动积攒金钱自行购买，如此改革与抢劫有何分别。这不是把国家搞乱了吗？孙先生说耕者有其田，但应该合法地操作，而不是这种做法。这是懒汉抢勤劳者的财产，中华民国历来就是土地和房屋私人所有，不能国中国擅自颁布“国法”。这时长官看到群情激动，便说这个问题留到国大开会时再说吧，现在还是讲讲抗战胜利后政令和军令如何统一的问题。会后有机会我会向我的长官汇报，给大家一个满意的答复。

柳河边的夫人平安全要求发言：我是江苏人，抗战刚开始时我还小，但首都沦陷我是万分悲伤，说中国不宣布开战，但在我看来，首都沦陷时就是开战了。国共两党合作，我那时候还不知道共产党的任何情况，重庆谈判时我终于明白了，中共要自立门户，要国中有国，这怎么能行。如果家里要分家得父母同意，中华民国分家得中央政府同意吧。

千百万是浙江人，她嫁给了北京人郭有粮。郭有粮取名的谐音是锅里有粮，也就是有饭吃。千百万老家是浙江溪口，与委员长同乡，不过很早就迁到了杭州，但她始终以与委员长同乡而自豪。在她的心目中蒋委员长是个最善良的领袖。她嫁给郭有粮是因为郭非常善良，乐于助人。郭家在北京郊区，务农为生，家里有不少土地。对于抗日战争，郭并没有很深的印象，但是从小接受爱国主义教育，他弄不懂日本一个弹丸之地凭什么侵略堂堂中华大地，谈起日本郭就义愤填膺，他说日本一亿人口，农业工业都发达，自己安心生活有什么不好，有什么理由发动侵略战争。琉球一直是中国的保护国，你日本说占就占，这下可好，宣布投降后连台湾都得还给中国，你日本太小看中国人，小看蒋委员长了。

上次放假千百万和郭有粮到北京结婚。北京平房很多，郭家的马牛羊都很多，真的是农业大户。去北京之前二人先去了杭州，拜见了千百万的父母和兄嫂。千百万还有一个姐姐，早已结婚，在当地是个很有名的裁缝，做得一手极好的针线活，家里的衣服之类的都是姐姐亲手缝制。这次郭有粮前来，姐姐当然亲自动手给妹夫做了一套衣服。千百万从小就排斥针线活，从没碰过剪刀和针线。千百万的姐姐和哥哥则与当时大多数浙江人一样，善于加工服装和经商。浙江裁缝的手艺是上海培养出来的，上海对于服装的挑剔是出了名的，想进入上海市场售卖，工艺自然得精益求精。这一点与东北三省大相径庭，除了黑龙江受俄罗斯和白俄贵族影响对于服装款式和工艺有所要求以外，吉林和辽宁，甚至内蒙古的穿戴极不讲究，半开玩笑地说，东北的春秋季节都如拳击手的脖子，太短，没必要讲究春秋服饰，冬天有钱人就是皮袄过冬就行了。而江浙两省，春秋穿一件毛衣就可以，自然也会研究琢磨衣服款式。千百万的母亲很喜欢自己出生的浙江省，但是女儿到重庆生活，她也经常去探望，也不知道重庆为什么那么多鸡鸭鹅，价格还便宜，她一到菜市场，眼睛都忙不过来，品种繁多而且价格低廉，她本来以为浙江的肉蛋菜就已经很便宜了，没想到四川价格更低，而且四川冬天也不太冷，以后如果有条件，搬到四川居住也是不错的。千百万的母亲对郭有粮很满意，没想到女儿能找到一个让她称心如意的女婿。郭有个优点就是处处让着千百万，从不拌嘴。郭有粮的礼貌和谦和深深打动了千百万的家人。千百万和郭有粮返程之时，千百万家人都依依不舍，当然也给准备了丰厚的礼品。

茅维维也是浙江人，不过她居住在浙江南部接近福建省的温州。沈丹冰是北京人，北京人对日本人没有什么印象，因为日本很少有人到北京，后期日本人大批到北京是因为侵略的原因了。三七年十二月日本攻打南京，进南京后开始大规模屠杀广大市民，民国政府由于在上海动用了过多的军事力量，南京保卫战实在是强弩之末无法抵抗了。茅维维家是中产阶级商人，经营服装之类的产品，温州很早就是商人汇聚之处，但是茅维维对经商毫无兴趣。茅对中共表示不满，认为中共不知高低，蒋委员长让中共离开延安有什么不好，可以去西安、重庆或者上海，反正委员长素以言而有信著称。张学良那么能闹，委员长还是对他苦口婆心以待其改恶从善，弃旧图新。给你毛泽东一个省让你治理或者给你一所大学让你潜心研究学问，全国都在等毛泽东和周恩来接受委员长的安排，你们居然还要做领袖。中国的领袖是蒋中正，毛泽东是人心不足蛇吞象，委员长以如此诚意待中共，中共应当以国家为重、以人民为重，不要再另起波澜了。况且中共那么点军队如何与国军对抗？中共军队中的林彪、徐向前、陈赓都是委员长的学生，整个抗战，都是国军打的，中共战后摘桃子，我们坚决不同意。他们不知道林彪已经做好了收复东北的准备，而国民政府正出动接收大员在全国各区域接收抗战时的伪政权，而且接收大员无人不贪无人不占。民国政府的高官都想谋求这个接收大员的职务，他们的权力之大，可以将汉奸评价为曲线救国的抗战英雄，可以将房产定性为抗战活动基地而不去查明真实性。这些污浊之事比比皆是，茅维维当然没有能力调查，因此看不到这些。蒋先生当然要清算投降派的汪精卫、周佛海、陈公博等人，一个南京就涉及到江苏，再沿江而上涉及到湖北，再过洞庭湖涉及到湖南，只要日本侵略所及，都有汪伪政权。抗战胜利，人民必然要清算卖国贼和汉奸的所作所为。

蒋面对的这些问题，是汪伪政权人人都清楚但人人都讲不清的乱账。总之日本人打到什么地方，汪伪政权便借机在哪里生根发芽。伪军均由中国人组成，他们的战斗力极弱，但是敲诈中国人时却无所不用其极，如果不清算这些日本人的走狗，全国人民都不会同意。民众对于跟着投降派的一些人摇身一变成为“好人”，真正的“好人”应该是抗日有功人员，而不是大奸似忠的这类群体。国民政府的某些大员只认钱，几乎没有良心，民众自然也不认同。总之汪伪政权中的坏人大部分确实得到了清算，但是也有漏网之鱼，古语讲“鱼过千层网，网网都有鱼”，不过这毕竟也是极少数了，这也就显示了蒋先生的决心，否则对参加抗战的将士也真是无法交代。

黄令满是黑龙江齐齐哈尔人，它主要对满洲国极度厌恶，一听到溥仪他就从心里骂“儿皇帝”、“不要脸”。黄令满以前在齐齐哈尔铁路工作，有一次一个日本扳道工用中文跟他对话，问他在铁路上干得怎么样。他知道对方是日本人，对方跟他住得很近而且非常和气，所以他便对这个日本人有了好感。日本人说话总是点头哈腰的，一点也不托大。这个日本人说自己不是日本人而是台湾人，甲午战争后台湾割让给了日本，他便被安排到铁路工作了。日本人对台湾人很客气，日本政府也敦促国民善待台湾人民。日本国内从小学开始就教育学生善待琉球人和台湾人，所以日本人不会欺负台湾人。黄令满私下问他，他说自己家住台北，在大陆福建有亲属。他说日本政府与满洲国政府关系很好，对于派遣到满洲国的日本国民一律要求要与人为善，不许打骂欺负中国人。他说日本人以前一直把中国称为“上国”，可能此称呼取自于韩国。日本人一直认为中国文化高深莫测，非常崇拜中国的学者。政府也从内心仰慕中国文化。他在齐齐哈尔等于服兵役，不需要参战。他说日本认为自己在文化方面还不如中国，工业虽然进步很大，但是那只是说明科学技术的进步，而科学技术并不能代表整个文化，文化是一个大概念，涉及到一个国家或者一个民族的内涵，是人文内涵的综合载体。比如繁体字，从某种程度上对汉字的记忆和书写都很有帮助，从象形和会意方面来看，汉字的繁体字都是文化精髓之所在。

大陆的汉字共简化了两次，六十年代简化的那次非常不规范，后来被取消。而港台的汉字一直保持着原来的样子，大陆的学生到了港台之后几乎无法阅读，尤其学习古代汉语，相当于文盲。

毛泽东说过，汉字要走拼音化的道路，现在看来根本行不通。五六十年代全国学普通话，但是要取消一些地方的语言习惯根本不可能。比如广东话，自从播出《霍元甲》之后，粤语歌曲大流行，满大街播放粤语歌曲。说明地方方言不但有存在的必要，而且象征着某一地的文化特点，无法统一化。

中国还有个特色，就是各种“办公室”，比如语言文字委员会，简称语委会，各地招生机构简称招生办，还有所谓学位办、语委办、计生办，要不就是什么什么领导小组，这些机构在某一时期权力被无穷放大，这就是中国特色。

回到会议中来，这时路正还想讲国中国、军中军的观点，长官说算了吧，双十协定民国政府似乎已经同意中共的意见，这次成绩是将中共的军力压缩到国军的四分之一，有利于国军的下一步部署。

吉陆只说他建议应该迁都，陪都是抗战的产物，现在抗战既然结束，应该迁回南京，委员长还都南京，以安国人之心。

程先仁是安徽合肥人，他说“我上次发言要求长官给我们发枪，并且我说过我要用我的身体成为鱼米之乡的保障”。

白崇民：作为陕西人，抗战还没开始委员长就在西安蒙难，这是国之耻辱。我们那时候还能支持张学良，现在看东北当时不知道被谁蛊惑。现在抗战胜利了，我白崇民呼吁全国一条心全力支持委员长，只要对党国有利，我们就会全力践行，不给共军留下攻击国军的任何机会。我们通过学习应该达成一个共识，就是只有一个领袖，蒋委员长；只有一个合法政党，中国国民党；只有一个军队，中国革命军。我们将全心全意为中国的复兴而努力，我们将以先总理的谆谆教导为纲领，在委员长的指导下，为中国的兴旺发达不遗余力地工作，为民族的复兴贡献自己的全部力量。

廖盈民：我多次想参军打击日本侵略者，但都没有去成，这次我抱定决心，用自己的生命回报自己的国家，只要党国需要，我随时献身。

奚路程：古有花木兰，今有奚路程。我会紧紧跟随委员长的脚步，听从党国的召唤。

卫楚民：我上次就说过燕赵多慷慨悲歌之士，如今我还要表态，只要委员长召唤，我誓死为国贡献生命和力量。

章常宁：我来自宁夏，但我是汉族，我与党国同在，愿意在有生之年为党国奉献一切。

国军都从西南往东北调，从昆明赶赴东北的列车全部满员，有些部队已经穿上了美国兵的服装，也有原晋、绥的士兵，也被委员长换了中央军的服装。中共后来的宣传说蒋只给原嫡系部队换发装备，事实并非如此，蒋历来恩威并施，只要是忠于他的部队，一视同仁。况且蒋也不会允许在部队装束上区分出嫡系与非嫡系。蒋对于能打仗的部队的判断还是很准确的，但是中共的战略高人一筹，他们最善于集中优势兵力，打歼灭战，以“断其一指”而著名。你七十四师能打，我用四倍五倍于你的兵力围着你打，而且中共打仗不怕牺牲士兵，能用三个人打你一个人绝不用两个人。而国军的很多军官还停留在中世纪的公平决斗思维上，这是国共军队本质的区别。

国军四倍于共军的兵力，不到四年，四百万军队溃败如摧枯拉朽，这在任何历史战役中都没有先例，也无法解释。

共军的思维和国军的思维有哪些不同呢？第一，共军非常看重“狭路相逢勇者胜”，平时就向士兵灌输拼命精神、不怕死精神和宁死不降精神；第二，共军打仗，从不考虑死亡人数多寡，不惜牺牲士兵；第三，共军的眼睛盯着对方有多少可供缴获的物资，而国军士兵属于吃粮不管烧。所以共军打仗即便赢不了，只要占到便宜就撤，某种程度上减少了战斗减员；第四，共军几乎形成了一种共性思维，打仗只看结果，牺牲多少人，不需要指挥官负责，指挥官只需要考虑打赢就行；第五，共军最善于围点、打援，且取舍恰到好处。而国军派系林立，军事主官几个人感情胜过命令，出了问题只要互相推诿扯皮就好。慈不掌兵，蒋委员长对待张学良就是个例子，这个人应该到南京立即枪毙以儆效尤，结果委员长太过仁慈。这第五条是最容易也是最重要的一条，蒋先生的仁慈葬送了民国的大好河山。八年抗战，为什么毛能最后成为中共的领袖？蒋先生信基督教，事实证明蒋作为政治家不够格，最后必然失败。重庆谈判可以放毛回延安，四七年派胡宗南进攻延安棋差一招。胡宗南连自己家都看不住，让一个中共内奸渗入到大本营之中。蒋有多种灭绝中共的办法，但过于仁慈。抗战八年国军越打人越少而共军越来人数越多。下棋有多种一击致命的方法，蒋却围而不歼，最终失去机会。

国民党应该多看史书，像吴越春秋、西楚霸王、大意失荆州之类的，你有那么多学富五车的史学家，却以这种方式失败，的确无颜见江东父老。

国民党不是无人可用，而是人才太多。蒋素以信义仁慈著称，不杀张学良只给判处徒刑足见仁慈，抗战后不用张，可见其是非分明。但若是有机会时软禁一个毛泽东，这有何难。最后坐等毛泽东用林彪接收了关东军的武器弹药壮大队伍再与其争天下。全世界都认为这是个大错特错的行为。西安事变时毛并未参加，你蒋公何必同中共谈什么国共合作。八年抗战，八路军只有一一五师打了一个平型关大捷，后来彭德怀搞了一个百团大战还不是毛认可的。毛的目的是韬光养晦积蓄力量待抗战结束后与你蒋某人争天下。蒋先生力量很大，当时就应该让毛请朱、刘、周、林等人到重庆，以毛为诱饵，将中共所有人收监软禁。蒋先生大度之气放毛回延安，蒋就不应该听美国人的话放虎归山，如果不让毛有喘息之机，他就没有能力积蓄力量做什么大的抵抗，会同意做个在野党，虽然也可能仍然会搅和得天下大乱。

蒋先生最后蜗居台湾，还有什么脸面见跟你出生入死的将士？四百万军队，如此不堪一击，愧对将士。美国用他的所谓民主，裹挟你蒋中正，于是你就认同了美国那套选举制。在中国，必须有军队才有权力。三六年张学良绑架你促成了国共合作。当年如果能做好的话，中共能接受你蒋先生的条件，因为他们当时没有任何资本进行谈判。

最后蒋公在台湾病逝，而蒋经国似乎一点也没有吸取其父的教训，台湾最有机会反攻大陆是在1960年，但最后没有抓住，中共躲过了最危险的时期。

毛非常侥幸地占有了中国，但他一生中唯一一次失误是坚决要做无产阶级的领袖。世界的所谓无产阶级最终能否联合起来，以及靠什么联合起来和联合之后要做什么，至今没有准确目标。到现在为止，也没有任何一个国家有能力联合全世界的无产阶级，既然没有能力联合全世界无产阶级，又何必勉力为之。另外，世界上的资本主义和帝国主义力量，也不会允许你随意联合无产阶级，全世界最多无产者的是中国和印度，印度也不可能跟你联合，最后还是你中共自己的独角戏而已。

还有以下的口号不再提，如：解放全世界三分之二受苦人、我们一定要解放台湾……因为过去一直有一个误区，首先资本主义国家的民众都生活在水深火热之中，台湾既然是资本主义制度，肯定正在需要或等待我们去解放。现在看台湾人民生活水平比我们高，解放台湾就没那么迫在眉睫了。等到大陆的生活水平全面超越台湾，而台湾民众又非常渴望大陆解放他们的时候，再考虑做救世主吧。

我们听说台湾民进党的一小部分人要搞独立，大陆现在不会，将来也不会同意台湾独立。有人提出大陆对台湾少数人的鼓噪设什么红线，包括武统的临界点，都没必要。台湾是蒋先生动员大批国军官兵参与缅甸作战，感动了英美的领袖，破例将台湾问题纳入二战后的解决范围。既然台湾是蒋先生提议下还给中华民国的，有人想独立，不可以在台湾谈这个话题，如果这批人能在台湾以外取得土地，则独立与否是他们的本事，不然在别人家里谈独立是很荒唐的。

中国有14亿以上的人口，能让这么多人有饭吃有房住确实相当了不起。如果台湾真的想要独立，大陆必须与台湾民众讲清楚，要分家不是一厢情愿的，你能在其他地区谋得土地，寻求自己的生存空间，不要居住在台湾就行。台湾应该像蒋先生时期那样实行一个中国的政策，那么台湾什么时候开始允许岛内成立除国民党以外的政党，蒋先生在世时可没有提及。民进党可能是七十年代诞生于美国，不知道台湾是何时放开的党禁，反正现在是民进党的执政期。蒋先生是极力否定民进党的，他逝世后蒋经国也没有认同台湾取消党禁。但2000年陈水扁确实当上了台湾地区领导人。

国共的争斗始于东北，蒋对东北没有非常重视，蒋派陈诚主政东北，陈诚到东北后鼓励检举腐败，对辽宁一些地区的官员腐败现象毫不手软，坚决打击。一时间东北的局势大为稳定，军事方面也能维持对峙的局面，林彪居于守势。双方争夺的焦点在吉林一带，小丰满水库也是双方必争的水电站。这个时候谢明经被临时调到东北行辕做官员的肃反工作。陈诚大有在东北为蒋先生撑住半壁江山的趋势。但是由于陈诚胃病突发，后来换了卫立煌主政。而卫立煌与中共有着说不清道不明的关系。当年宋子文推荐张学良做东北行辕主任，但蒋没有同意，陈诚欲党政军三位一体，蒋是支持陈的。当时陈和林是僵持阶段，那是1946年初，国共双方都加快了运兵速度。中共方面从山东向辽东半岛运兵，由于中共运兵路线短，消耗人力较少，所以在不知不觉间占据了辽宁东部，比如丹东和鞍山市郊区的大部，对鞍山、辽阳、本溪以及中长铁路南段都进行了实质性的占领。而且辽东山区部分众多，有利于中共徒步行军。陈诚实际上没有在东北主政多少时间，谢明经也很快回到陆大突击学习课程。简一明被派到了东北，编入云南陆军，后来云南陆军起义，包括简一明在内的众多人拒绝服从命令被原地遣散，后随东北残兵乘船从葫芦岛入关，再从驻北京的傅作义将军的中央军处从天津到了上海，后加入福建的部队退守台湾。而最想为党国战斗的茅维维和沈丹冰最后也没有机会为党国贡献力量。陈诚去台湾时便作为先遣军先期抵达，这时候谢明经就在陈诚手下，而茅、沈和简加上之前在陆大的王贵乡等人也跟随陈诚的下属，与谢明经一起到了台北，最后都安排在台湾的地方政府。

训练班学员没有参与战斗，可以说国军在大陆的失败，与训练班学员毫无关系，但他们毕竟也属于败军之将，心里当然是愤愤不服的。抗日的胜利最后取决于美军的原子弹，但美军是因为与日本在太平洋上的争夺才参战的，而不是一上来就扔原子弹解决战斗。美国最后也没有认为日本天皇的终战声明是因为对战争失去信心，而且日本当时仍然有为数不少的海军和陆军，最重要的是日本军界非常坚决地认为有一万万人会坚决抵抗。但是两颗原子弹一扔，天皇明白了这场战争没有打下去的必要和可能了，最后只能发布终战诏书。中共与国军的战斗则相对简单了一些，淮海战役打完之后，国军就兵败如山倒了，蒋先生的长江防线没起到什么作用，很快就被共军渡江突破并占领了南京。二十年内南京被两次攻陷，金陵变成国民党伤心之地。剩下的国军草草收拾烂摊子败走台湾。

白崇禧的八十万广西兵基本上没有发挥作用。国军四百万军队被共军轻易击溃，可以说是战争史上的奇迹。抗战胜利后，蒋请毛到重庆谈判，而毛真的去了。这是蒋没有预料到的，没来得及思忖。毛从容地来，从容地走，蒋数次放虎归山，这已经不是显示大度的问题了。本来蒋邀请毛到重庆就是下策，等于变相提升了中共的地位。蒋后来本可以按兵不动，等中共内讧，毛是断然不会先动手的。如此僵持到六十年代中共肯定内部先乱，对蒋来说，自己那么多军队、那么多财阀和财团，中共蜷缩在陕北再怎么搞经济建设也没法与蒋相提并论。到了那个时候，中共与国民党相比，就像如今的朝鲜与韩国一样，那个“柏林墙”还不是一推就倒？中国的大知识分子都投身蒋先生的阵营，最终中共内忧外患无法坚持，统一就是水到渠成之事。蒋万万不该放下自己的强项，毕竟搞宣传是中共的特长，以己之短迎敌之长，蒋的失败是千古奇谈。

试想，如果1936年12月份，蒋与张学良促膝长谈，阐明利害关系，不让中共有机可乘，那么中共最终就是流亡到哈萨克斯坦一带继续宣传自己的共产主义，绝没有机会再回到中国掀起任何波澜。只能说张学良一个人左右了局势，否则今后的乱象都不会发生。另外后来的总统选举你蒋先生又大意失荆州，孙科与李宗仁比拼竟然落败，孙科毕竟是中山先生的公子，蒋先生无论如何也得力保孙科当选啊。蒋一次次让不应该也不可能的事情成真，一次次放弃唾手可得的胜利果实，那么最后失败似乎就是天注定了。

丢掉大陆逃往台湾，是蒋先生若干选择中最差的一种。如果退守海南岛，通过向美国求援修建防御工事，同时不放弃台湾，那么你至少还有7万多平方公里土地可以经营，还有发展空间。而不是像现在一样被压缩在一个孤岛之上。蒋可能做过多种设想，但是万万没想到自己会终老台湾。最后多少国军将士与家属分隔两岸忍受相思之苦，谢明经与金百枝就是其中之一。

李代总统之后，中共提出按其要求进行和平谈判，最终李宗仁未能答应，4月22日解放军渡江，南京被共军占领，随后中共军队一路向南打到福建和海南岛，国军一路溃败。四川、云南、贵州、广西和广东都被攻陷，彭德怀的一野由王震率领解放了新疆。大陆基本上没有发生激烈的战斗，内蒙古和绥远都是和平解放，中共军队兵不血刃就占据了以上地区。蒋先生辛苦经营三十年的政府彻底垮台，据说撤到台湾的士兵有五十三万之众，还有一部分士兵逃往缅甸金三角一代，到六十年代便自生自灭不成建制了。

1927年所谓的国民党屠杀共产党员，我认为第一次国共合作，两党达成共识，国共合作的目的是消灭军阀，没有打土豪分田地的内容。共产党先于国民党在农村动员贫苦农民打土豪分田地，而这并不是国民党的革命目标。蒋应该向中共明确此举操之过急也不合情理，应予以纠正。即使需要解决土地问题也不应该用这种粗暴的方式来进行。土地革命要解决的是耕者有其田，至于如何达成这个目标，孙中山先生已经向日本讨教过，需要在政府的主持下以平和平等的方式来达成。共产党用无赖的方式剥夺地主和富农合法取得的土地，为文明世界所不齿。阶级斗争这种方式最不可取也最无道理。国家应当充当土地的调剂机构，民众不必因为土地而起纠纷。

中山先生认为土地是农民用积攒的钱购买的，查阅历史可以证明，元、明、清三个朝代没有记载国家有分配给农民土地的记录，说明有土地的人的土地系剥削而来的假设毫无根据，只不过是流氓无产者抢占他人土地的借口而已，而给出这个借口的是中共。学习俄罗斯经验，俄罗斯对外战争，沙皇赐给贵族参战者土地，列宁则是将大财主的土地分给农民。而中共则是抢占勤劳农民的土地分给其他农民，属于抢一部分人的田地再分给另一部分人。各地农村纷纷成立农会，将土地无偿分给农民。因此中共的理论是彻头彻尾的强盗逻辑，毫无道理没收地主的土地。而国民党维护生产资料属性的这种合法化被中共破坏了。但蒋公这方面的错误是正如中共宣传的那样大肆屠杀分得土地的农民，这里需要强调的是，没收别人的土地没有根据，清政府有移民的历史，而得到土地的人都是由山东迁徙而来的农民，清政府移民时土地并没有买卖证明，但是不等于这些人取得的土地是没有根据的。这批移民以黑龙江和吉林居多，辽宁也有。

大陆只知道蒋先生四一二大屠杀，而不知为什么出现四一二。老百姓也很少有人去探讨蒋先生为什么对富人很好，对穷人却蔑视的历史真相。我们小学时读的一律将其定性为“国民党反动派”。现在还有很多人在歌颂中共，其实任何政党及其政府都比中共要重视、热爱民众。六十年代民众忍饥挨饿自不必说，五十年代反右，全国打成右派的人多达五十五万，而当时中国一共才有多少知识分子。有些右派分子被下放到农村劳动，有些人终生不得结婚。文化大革命全国跳忠字舞，年供应粮食根本无法果腹，还必须面露微笑感恩戴德。毛把他的侄子毛远新派到辽宁，搞什么哈尔套大集，让农民把自己家的鸡蛋拿到大集上出卖，伪装成公家的物资，即使再糊涂的人也知道这是在演戏。政府运作到这种程度，老百姓其实离造反就不远了。中国的政府自五十年代开始就由周恩来做总理，老百姓便一直生活在饥寒交迫之中。

周恩来五十年代开始干到七六年一月，共25年，老百姓有一年吃到饱饭吗？民众还得夸你是好总理，你不内疚吗？六三年你放下国务院工作，跑到人民大会堂去排练舞蹈史诗《东方红》，“东方红，太阳升，中国出来个毛泽东，他为人民谋幸福，他是人民的大救星。”你排练这样的节目不感到惭愧吗？毛从未给人民谋求过幸福，中共掌权以后，不是战争就是运动，什么“肃反、三反、五反、镇反、反右派、社会主义教育、四清”，老百姓哪有机会过上安稳日子。毛太爱搞运动，好不容易六三年人民勉强吃上几顿饱饭，周恩来又开始配合毛泽东搞阶级斗争年年讲、月月讲、天天讲。你身边那么多人哪个是阶级敌人？中国有那么多阶级敌人吗？你在国务院一干就是十几年，这十几年中国对于为官的制度可有制订？幸亏毛岸英死于朝鲜，否则你就能伙同毛泽东在中国搞出父传子的世袭制度。

毛对刘少奇、邓小平、彭真、罗瑞卿、陆定一、杨尚昆有意见你周恩来完全看得出来，你却一点工作也不想做，等待每个人都不同程度地出问题。你是中央常委，党内三号人物，你做得太不够了。

本来中央的土地改革就是为了兵源而不顾理论上的苍白无力。地主土地为合法所得，如此瓜分有明抢豪夺之嫌。抗战之后，蒋的地位如日中天，社会舆论对蒋的溢美之辞令蒋迅速膨胀，未能及时降温并思考，走上了一条失败之路。这与蒋家父子没有广泛听取国民党元老的意见以及操之过急有关。而毛则不疾不徐，领袖欲分为几个阶段，第一，与蒋争天下，做中国领袖；第二，对斯大林取而代之，做社会主义阵营的领袖；第三，做世界人民的领袖。可惜彭德怀无意中使得毛的父传子计划搁浅。

蒋氏父子败走台湾，他们四十年代培养的训练班成员一并前往。这时谢明经、明理、栗子伟、布国生、和名、莫莹、简一明、全一、路正、吉陆、柳河边、平安全、令则行、伍雅娟都集中于台北，只缺少金百枝。东北战事刚结束时由于陈诚身体不好，蒋先生将其调往国防部，谢明经随陈一并调离。国民政府在台北为军官划拨土地建眷村，专门用于安置国军中上层军官。当时谢明经有机会将妻儿接到台湾，但阴差阳错没有办成。本以为大陆那边能对峙到五十年代中期，但是四川、贵州和云南的国军中上层军官在中共许以高官厚禄的情况下纷纷弃甲投共，于是后来的湖南、湖北，加上广东广西的国军将领大部分都归顺了中共。还有些国军军官见大势已去，或出国或率部撤往台湾。

自从李宗仁接任总统以来，和平谈判就是以中共拟定的名单、时间来安排日程，国军似乎只能说行与不行，没有其他的话语权。有人说气数已尽，看最后阶段的战斗，国军连轰炸自修工事的力气似乎都没有了，实际上战事进行到四九年初的淮海战役便实际上已经结束了。

国民党当局将在大陆的士兵统计共有接近300万，但士气已衰。只有像训练班茅维维、沈丹冰那样的人能全力参战，但国军已经基本处于放弃状态。刚才说淮海战役是战事结束的标志，其实有远见的人看到东北战事结束，林彪率百万大军入关，就能基本判断国军大势已去。蒋在东北的沈阳、长春、锦州部署的部队最后逃回南方的不足两三万人，其余部队均在中原一带消耗殆尽。于是蒋开始将上海的黄金、美钞运往台湾，开始做退守孤岛的准备。而李宗仁困兽犹斗，但是无奈没有战斗的资本，没能打出像样的战役。本来寄希望于在西南一带厮杀一番，但云南和四川的军队大部分投诚后接受中共的改编，战争输到这种地步，只能感慨无可奈何花落去。国军虽然还有一定的数量，但已丧失斗志，没有翻盘可能。

如果要将国共的争斗细细品味，塔山的阻击战国共双方都下了大决心，都投入了重要力量，谁也没有大的失误，最后中共赢了。而且中共历来只看结果不关心伤亡，塔山守住，国军支援部队就不能顺利抵达锦州。长春的国军被林彪的大军团团围住，军粮告罄，军心不稳，沈阳是东北的司令部，蒋先生调卫立煌解锦州之围，但卫犹豫不决指挥不灵。其实只要塔山打下来，东北的问题就迎刃而解，但林彪下命令死守塔山，国军无法攻克。国军从海上派军舰企图援助塔山战事，塔山阵地几度易手，这种硬碰硬的战役双方都舍命相搏，共军并无优势，但硬是守住了。而长春的国军已不战自溃，沈阳的国军余部想通过营口从海上撤往关内，均为林彪派兵拦截，东北一役共军共歼敌近五十万，东北全境落入共军之手。

共军在东北可抽调百万人入关，这对于北京的傅作义和天津的陈长捷来说是个坏消息。果然没过多久天津便在35小时内被共军攻克，北京的傅作义则宣布起义，接受改编。京津，中共称为平津战役后，中共的军队人数首次超越了国军，而且气势上已经完全不可同日而语。

东北的卫立煌不是林彪的对手，蒋先生用错了人，听说卫立煌打完东北的战役就去往香港，中共建国后便回到大陆。蒋先生无论用谁都从不会因为用人不当而产生失误。东北之战国军从葫芦岛登陆，谁都知道目标是锦州，那时候已经没有战术可言，蒋缺少的是足够的兵源，否则以国军的战舰和兵力，只要时间允许，还是有一定的用武之地的，虽然未必能一举扭转战局。林彪的兵力多于卫立煌，而且后备兵源随时可补充，卫立煌有点寡不敌众的感觉。

东北的战局以中共的胜利而告终，且对华北战事形成了有力的补充。林带到华北的兵力足有一百万之多，而且带过去相当多的武器，林在前面打，陈云彭真在后方补充兵源和武器，陈云和彭真的领导力极强，且在辽南有很多从关内补充而来的中坚干部，这批人基本都是晋冀鲁豫的抗大分校的学员。

中共在重庆谈判时实力还没那么强，林彪三下江南、四保临江，东北的实力陡增，且东北是全国战场的破局之战，东北战役打好了，对关内是极大的支援。所以说四野从东北打到海南岛，席卷中国广大战场。如果没有朝鲜战争，东北野战军将承担大陆进攻台湾的主力。结果朝鲜战争延误了时机，美军战舰进入台湾海峡，大陆收复台湾的整体计划只能搁置。

谢明经离开大陆时与金百枝告别，说委员长不久便会反攻大陆，让金耐心等待。台湾总兵力五十三万，台湾是鱼米之乡，养五十几万的部队没有任何问题。到时候我们重整旗鼓听委员长调遣，一俟大陆局势变化便可收复河山。蒋先生应该将反攻的目标定得实际一些，比如从海岸边逐渐向内陆延伸。也不知道委员长安排李弥和邱清泉在靠近缅甸金三角一带有什么样的进展。虽然台湾的人口不能与大陆相比，但是台湾物产丰富，还有委员长的领导和经国兄的协助筹划，不愁发展。大陆的中共毕竟不是中华正统，大多数国家还是认可中华民国的。与中华民国建交的国家尚有七八十个，与中共联系紧密的只有亚非一些穷国，对中共没有任何实质性帮助。与大陆同一个阵营的还有苏联、罗马尼亚、保加利亚、捷克和斯洛伐克、匈牙利、朝鲜、越南、民主德国、南斯拉夫和阿尔巴尼亚等，都是二战时苏联靠武装力量扶植的弱小国家，除了一个波兰，他们有近四千万人口。而蒋先生毕竟是一个强大国家的领袖，他仍然是总统，他也在反省在大陆作战失败的原因，找出能鼓励士气的方法，让民众帮助国府找出症结所在，委员长还要惩治一些战争中犯下低级错误的人，尤其是那些与中共沆瀣一气的败类，如傅作义、卫立煌、程潜、龙云等人，对这些人不能姑息。但没有提到张学良，因为法律规定一罪不能二次处罚，他已经判处过十年徒刑。

到台湾的立功人员还是很多的，但训练班的人由于身份地位较低，没有特意公布。他们在抗战期间已经给予了升迁或物质奖励。入住台北眷村的需要有一定的级别，一部分从大陆通过第三国辗转到达台湾的将领，甄别确系事出有因的一律给予安置。这时候大陆已经参加了朝鲜战争，第一批赴朝人员有六十万，甚至更多。解放军的副总司令彭德怀任中国人民志愿军司令员，邓华任副司令员。听说原来毛泽东请林彪和粟裕带队入朝，但是林谢绝了委任，粟则托病不出。蒋先生坐山观虎斗，让美国人看看志愿军是怎么打仗的。最后美国人得出中国人打起仗来不要命的结论。联合国军士兵甚至说“原来打仗还能这样打啊！”有的人说打仗打到这个份上，战术、理论都没有用，就是比谁不怕死。听说林彪打仗更是不要命，从不问战士的伤亡情况，可能中共就是用这种方法练兵的吧。听说由于中共方面被俘的人员远超联合国军，后来联合国军以1:1的比例交换战俘，中共方面一开始认为是按国际战争有关规定释放战俘，而美国不讲规矩，提出这个规则有利于美方不利于中国，后来谈判被迫暂停，最后美国不得已又恢复了战俘交换。但联合国军还是动了心计，在中方战俘走向己方阵营时一个门面对南朝鲜，表示从此门走则回国，否则即是去他国。中方战俘的确有选择不回国的，最终被送往台湾。我有同事的伯父就是因此去的台湾，后来大陆开放海峡探亲时是八十年代末，这个老兵回到了辽宁海城，他也不回避释放战俘那段历史。当时因为他被俘，国家以烈士对待，家属都按烈属待遇，后来如何处理便不得而知了。

台湾看到大陆士兵如何战斗，还能说什么？可能是上战场之前就告诉士兵们牺牲了家里就是烈属，国家永远照顾，不能当逃兵，也无处可逃。台湾国军将领不得不承认，在大陆的军队中不存在投降的概念。邓贤先生在《抗日战争五十年祭》中提到上海四行仓库奋勇抗争的勇士，建国后大部分被押解到大西北劳动改造。所以说台湾的国军将士自己都说，既如此，我们的确很难打得过共匪。

中共的军队没有“投降”，只有斗争。投降等于背叛。战争结果对于中共军队来说，只有胜利或死亡两个选择，没有投降，没有谈和。所以这样的军队很难被击败。林彪的军队之所以战无不胜，跟这种理念的灌输有很大关系。我们的官兵听说敌人的军事理论中还有投降的内容都感到不可思议，都认为是不是写错了。他们认为这种理论是叛徒理论，是失败理论，这种理论的存在就是给自己找一个失败的借口。因为只要你坚持斗争，就不可能有投降的结果。我们的军队在这种理论指导下战斗力肯定很强。所以中共的军队很能打仗。

谢明经是在台湾指导中共军队的战力的。中共军队没有投降这一选择，而台湾的将领和士兵过于相信教科书了，另外中共的军队对于国军言而有信，无论你曾经怎样令中共军队吃亏，只要你放下武器，按中共的要求做，中共既往不咎。为了达到目的，中共经常许愿，比如打上海，毛说谁的军队先打入上海，谁就是上海的第一任市长。后来陈毅的部队先入上海，果然后来就封为上海市市长。还有例如长春之国军，只要有起义的想法，中共则给予方便。因为中共和国民党的战争，多以中共的许愿而结束。于是剩下的国军军队人数越来越少，减少了中共的伤亡。例如北平，中共形成围歼的局面，傅作义不得不接受改编，所以三年内战，全按毛的意识发展，毛在前线的指挥很灵，让国军手足无措。这样江北的战事国军便无用武之地。共军集中优势兵力打歼灭战的战例很多也很成功，如国军74师，被共军以六七倍的兵力包围着打，中国有句俗语，英雄难敌四手，恶虎难斗群狼。这种打法是毛惯用的奇招，而中共的战将都心领神会。三年内战先用谁，后用谁，毛了然于胸，甚至建国以后元帅们的排座次都心中有数。而中共是很重视这个座次顺序的。比如十位大将，徐海东排第二，他之前是指挥了淮海战役的粟裕，（国军称之为徐蚌会战）。红军刚到陕北那会儿，连过冬的服装都没有，是徐海东出钱出粮，毛当然记在心里。另外大将的座次也很难排，像张云逸比毛还大一岁，陈赓在黄埔军校救过蒋先生的命，还有资历较老的王树声。如何排序肯定得深思熟虑的。元帅的排名也比较困难，林彪战功卓着，但是他的排名也无法再往前，总不能排到朱德彭德怀之前吧，所以只能排到第三。元帅还必须给叶剑英留一个位置，毕竟救过中央红军，至于罗荣桓、陈毅，都不是很能打仗，所以让陈毅排到第六、罗荣桓排到第七，类似这样的事在毛的心中早就安排妥当了。

转眼间谢明经、金百枝的儿子已经5岁了。蒋的反攻大陆计划仍然没有实行，美苏之间因为二战结束不久疲惫不堪，谁也不想打仗，台湾在世界上也没有太大的影响，而蒋与日本的战争赔款一直是个谜。美国逐渐将战争矛头收了回来，二战美国获得巨大利益，但想要再扩大就不那么容易了。美国向台湾抛橄榄枝，把第七舰队开进台湾海峡，大陆的中共由于自身实力有限，对于美国的行为无可奈何，而且这种无可奈何随着实力差距的拉大，只能处于守势。且朝鲜战争对中国的经济和人力资源伤害太大，战后十年，大陆完全没有能力去研究台湾问题。台湾的反攻大陆也遥遥无期，谢明经和金百枝只能继续天各一方。毛岸英死于朝鲜，父传子的世袭制没能实现，中共也只能忙着解决国内的问题。大陆由于人口众多，粮食供应无法保障且生产力极低，陕北一亩谷子产量只有不到一百斤，而且还得期待降雨是否丰沛，否则不敢说能收到粮食。东北的高粱五十年代每亩可产四百多斤，而且不用担心降雨的问题，因为到了农历五月份只要有一场雨即可保证当年粮食收成。所以东北有一句“五月旱，六月连雨吃饱饭。”

谢明经暂时没有回大陆的打算，也不太可能成行。金百枝也无可奈何，他们的儿子名叫谢冠军，已经上了幼儿园，那是五一年末。大陆与台湾的信息隔绝，五十年代无论是大陆还是台湾，人人都是“聋子”和“瞎子”，根本没有信息源。大陆基本上也不报道台湾的情况，台湾是否报道大陆这边的情况，我们不得而知。金百枝就在这种盼望中等待，也不知道何时是尽头。转眼间她的儿子上小学、初中、师范学校，甚至当上了老师，最后孩子都50岁了，谢明经终于回来了，已经七十多岁的谢明经终于见到了朝思暮想的妻儿，谢冠军已经当上了当地的政协副主席，当然这是靠着父亲这层海外关系。

第六章

蒋先生1949年自大陆退居台湾，1975年4月5日病逝于台北。到台后重新任中国国民党总裁和中华民国总统，直至去世。1945年蒋先生以二战中国战区最高统帅身份废除了1894年甲午战争割让台湾的条约，成为历史上收复国土第一人。此前郑成功也是从荷兰人手中收回台湾，但那时的影响远不及蒋先生的收复。另外，蒋经国八十年代末允许飘零在台湾的国军回大陆省亲，蒋氏父子一脉相承。健在的在台国军士兵不知还有多少人，听说中共中央以中国政府名义对蒋氏祖坟予以修葺，也算表达了两党之间的历史渊源。1982年中国中央鉴于当时国际形势，已经取消了阶级斗争为纲领的错误决策，并将建国之初进行的土改所定成分取消。尤其中共中央的《告台湾同胞书》明确海峡两岸的中国人都是中华民族构成的一员，中国政府欢迎台湾同胞回家探视亲属。

甄心诚的孩子文革读书读到高三，在海城高中。但是由于当时大学停止招生，只好回家务农，她的同事龚文雅的儿子也在海城高中读书，其命运与甄心诚的儿子无异。两个孩子回家时虚岁十七八岁，没有书可读只能赋闲在家。到1971年大学开始招收工农兵学员，由于烈属的身份，两个孩子分别去了大连工学院和东北大学（当时称东北工学院），当时甄心诚和龚文雅已经四十多岁，好歹让孩子圆了大学梦，那时候大学每一个班级学员文化水准都参差不齐，好在甄与龚的孩子入学之前没有丢掉功课，到了大学仍旧是尖子生。

舅爷爷的历史问题也得到平反，在南台做一些小买卖，好在八十年代南台兴起了箱包市场，全国闻名，大家的日子好过了不少。

甄心诚的孩子和龚文雅的孩子都毕业了，想去大连或沈阳工作，但海城正设法网罗人才，特意到大连和沈阳把工农兵学员都要回了海城，二人被分配到海城市委办公室下面的工业办，两个人都是化工专业，因为暂时没有对口专业工作，只能暂时安排两人到县政府工作，到大连和沈阳要人的官员有点不好意思，觉得对不起甄家和龚家。后来两个人分别在南台镇和牛庄镇做了副镇长。到了八十年代初，两个人都已经三十多岁，踩破门槛提亲的人络绎不绝，甄心诚和龚文雅千挑万选，最终选择了海城师范的两个毕业生作为各自的儿媳。办喜事当然少不了八里和牛庄的两位“皆大欢喜”，这二位已垂垂老矣，分别住在南台的柳河村和中小镇，八十年代海城凡是独立的乡镇都统一改成了镇，建设得颇具规模。

甄心诚的儿子名叫章临，是舅爷爷给取的名，取的是六十四卦第十九卦。龚文雅的孩子名字也是舅爷爷从六十四卦中第十七卦取的，叫岑随。舅爷爷对《周易》有一定研究，这两个卦都是大卦，卦辞都有“元、亨、利、贞”，所不同的随、元亨利贞，无咎。临，元，亨，利贞。至于八月有凶。疏曰“至于八月有凶者以物盛必衰，阴长阳退。”临为建丑之月，从建丑之月至于七月建申之时，三阴既盛，三阳方退，小人道长，君子道消，故八月有凶也。以盛不可终保。圣人作易以戒之也。

随是大卦，临也是大卦。六十四卦卦辞中有“元亨利贞”描述的一共有七个：乾、坤、屯、随、临、无妄、革。只有革卦在下经，其余六卦都在上经。《周易》是筮占之书，而筮占源于夏、商时，相传夏筮占为连山，殷曰归藏、周曰周易。《周礼》“太卜掌三易之法，一曰连山易，二曰归藏，三曰周易。伏羲连山，黄帝归藏。”易论云：夏曰“连山”；殷曰“归藏”；周曰“周易”。郑玄释云：“连山者，象山之出云连连不断；归藏者，万物莫不归藏于其中；周易者，言易到周普，无所不备。”

章临后来工作之余开始跟着舅爷爷学《周易》，而岑随跟着妹妹学习农村的演唱套路，去掉了“演”只剩“唱”。因为那个时候文娱活动已经被民众忘记，尤其海城那个地方有一位中央的副委员长被排到辽宁做书记，抓海城的改革开放工作。此人目前仍健在，已接近九十岁了。我的两个同学就是被他发掘出来的人才，其中一女同学先后在海城市委党校、鞍山市委党校工作，后来做市委宣传部长。另一个男同学在东北师大时与我和谢冠军同班。这个同学一直在海城公安局工作，后来考到东北师大，而且按他的水平能考上还是比较意外的。

岑随跟着他妹妹学演唱，农村毕业生如果没有赶上文革后的高考，可以在地方通过乡镇选拔当工农兵学员，岑随的妹妹就是走的这条路，文革期间家里是烈属的都特别受优待，她妹妹借助烈属身份上了市师范学校，毕业后留校做了辅导员，后来走了政工路线做了系书记，听说嫁给了一个军人。我的另一个朋友只是军属，但其父是大队会计，所以他七十年代初就到了盘锦的辽河油田工作，其兄退伍回来直接安排到鞍钢当了工人。

因为我下乡的小镇离鞍钢比较近，且有公共汽车相通，于是鞍钢用人都通过镇武装部安排。所以这个小镇每年当兵都要走门路才行，因为想当兵又想当正式工人，这就是必经之路。

我的家庭背景属于右派分子，所以我无缘当兵，也就从来不考虑这个事。有不少人的确通过先当兵后当工人改变了命运。现在看青年人对于参军的愿望已经没那么强烈了。中国从不会缺少兵源，五年前政府放开了大学生可以先当兵，保留学籍，是一种补充部队新鲜血液的好办法，中国就此走上了一条重质量不重数量的征兵之路，另外中国的预备役人员储备也是相当雄厚的。

1984年之后章临被任命为南台镇的副镇长，这时章临工作已有十个年头。南台的箱包市场红红火火，经济一路攀升。1986年柳河村突然收到一封信，收信人是舅爷爷，拿到信以后发现是台北的人委托他人在香港寄出，寄信人名为章玺地。舅爷爷马上把信交给甄心诚，看了以后知道章玺地健在，地址在台北。信中说台北老兵上街游行要求当局允许老兵回大陆探亲，呼声异常强烈，并敦促当局立即回应要求。台湾当局也在犹豫考量当中。另外信中还说台湾籍人士成立了民进党，现在有一部分人在美国已经获得了信任和认可，民进党的党魁姓彭。总之就是美国一直支持民进党的活动，蒋经国对此有些焦头烂额。十年前蒋先生就要取缔民进党，但因为民进党有美国支持，所以未能实现。章玺地又说有一件与台湾当局相关的事情似乎正处在紧要关头，有箭在弦上一触即发之势，且蒋经国在美国以青年才俊领袖为榜样，不能像蒋先生在台湾时那样强硬。实际上民进党在七十年代便已经蠢蠢欲动，他们认为自己代表着民主和进步，且支持者众多。民主的趋势当然是阻止不了的，或许将来的政坛属于民进党也未可知。总之，蒋先生设置的党禁估计是进行不下去了。当然还有一种办法，就是从肉体上消灭，但那要冒天下之大不韪，国民党毕竟不是共产党，做不了那么决绝。经国兄估计也会回忆自己当年加入共产党后去苏联学习马列的慷慨激昂，现在终于也轮到自己面对同样的问题了所谓“江山代有才人出，各领风骚数十年”。过去我们看台湾，认为台湾离不开大陆，然而在民进党眼中，可能认为台湾就是台湾人的，没有与大陆的牵绊。或许他们治理台湾的方法会更加实际吧。

无论如何章玺地与甄心诚取得了联系，而这时的甄心诚与龚文雅也都退休了。章玺地和岑里明知道二人均未再嫁，十分感动，准备有机会马上回来报答二人及老人。而且听说孩子已经长大成人并小有成就，当然也是无比渴望能够再见孩子一面。甄心诚执笔回信，龚文雅也修书一封寄去四十年的思念。

甄与龚的信寄出去之后，便在家慢慢等待。龚家知晓岑的健在打算近几天庆祝一下，请了很多宾客，包括海城市委、县委的领导，市委市政府也派员表示祝贺。龚家妈妈自然没有忘记她的两个女儿，办事情那天甄与龚很是打扮了一番，那种喜悦难以言表。舅爷爷和舅奶奶知道儿子健在，而且通过信件也了解到儿子的见解并非泛泛之辈的言谈，心里也是非常欣慰。

蒋最大的麻烦来自中共，国民党发展得顺风顺水，中间杀出一个毛，而最终给蒋带来灭顶之灾的也是毛。蒋先生一生最怕流氓，毛是第一个，现在的民进党能不能算第二个呢？你讲理，民进党也讲理，而且政府能否解除党禁是美国人衡量是否是民主政府的标准，这个情况是蒋先生始料未及却有些束手无策的。

今天是龚家妈妈庆祝女婿健在的好日子，家里的日子也过得不错，大家发自内心地感谢邓小平。八十年代中后期台湾返回大陆探亲的禁令解除，章玺地和岑里明就要回乡了。岑随在中小镇分管工业和副业，章临在牛庄镇也分管工业和副业。二人各自的岗位上干得风生水起，由于牛庄的改革开放速度比较慢，镇内以服装加工为主。服装面料限于腈纶，但以量取胜。就连内裤都是腈纶面料，根本没法穿，牛庄的个体户当然自己也不会穿。话说到这儿，章临和岑随先后赶到了八里镇，见到了很早就等候在那里的“皆大欢喜”，他可是真老了，已经七十五岁了，镇上的事情也不再需要他操劳，最后总算混上了国家干部身份退休。用他自己的话说就是，共产党对得起我，我从来没想过能退休，还能有国家工资。这时候章临顺口说了一句“你皆大欢喜人缘好呗。”大家就这样一路说笑着来到了龚家妈妈办酒宴的席棚前。

舅爷爷、舅奶奶、章砚地、章临的姥姥、姥爷，还有龚家妈妈的干女儿已经都到了。现在的席面不像那个时候讲究什么海参席和鱼翅席，现在流行的是自助餐。过去那种汤汤水水的东西少了，人们都习惯了吃吃喝喝。有资格挑挑拣拣的老人们因为好消息而笑得合不拢嘴。席间有一位70岁左右的长者来到舅爷爷面前，尊称了一声“章老镇长”，舅爷爷立即起身抱拳问好。此人是以前的崔县长，舅爷爷说道“县长，哪儿的话，今天有幸请来您这位县太爷，我代表今天到场的老老少少向您问好。”二人本就是好朋友，六二年舅爷爷的烈属身份就是这位崔县长代表县里予以通知的。

宴席至下午三点基本结束，大家都喝得恰到好处。这时候舅爷爷特意请龚家妈妈到他桌前，向崔县长介绍说“这是甄心诚的干妈，龚家这次的宴席就是按她的要求准备的。”崔县长很有礼貌地与她握手致意，对龚家妈妈的干练连连称道，并说等章玺地和岑里明回来，县里一定要好好地招待一番，并称此事已经交代给了县委办公室，要求办公室主任跟踪办理。县长临走还特意询问了章临和岑随的工作情况，二人自是诚实又恭敬地予以回答。

甘泉的车来接镇长了，甄镇长已经年过七十，应该退休，但八十年代不知为什么，县委说上面有精神，到年末一并办手续。

龚家妈妈坚持留舅爷爷、舅奶奶还有甄心诚，三人盛情难却只好答应留宿一晚。章临和岑随职务在身自是不能久留，一个回牛庄一个回南台，到牛庄主要是要解决缺衬裤面料的问题，到南台也是解决手提包原材料的问题，手提包的原材料产自江苏，大量批发价格可以优惠，江苏、浙江和安徽改革开放比较早，当地批发商多次邀请章临前往考察，章临都托辞未去，他还年轻，对回扣这种事还是比较避讳的。章临当然也不担心岑随，因为他家有个好妈妈把关，肯定不会做错事，章临和岑随都是敢拍胸脯为彼此保证的。

章临回到南台，此次江苏派来了两位女士，都十分妖艳婀娜，章临手下有一个助理非常会做事，特意打电话让章镇长的妻子来镇长办公室。章临的爱人在小学做六年级班主任，到来之后江苏两个使者早有准备，一前一后陪着看面料，小章嫂子一看就明白了她们的意思，但是始终不给她们机会表达“心意”，二人一看没机会，就想要约共进晚餐，但是章临推说中午喝多了，二人一看没有机会，只得作罢，把钱留下就回宾馆了。章嫂子就说“你们留下的钱打入货款，以后不要这样了。”章临知道后对他妻子说“其实你丈夫不是那种人，也不可能收这个钱，江苏来的这两个人就是要买通我，我当然不能让她们得逞。我批准购入的产品必须看质量，不合规格的产品绝不会从我这里流入作坊。江苏人很会做买卖，但是对我们估计不足，以为我们线条粗，不会太注重原材料的质量。但是我不是她们想象中的粗枝大叶的人，不能她们说什么我都不假思索地认可，质量当然是要反复检验查看，实在不行我还考虑去浙江或福建多考察几个厂家。必须确保我们的原材料生产的箱包质量可靠，这样才能把南台的箱包市场做大做强。辽宁人精明起来也不含糊，无论与对方做过多少次买卖，还是要每次每批货都仔细查验，多留个心眼为上。”

次日，该接留宿龚家的长辈了，南台镇政府出的车，章临给岑随及其姥姥、妈妈准备了南果梨、海货，几乎装满了一车。章临想见岑随，于是搭着车一路来到了八里镇。龚家已经准备好了午饭，这时已经不需要龚家妈妈整天围着灶台转了，两个儿媳妇怕婆婆累着，都抢着干活。儿媳妇可能是太崇拜婆婆，加上本身也足够细心，每顿该做什么饭菜根本不需要问婆婆，总是等安排得妥妥当当的。舅爷爷和舅奶奶一再说刚吃完早饭还没饿呢，龚家妈妈说反正中午也得吃，既然准备出来了就一起吃吧。于是大家围坐在一块，章临和岑随挨着坐，章临媳妇也来了，龚家妈妈说“你是非要跟着章临吗？”媳妇笑着说自己想妈妈了，甄心诚便一把拉过儿媳坐在自己身边。龚家妈妈已经七十多岁，身体很好，龚文雅已经五十五岁了，大家边吃边聊，转眼过了十二点，舅爷爷放下碗筷说该走了，舅奶奶跟龚家妈妈说“从昨天到现在，您受累了。”龚家妈妈说“我也就是张罗张罗而已，老了，不服不行了，但是我希望各位能常来。”外面车喇叭响起，应该是司机在催促，章临安排大家上车返程。一路无话，回到家甄心诚抽时间给甘泉的父母打了电话，甄家父母也已年过七十，一转眼大家都老了，中国人有个一到六十就觉得自己进入老年的感觉，因为六十岁退休。但某些国家退休年龄都在六十五岁，甚至更高，比如北欧的瑞典、丹麦、芬兰和挪威。中国似乎近期还没有落实延迟退休，毕竟社会阻力大。其实农民也没有退休年龄，能继续劳动政府当然不干涉，农村“养儿防老”仍然是一条铁律。甘泉镇的镇政府修得很气派，后来甘泉镇的书记因为这个事还被县政府点名批评了。甄老先生作为镇长并没有阻止书记做这些修葺的工程，因为他信奉“少说为佳”，况且县政府文件规定的书记负责制，镇长干预书记决策也确实不太好。

甄心诚的父亲当然没有因为未阻止书记这件事而受到政务处分。现在有些人胆子很大，开句玩笑话，如果北京的房地产商没有受到约束的话，敢把故宫和天安门拆了盖商品房。地标建筑的拆迁产生的利益巨大，哪儿有利益就拆哪儿。记得七十年代腾鳌镇的党委书记曾有一辆上海牌小轿车，有次想要乘车进城，结果行驶到鞍腾路就抛锚了，后来动用民兵硬是推回来的。后来这位书记因为对多个女知青有不轨行为，被判了14年刑，现在应该有七十多岁了。

甄心诚和龚文雅都退休了。小学教员退休后无事可做，不同于初中和高中，退休后还可以开设补习班或者跟学校联合办学。在中国大陆，升学率是个硬指标，过去总说不能片面追求升学率，那是指的升入大学。现在考高中几乎绑架了义务教育，所谓的义务教育已经有名无实。在城市里，义务教育变成了学区制，先从北京做起，北京先炒学区房，由教育行政主管部门划定学区，结果有些学区房一夜之间价格上涨数倍。上海也不甘落后趁势跟上。过去炒小学和中学，现在连幼儿园都开始炒，有些民办幼儿园入托费动辄几万十几万，照此发展下去，将来幼儿园可能要收美金了。这都是源于一对夫妻一个孩的中国特殊的计划生育政策。老百姓流行一句“不能让孩子输在起跑线上”。于是全体人民开始抢教育资源，抢幼儿园、抢小学、抢初中。最终目的就是把孩子送入名牌大学或者出国深造，什么美国、英国、澳大利亚、加拿大、新西兰……中国的家长过去拼命想让孩子考入北京或者上海的大学，现在眼光则放到了发达的资本主义国家。过去中国的留学生主要出自苏联、捷克和波兰等地处东欧的社会主义国家。后来一夜之间变了颜色，苏联变成了独联体，亚洲出现五个“斯坦”，以哈萨克斯坦为首，都是伊斯兰国家。东欧的一些社会主义国家是二战时苏联从东打到西，将这些国家依次解放，而这些国家原本就有共产党，只是没有执政。因为苏军的介入，这些红色政党取得了执政权。这些国家以波兰人口数量最多，罗马尼亚次之，而波兰距离德国最近，工业相对发达。其余如捷克、斯洛伐克，本来就不是一个国家，生生被苏联捏合在一起。当然现在这些红色政权都已解体，全世界就只剩下中国、越南、朝鲜和古巴四个社会主义国家，越南人口大约一亿人，对外称九千万，朝鲜究竟算有核国家还是无核国家也不好说。朝鲜以前就跟以色列比过，所以朝鲜应该算有核国家，美国的意见是必须弃核，但印度和巴基斯坦是否也必须弃核就不好说了。以色列要不要弃核呢？美国与以色列的关系无论哪任总统时期都非常好，印度和巴基斯坦实际上都是核能俱乐部国家，你美国能强令弃核吗？

亚洲的日本是个大国，经济发达。虽然资源不丰富，但国家能力是真强。日本的国民素质无疑是世界上最优秀之一。日本人非常听政府的话，这一点与中国类似，政府说什么，老百姓就相信什么。以防疫为例，政府重视是一方面，关键是老百姓真听指挥。

谢明经一直在台北生活，虽无妻儿相伴是个遗憾，但也算生活惬意。每每想念金百枝总有些歉意和悔意，他后悔自己应该将妻儿一并带走，结果一次离别至今不能相见，儿子应该已经四十多岁了，变成什么样了也不知道。甚至金百枝的样子在脑海中都有些模糊了。当年陈诚认为国军收复东北指日可待，结果兵败如山倒。蒋先生说的反攻大陆随着时间的流逝越发不可能了。如今蒋先生已作古，经国兄志不在此。陈诚也已驾鹤西去，陈这个人倒是很好，和气、谦虚、言而有信。谢明经最近听说经国兄同意让所有眷村的老兵返回大陆探亲，又听说可以通过香港往大陆写信。于是谢明经开始准备写信，等他准备好了，台北已经不需要通过香港捎信了。谢先打听到儿子已经在民革鞍山市委员会做副主席，于是他便想打听清楚政协是什么机构，有明白人告知，政协就是中共让所有的民主党派都有参政议政的机会，而现在的政协全国委员会主席是邓小平。对邓小平这个人，谢还是知道一些的，比如邓下令停止金门炮击，台湾同胞对此还是深有好感的。都说邓和经国兄有渊源，例如在苏联留学读书，都学马列。至于政协在多大程度上能影响中共决策，还是等谢明经回到家乡后到政协鞍山市委员会亲自领略一番吧。但谢明经即便回到鞍山也未必有机会看到儿子真实的工作环境。因为我党很会做表面文章。别说你谢明经，就算你儿子身在其中都未必能看明白，这就是我党的真实水平。但有些事也确实是真的，比如谢冠军确实是政协鞍山市委员会副主席，他办公的地点也的确是政协鞍山市委员会。至于政协主席、副主席的意见能够起到多大作用，谢明经还是回乡后多问问儿子吧。我们毕竟没参加过政协会议，中国的政治权力机关主要在中共的常委会，而中央的机密也不需要老百姓知道，掌握信息的人越少越好，座椅中共中央常委只有七人。地方和中央又有不同，例如市级的中共常委，必须有一个是市军分区的长官或政委，就是说军分区党委书记是行政长官的，这个人就一定是市委常委，如果党委书记是政委的，那么政委就是市委常委。

谢明经最后还是决定先写一封信，让家里放心。信已经无需通过香港中转了，所以谢明经写了三封信，一封写给政协鞍山市委员会，一封写给他的夫人金百枝，另一封自然是写给他久未见面的儿子谢冠军。信发出之后他一直等大陆的回信，当然他的信是向上请示过的，经国兄亲笔批准。他给蒋经国的信件内容如下：

经国兄，大鉴：欣闻兄御批吾等可返大陆与亲人见面，并同意吾等可视其方便酌定亲人之去向，不胜感激。吾等原为重庆训练班之学员，忆四一年聚于渝已逾四十六年矣，大陆之发妻跂望吾等有朝一日能返故乡，与之见面。另四十年前值抗战胜利之时得见其子，今已四十余年矣。此次一并得见犬子，请经国兄准予回乡视其日夜思念之情，书不尽言，顺颂恭安。

听说经国兄看完信说了一句“咲党国总有愧于心也，早该如此。”所以八八年初即批准所有眷村之同仁回大陆见亲人，或扫墓以示孝道。

经国兄又对四一年训练班有印象，但更有遗憾，前者是感于满洲国能有如此热血青年，遗憾是英雄少了用武之地。

谢明经给发妻金百枝的信：

百枝吾妻如面：倏忽已近五十年矣，吾妻可好？大陆台湾一水间竟隔开吾与妻近五十年，吾无一刻不念吾妻。同仁多劝吾另娶以待炊爨，然吾与吾妻誓同生死，吾无任何私心杂念。回忆吾等在渝何等惬意，每思往事总有无限感慨。最为遗憾之事系吾对时局估计失误，然即使如此吾亦不能原谅自己。本次吾已向经国兄请示，他已同意吾等可酌定今后去向，待我返回鞍山与您见面再细叙离别思念之情。仍然是你的谢明经。

谢明经给谢冠军的信：

冠军吾儿如面：今天经国兄允许吾与妻儿通信，四十余年只盼今天。得知吾儿学业有成，仕途尚可作为父亲甚是欣慰。知你成家并育有二女，尤替你高兴，又知你奉母至孝，为父有的只是惭愧，感觉对不起儿子。我们生逢国恨家仇，尤以满洲为耻。年轻时投身国事，家国自古就难两全。好在劫波渡尽，两岸或许有重言兄弟之情的可能。为父一生追求家国利益，对妻儿只有愧对了。明年经国兄已承诺眷村的党国军士可以回大陆探望亲属，一并为亲人扫墓，以寄拳拳之情。我家于战乱中人口尚安，这可能是上天对我们的眷顾吧！我在台多有积蓄，明年回大陆能和你母亲团聚，能见我孙女，我渴望见到你们。祝你一切均好。一个惭愧的不合格的父亲。

谢明经写给鞍山市政协领导的信：

主席先生左右：我乃贵委谢冠军副主席之父谢明经，冠军在贵处蒙各位同仁关照，我作为其父深表敬意。吾于一九四一年自鞍山到重庆参加抗日训练班。吾是代表满洲国受奴役之亡国之人投奔抗日领袖蒋委员长，其间多受其爱国之教育。抗战胜利后，夫人生下谢冠军，当时忙于公务无暇照顾犬子。随着东北战事吃紧，吾辈一败涂地，困兽犹斗况吾辈乃堂堂国军将士。然败军之将不足言勇，亡国之大夫不可图存，只好退守孤岛苟延残喘。自经国兄执政以来，逢邓小平副总理视事，劫波渡尽兄弟在，相逢泯恩仇之日或许尽快到来。然我乃一介武夫无力左右时局，国共之今后关系寄希望于更有鸿鹄之志之人。倘能有于党于国独到之见识使两党尽释前嫌，言归于好，我想两党同仁皆大欢喜之日有望早日到来。请主席先生不吝教诲冠军吾儿。谢明经拜上。

谢明经一共写了三封信，他最期待的是金百枝的回音，这时海峡两岸已经通邮了，两岸的人员虽未公开往来，但当局不像以往那样以敌对身份对待了。谢冠军问母亲是否给父亲回信了。当然回信了，过去那么多年是当局造成的两岸不团结，你的父亲是世界上最好的男人，他没有什么对不起我们的，古语就有忠孝不能两全，况且我们处在这样的两个党和两个领袖之间，整个国家都不好，我们还指望好么？蒋氏父子的为人我是知道的，毛的为人我也略知一点，但毛在他的一生中，最后连林彪都用导弹打下来，在他手下谁也难好。比如刘、邓、陶、彭、陆、杨等等，哪个人得好了？至于有些人为其修了纪念堂，那是为自己立传，他不那样做，恐怕不会长久。这里邓给毛定了三七开，好像很合理，就像当年的秦始皇后人对秦始皇的评价一样，都是对一个人的评价，而作为人他就难免有很多毛病。斯大林如果用正常人标准去评价就错了，因为到后来他已经不是正常人了，他是一个病人，他的病在脑袋。那些伟人里面只有唐太宗一直到最后没有犯什么错误，主要是因为他的寿命不够长，还来不及犯错就走了。当一个人被颂歌包围着，怎么能不犯错误，蒋是最后才犯的错，但即使他最后不犯错，他也不可能打得过林彪粟裕等人，后阶段陈毅都放弃了杀戮，中共的人以杀戮出名，以毛为首。蒋先生自执政以来就得不到很像样的名人指导。他一直在乱局中苦撑。中共制造了一个四一二，你们想想，北伐军在前线浴血奋战，共产党在后面分他们家的土地，把他们的父母戴上尖帽子游街，那北伐军将士作何感想？这样的局面让蒋先生怎么办？所以出现所谓的四一二是中共未征得国民党同意而强行打破国共合作的初衷造成的。中共在农村鼓动那些游手好闲的没有土地的流氓无赖作为排头兵明抢勤劳人民的土地。中国历史上哪朝哪代政府给农民分配过土地？现在的农民耕种的土地是政府分配的不假，但是杀富济贫是鼓励不劳而获吗？为什么要改变已经形成的财产占有的现状呢？所以蒋先生要维护已形成的规矩，这有什么错？而且国共合作的前提是结束军阀混战的局面，中共是赞同的。结果中共带头破坏土地占有形式，不合理。所以蒋先生代表土地占有者维护合法权利。中共想改变这种自古以来就形成的土地占有模式，民众当然反对，这就是老百姓为什么箪食壶浆迎接北伐军的原因。

毛想当领袖，不仅要做中国人民的领袖而且还要做全世界人民的领袖。他一直想要解放世界上三分之二的受苦人。学马克思无产阶级不仅要解放自己，而且要解放全人类。无产阶级只有解放了全人类，自己才能最终得到解放，这是一派胡言。马克思、列宁可能没有详细统计全世界的财产情况，即使有那么多财产也不能无原则地谁都可以分。

中共为了土地改革不惜编造危言耸听的言论，以骗取民众的信任。国共最后争夺政权以中共获胜而结束。结果如何呢？整个民族赤贫化，民众面有菜色，先把土地分给农民，农民后来以合作化方式将土地集中。这些好像是共产主义的雏形，但农业机械化程度跟不上，农民还是最穷的阶层，最后全国性饥饿死亡人数无法统计。中共从不公开这些信息，七十年代全国是最贫穷的时刻，民众在这种生活中苦不堪言。

过去我们说在那万恶的旧社会中贫下中农吃不饱穿不暖，农村七十年代总做忆苦思甜的报告，有些老农到诉苦台上不由自主地说万恶的旧社会人民缺衣少食。

这些话并非金百枝杜撰的，但金和谢明经还是倾向于蒋氏父子的。因为谢和金有过国民革命的经历和蒋氏父子的教育经历，于是在他们的记忆中，这些都是愉快的回忆。金百枝斟酌了好几天终于拿起笔来给谢明经回信。

明经夫子：您好，就像您想念我们一样，我也异常地想念您。多少年来您比我怕是更难度过孤独。我总也日夜牵挂您，毕竟我的身边有我们的儿子，而您却始终一个人。听您多年只身孑然一人真不知您怎么熬过来的。记得抗战胜利您回到鞍山铁西，那一次二排的栗子伟和明理到长春完婚，随后一并来到鞍山。我送你们走的那个时候东北的形势还是一派和平气氛，没想到形势变化太快，林彪率领的东北野战军迅速平定了东北，旋即南下入关。我一看您回来的希望已经不复存在，但我还是做着这样的梦，万一突然有一天您真从南京回到鞍山，我猛然惊醒才知道这只是南柯一梦。之后类似的梦我不知道做过多少次，尤其夜间孩子醒了又睡去时我是那么地孤单，那么希望美梦一直做下去不要醒来。事后笑话自己认为一个女人太不切实际了，但是怎么样才算切合实际呢？我真的没有太好的办法了。我的明经兄，我们从四六年分开直到收到你的信，有大约四十二年没有见面了，您再见到我怕是不认识了吧。

金百枝百感交集，不时回忆起在南地号居住时的陈年往事，似乎在向谢明经诉说什么。但金百枝还是当年的金百枝，一切事替别人想得太多，丝毫没有任何抱怨。你的困难她都能替你想到，一个十全十美的家庭主妇。可能一生中从不会对任何人有丝毫的不满。总是怕你处理事情有困难，总是替人把可能出现的困难、麻烦、委屈、怨恨都想到，这就是金百枝的品德。谢明经一生的大部分时间都在等待重逢，未曾再娶，他的等待是值得的。谢明经作为一个丈夫也是无与伦比的好男人，不仅对自己的上司，对自己的同仁、朋友也是一点毛病都挑不出来。当你回首与谢明经的友谊时，你会认为此生能够交到这样的朋友足矣。在他身上隐隐有蒋先生的风采。只不过他比蒋先生更含蓄，更给人以很有面子的感觉。他会时刻让你觉得你做什么他都会理解，这是一个只会让别人满意，不会给任何人带来任何麻烦的谦谦君子。他的儿子谢冠军身上也有他的风范，同时金百枝的影响又无处不在。在台湾人身上能看出中华民族美德的遗风，大有吴公子季扎的风度。因为从蒋氏父子的为人中永远找不到毛公的反右时所说的“阳谋”。这也是后来近三十年蒋先生不再与美国联系的主要原因。而美国的历届政府似乎总觉得亏欠了蒋公一些。那就让他们欠着吧。在交往中，美国人、英国人从蒋公身上获得的人格影响是永久性的。蒋先生从不夸夸其谈，并不是口才不好，蒋毕竟也是满腹经纶的国学大家，相信蒋对《周易》的研究也是成果斐然的。另外，蒋是南京政府成立后唯一没有向学生开枪的领袖。难怪我的二爷爷说“这个人才好呢！”那是六二年他老人家拿着蒋先生的丝绣伟人像说的一句话。不过两年后二爷爷忍痛烧毁了这幅丝绣，随后就去世了。我还记得我曾经说过蒋是卖国贼，而二爷爷说，中国和外国所签订如此多的协议，哪个出卖国家主权的协议是蒋先生签的？而且清政府李鸿章签订割让台湾的条约，最后还是被蒋先生要回来的。再比如蒙古国，是被当时苏联肢解的，所以至今台湾印制的地图上，蒙古国仍然在中国版图之内。如同现在的孟加拉国，过去是东巴基斯坦，后来苏联通过手段把巴基斯坦分割成两个国家，造成分裂的既成事实。但主要是东巴基斯坦确实也愿意独立出来。所以过去的东巴基斯坦便更名为“孟加拉国”，可能算是世界上最贫穷的国家之一，人口大约1.7至1.9亿，国土只有14万平方公里，耕地少，发展空间受限。但任何国家都要生存，孟加拉国也不例外。目前的台湾只有3.6万平方公里，人口两千四万多万，世界上来看，人口超过两千万的就算大国，比如欧洲的葡萄牙、比利时、荷兰，人口都比台湾少，而且在世界上算强国。而台湾在蒋氏父子的治理之下发展得也不错，主要台湾的自然条件好，是中国几个处在北回归线内的省份之一，所以自身发展没有大的自然环境的障碍。最近国民党与岛内另一政党民进党争夺选举权，大陆似乎更倾向于国民党，实际上国民党即使执政，也不会顺利与大陆和好。国民党还是对大陆的统战政策有怀疑。但台湾毕竟是中国的一个省，是中华民族的一员，一直有不和谐的独立声音传出，大陆也因此多次威胁台湾当局。但台湾当局并没有提“独立”，也没有强烈反对“独立”。海峡两岸不能生乱、生战。如果真的乱起来进而打起来，那么距离解决台湾问题就不太远了。台湾对大陆一直存有怀疑，毕竟中共说了不算的例子太多了。也或许蒋氏父子为此事留有遗言，我们不得而知。民进党也好，国民党也罢，都是同胞，大陆没有必要将那些党派推向自己的反面。中国人的智慧早晚能够和平解决问题。中国有一句古话“不在其位不谋其政”，台湾国民党毕竟是孙中山的嫡派子孙，又有蒋氏父子发扬光大，后人当然比前人更有智慧，海峡问题终有解决之日。

明年是经国兄放开台湾眷村军人回大陆探亲、扫墓、祭祖之年，谢明经也许能携夫人回台湾定居且建立往返海峡两岸之先河。金百枝或许能感化眷村的国军士兵，在台湾掀起回归热潮。

中国大陆走的路是不是自己选择的，其实我们心里都有数。从建国以来，我们就没有自己选择过道路，都是邯郸学步。我党从建党起就学国外的东西，不断地有某某主义渗透进来。五四运动先是打倒孔家店，后来引进什么德先生和赛先生，似乎中国人不用点外国的东西以后连吃喝拉撒都不会了一样。如果鲁迅先生活着，肯定会批判的。一群好好的人硬要成立什么苏维埃共和国，学来学去自我感觉良好。五十年代初我们住的楼房是三十年代时日本人建的两层小楼，厕所还没有改成水冲的，称为旱厕。后来学苏联，将厕所改成水冲的，觉得苏联的先进。到了八十年代又学现代装修技术，觉得外国来的东西没有那么复杂，但有一条我就想了，既然厕所改成水冲的，原来的“有机肥料”怎么解决呢？中国的田地自古以来就有有机肥，后来全国开始用化肥，土地开始板结，中国没有那么多有机肥料，改良土壤的工作交给谁来完成呢？

听说黑龙集散开始土地轮作，江南有些省份也有学习的。但我党一直强调十八亿亩耕地的红线不得突破，而还要靠房地产来拉动经济。实际上一代推一代，逐步发展，很多事情总能解决。有问题到时候再说吧，一代人管不了两代人的事。只能相信我们的下一代人比我们有智慧，但还有一条，就是依赖于科学技术的进步，终归能找到办法的。而且人类有能力、有魄力发现更有利于社会发展进步的办法。其实我们的问题都是世界上的大国协助我们解决的，可没有一条是马克思和列宁解决得了的。所说的只有社会主义才能救中国，那是自我安慰，能救中国的是一代一代的中国能人。如现代的袁隆平，他的杂交水稻技术让国家心里有底。中国缺的不是科学家而是孕育科学家的摇篮。

中国人太聪明太勤劳了，尤其是江南的女人。而江南的男人最善于发现女人的优点。自古四川多勤劳女子，两湖、两广、江浙、福建和此前的辽吉黑民众很是能劳动，但矿藏总会开采枯竭，森林也不能无休止地砍伐，当时国家也没有长远规划，因此造成过度开采。责任在国务院，在周恩来。六二年至六六年，那么好的机会，我们不知道毛和周那时候都在想什么，那是中国发展的最好时机，毛的情况可以理解，毕竟他全身心放在搞阶级斗争上，他自己认为他的理论贡献在于无产阶级专政下继续革命的理论，但那是他异想天开，他的继续革命脱离了物质基础，使民众陷入赤贫状态。全国的农民都在为以玉米为主食的生活中挣扎。而周恩来呢，国务院搞得人浮于世，一个机械工业部就有从第一到第八个部。而第八部实际上只管洛阳和鞍山两个拖拉机厂。难道你周不知道这是叠床架屋吗？六三年好不容易有机会抓一抓粮食储备了，你却去排练《东方红》，这是你应该做的事吗？你干了一件好事就是七二年时在你的游说下，中央起用了邓小平。那也是你身体欠安才不得已为之。对毛的胡搞乱搞，你该说该做的都不说不做。眼看着国家日趋贫穷，民众穷苦无告，你还在为毛粉饰太平，你做了二十六年总理，民众知道的就只有各种票、证、券，你是在磨练百姓的记忆力吗？回忆新中国从成立，周做了什么改善民生的事？除了树立自己平易近人的形象，比如认识服务员、乘务员、售货员、教员等等，这些事是一个大国总理的首要任务吗？你应该多思考的是解决民众基础的温饱问题。毛泽东有病，你为什么助纣为虐，如此鱼肉百姓，你没有病吧？

你最后赢得了“人民的好总理”这个头衔。你二十六年的政绩和国家成绩是什么？你做得够吗？对于台湾的很多工作，实际内容基本上都是邓小平定的基调，周与毛做得最多的就是枪炮和战争信息，从未给台湾民众带去什么好的感觉。海峡两岸一直剑拔弩张，这种情绪的对立并非人民的选择，一个“我们一定要解放台湾”的标语从建国开始就一直喊，这是战争的恫吓，不是和平统一的步伐。自从八十年代初大陆发表了《告台湾同胞书》后，两岸才开始真正的和平交往。

台湾的国民党当局如何回应大陆的好消息呢，就是八八年开始的国民党台北眷村开通返乡探亲、扫墓、祭祖，自此，双方各自伸出了友谊之手。

章玺地已经联系上了舅爷爷，定于今年三月末回大陆。岑里明也发出了相同的返乡信息。飞机从台北到沈阳，仅需三个多小时而已。

一九八八年三月二十九日，章玺地和岑里明搭乘的班机抵达沈阳。海城的亲属、县领导、南台镇、中小镇的头面人物都来到机场迎接。舅爷爷已经八十一岁了，他非要跟车到沈阳，舅奶奶没来，甄心诚、章临、龚文雅、岑随都一并赶到。眼看着二人走出来，舅爷爷看着章玺地，哽咽地说“我们想你啊！”章玺地抱着老父亲说“我们在台湾也是天天想着你们啊！”舅爷爷把章临拉到面前对儿子说“这就是你的章临，是甄心诚给你带大的。”可不，从五十年代开始到八八年，一共三十八年。这时甄心诚才走过来，一头扎到章玺地的怀里，再也压抑不住四十年的思念，失声痛哭起来。好在章临百般哄劝，总算止住了甄心诚的泪水。

那边是龚文雅和岑里明，两人抱头痛哭，尽管来的时候龚文雅的妈妈一再嘱咐女儿要忍住，可是谁能忍得住呢？巨大的喜悦，夹杂着复杂的委屈，那种心情，没人忍得住泪水。甄心诚见到丈夫，前看、后看、左看、右看，生怕再次失去丈夫的踪影。舅爷爷有意让二人多说一会儿话，就告诉章临“当年我就是手攥着手送你爸上车去朝鲜的，今天我可不能再放你爸离开我们了。”这个场面持续了半个多小时，最后由舅爷爷介绍陪同前来的各位领导。舅奶奶和表叔表婶在家里准备着酒席，那一年鞍山的高速公路已经开通，返程车速不快，两个小时左右所有人都顺利抵达了南台镇。欢迎会由南台镇书记主持，海城市政协主席讲话。会场被一片掌声、音乐声、笑声环绕着，会场还请了海城高跷队，那天也正值箱包市场庆祝开业两周年，南台镇请了南台中学的管弦乐队来助兴，这可是南台从未有过的喜事。南台在海城几大市场中名气越来越大，西柳是著名的服装市场，而这时的人大副委员长李铁映兼任海城书记。这两个市场对海城的就业拉动至关重要，此次借台湾同胞归来，能不借机宣传一番吗？海城人也很会搞宣传，弄得好不热闹。西柳和南台也确实弄得红红火火，在全国都很出名，可惜后来被浙江温州超过。海城作为一个县城能发展得如此之好，实在是难能可贵。章玺地和岑里明的回乡也恰到好处，市领导的讲话也很有力度，主要还是邓小平对台湾的政策倾斜度很高，市、县领导胆子自然也大了起来，有魄力搞好两大市场。如果把南台的箱包品牌向全国推广，把市场做大，相信海城还是大有可为的。但辽宁人和浙江人比起来还是有差距的，现在的义乌、温州世界闻名，而海城早就被甩在身后。不过当时对台湾归来的人看来，海城一个小县城能发展到这个程度，还是非常吃惊的。省政府也在加大力度扶持海城的腾飞发展，希望海城能够大踏步前进。有两个办法，一是扩大海城原有的规模，一个是提高海城的城市级别。做出当年王鹤寿的魄力，才可能做大市场。中央有人为海城说话，说成海城第二春，如果不能加快步伐，形成对温州、义乌的压迫局面，海城受限于自己的地域和城市规模，很难突飞猛进了。

辽宁毕竟地处东北，细腻方面与南方人相比有差距，江苏、浙江、安徽和福建，都是非常细腻，中间的上海似乎是这几个省份的精明的综合体。而辽吉黑，加上内蒙古，北方人性格，豁达有余，细腻不足。但是辽宁人的胆量是李铁映给的，刚改革开放时李铁映便来到辽宁，给辽宁人尤其是海城人带来了胆量，海城人办大市场就是受益于此。办西柳大集最后干脆变成服装市场，这些事只有海城人知道。浙江有义乌和温州，与欧洲市场联系紧密，蓬勃发展。他们的市场规模和管理水平比起刚开始那时上了一个大台阶。辽阳的佟二堡皮草市场也是后起之秀，应该组织市委市政府早日去温州和义乌参观学习。东北经济受气候影响非常明显，发展不理想，当然主要还是主政者工作不力，没有进取心。脑子里还是计划经济时代的思路，因为计划经济时代不需要劳动者和生产者本人去管，没有什么成本控制之类的概念。五十年代开始东北就学习的苏联的计划经济模式，工人不关心生产任务，就是照单生产而已。计划经济也不鼓励工人的创造性劳动，工人没有动力控制成本和考虑效率。改革开放以来，这种计划模式逐步变更，比如食堂过去的粮、肉、油过去是由固定部门负责采购，现在则需要自行采买，工人就餐还需要好吃又便宜，食堂就难做了。不过计划经济并非没有优点，比如教学就有计划，按学年、学期、周次，落实到具体教员，计划只是宏观标准，容易制约劳动者积极性，所以对于计划经济还是批判多于肯定的。至于产品销售方面，过去计划经济时代生产者无须过问经营，现在则不然，既需要生产者考虑原材料的采买，还要了解销售的各个环节。因此计划经济养成的惯性如果不能很快调整为市场经济的思维，就会被时代淘汰。

扯得有点远了，还是说说章玺地和岑里明吧。二人到台湾后没有受到任何刁难，而且蒋先生在台湾眷村欢迎来自大陆的同胞。他们一行有几百人，都是座上客，是经国兄的弟兄。所有行动都自由，蒋先生不喜欢搞运动，有任何事很少通过报纸、电台来宣传，走的路与毛泽东截然不同。蒋主张像英国那样，百姓有存款，民众有细软，不能出现老百姓揭不开锅的局面。而大陆从六零年开始百姓就穷了，当时不能提穷字，只能说生活困难。台湾毕竟地处北回归线上，土地一年可以耕种两季，蔬菜全年可以种植，那是大自然的馈赠，绝不像大陆的东北、华北和西北地区那样，冬季给人以无食可吃的恶劣感觉。六零年到六三年饿死百姓无数，而中共轻描淡写不以为耻。甄心诚和龚文雅给章、岑二人讲述五八年人民公社化造成各家各户都没有热灶的情况时，章和岑热泪盈眶，几乎要下跪给甄和龚致歉。甄心诚说你们两个人不在家是历史原因，并不是你们的罪过，况且你们在家也帮不上什么忙。那时候全村的锅碗瓢盆都是干净的，因为即便盆边有面糊，也会被舔得干干净净。说到这里露出一丝苦笑，章和岑已经开始哽咽，甄心诚和龚文雅连连道歉。章和岑义正辞严地说，该致歉的是我们。你们并没有什么错，这些困境都是一个人造成的，就是毛，你们没有必要替他承担责任。舅爷爷说六一年到六三年他和舅奶奶都想到过去死，说活着也是生不如死。章临接着说，六二年我还不懂事，整天围着妈妈要吃的，那时我已经有记忆了，就是整天饿，整天都在想如果有净面的窝头我能一顿吃十个。章玺地哭着问什么叫净面，舅爷爷说就是纯玉米面，里面不放淀粉之类的。章玺地恍然大悟，说我们再台湾从没听说过。龚家妈妈插话说别光唠吃饭的事了，说点别的吧。舅爷爷说，你是最苦的，明明是你的那份口粮，你怕文雅饿着，悄悄都给了她。岑里明的父亲和岳父都是目不转睛地看着岑，也不说话，偶尔插一句说“你的头发也白了”。能不白发吗？章玺地和岑里明也都年过六十了。两个“皆大欢喜”说，今天客人全，你们把自己要做的事做完吧。于是章、岑二人把行李打开，一份份礼物逐个赠送，首先是四个信封，分别给父母、岳父母，然后拿出两个红袋子，里面是给媳妇的项链、手链，反正一应俱全，还有其他的东西，是给儿子儿媳的礼物，当然到场的每个人都有，章玺地和岑里明也没有忘记两个“皆大欢喜”，每人赠送一千元新台币。二人连说受之有愧，岑里明抢着说“二位替我们父一辈子一辈操劳婚礼之事，当之无愧当之无愧。”随后章、岑二人还拿出两个大信封，说这是给乡亲们的礼金。随后酒席开始，分为三桌，其中县领导一桌共12人，由章临和岑随作陪。

席间南台镇党委书记代表地方领导发言：今天章先生、岑先生荣归海城故里，我受县委之托，在此欢迎二位。第一对章老先生，老镇长自六二年以后所受不公正境遇，县委、县政府表示歉意；第二对老镇长给予退休待遇，从今日起生效；第三补发自六二年以来应付章老先生补助费三万三千元整。这时掌声一片，然后书记又说本次宴会费用由南台镇党委报销，请镇长时候到镇政府办理后送至章府。最后感谢甄心诚和龚文雅，培养两个好孩子，县政府对二人有奖励。最后请退休的镇长章老先生致辞。

舅爷爷有些激动，他冷静了一下说：各位领导、各位高邻，我老章头有二十六年没公开讲话了。今天逢玺地和里明回桑梓之机我代表章岑两家对海城县委、县政府的热情接待表示谢意。今天章、岑两家有玺地和里明二位代表台湾同胞，大陆与台湾之情血浓于水，我一介老朽有幸熟读了全国人民代表大会常务委员会的《告台湾同胞书》，作为中国人，内心热切企盼大陆和台湾两岸一家人两岸一家亲。我有生之年希望海峡两岸摒弃成见，尽早改变敌对状态，两岸尽早实现三通，就是通商、通邮、通航，使海峡两岸同胞有一家人的感觉。现在大陆有邓小平副总理视事，相信邓小平能为两岸多做工作，也相信台湾的蒋经国能卓有成效为两岸的三通多做工作。两岸分离有近四十年了，我希望海峡两岸的关系能有飞跃性的突破和进展。我借今天的机会祝愿中华民族大家庭团结共创美好未来。

当天晚上都安排在南台宾馆住，只有龚家妈妈和甘泉甄家两位老人被章临安排车送回家中。章临将父亲介绍给自己的岳父，南台的大箱包商人，他原是鞍山人，下海较早，最后选择了箱包制造行业，他女儿在海城读师范，八三年人学，八六年毕业，八七年嫁给章临。章临在南台住的老楼房，是早些年镇里专门为镇长副镇长所修建的。岑随则在牛庄镇居住，因为他的岳父是牛庄人。龚文雅的儿媳毕业分配的学校就是龚文雅当年从海城转到牛庄的那所小学。但现在物是人非，几代学生纷纷从这里毕业，分别走向各自理想的大学。这在龚文雅的时代是不可想象的。那时东北的大学是很少的，满洲国的首都长春有几所大学，也有专科院校。长春的北面有北满医大，在哈尔滨，南面有南满医大，在大连。除此之外，还有全国著名的吉林大学。后来东北先后办了几个航空学校，为国家培养战斗机飞行员。据说抗美援朝的中方飞行员多出自这些学校。总之东北的高校确实比较少，多数是建国后成立的，以师范类院校居多。当然吉林大学历史悠久，在国内法学界名气斐然。

章玺地、岑里明在南台宾馆简单用了晚餐，甄心诚和龚文雅陪着自己的丈夫，儿子儿媳团坐一旁，好不温馨。舅爷爷和舅奶奶年纪大了，需要早些休息，临回房之前二人将自家欢迎宴席的人员定下，共有以下人员参加：

岑家：岑家长者夫妇二人，二房夫妇，三房夫妇，长房岑里明夫妇及岑随夫妇。

龚家：长辈二人，长子二人，长孙二人，次子二人，次孙二人。

甄家：长辈二人，长子二人，次子二人，长孙二人，次孙二人。

客人：八里“皆大欢喜”，牛庄“皆大欢喜”，海城政协主席，牛庄人大主任，中小镇长和书记。

以上共计50人。时间定在一九八八年四月三日上午十一点。掌厨牛庄大厨，席面付300元，当然还是海参席。主持人两个“皆大欢喜”。

本次章玺地和岑里明回大陆时倾其所有，只留下了伍万元新台币，以防返台的不时之需。他们的夫人和儿子儿媳也表现得格外豁达，什么都替二位想好了。舅爷爷把县政府发放的补助全部拿出来给章砚地及妻子，以防产生不睦。但是砚地坚决不收。砚地对兄嫂说：“哥哥、嫂子，你们给我一次机会，如果当年我去朝鲜，我一定会战死在那里。结果是哥哥去了朝鲜，知道哥哥健在，心里无比高兴。我总想为嫂子做点什么，但嫂子太要强了，基本上不给我表现的机会。我从内心敬佩嫂子，嫂子撑起了这个家，父母总觉得欠了嫂子的情。现在哥哥回来了，这个家总算是团圆了。”说罢砚地给嫂子深深地鞠了一躬，甄心诚也工工整整地回敬了回了一礼。

然后砚地将准备好的钱拿了出来，跪在舅爷爷面前说，爸爸，我是靠工资生活的一个小会计，从工作就在海城，刚开始工资低，现在工资改革终于有能力表现一下自己了，请爸爸代我将这点心意转交给嫂子，算我尽到一点敬意。舅爷爷一把将钱打掉，说家里还没有到用你拿钱的时候，你爸爸还有积蓄，你的钱留着将来给你媳妇治病吧。我倒是怕你想不开，造成家庭不睦，现在好了，你把对哥嫂的歉意都说明白了，你哥和嫂子也都明白你的心意。爸爸还是很清醒的，我说了算，这钱我出。

原来砚地的媳妇精神不太好，一直在等有机会医治。

四月三日说到就到，宾朋如期而至。两位“皆大欢喜”宣布宴会开始，岑里明和龚文雅今天特意穿上全新的西装，里面着红色衬衣，像一对新人一般，只是略显沧桑，不过龚文雅看起来只有四十岁上下，形容为风姿绰约毫不过分。酒席自是热闹非凡，久别重逢的喜悦，加上团团圆圆的温情，还因为在座很多人四十年前就围坐饮酒的恍若隔世，这场面可谓觥筹交错，喜笑连连。当然，还顺带着约好了四月十日由甄家举办下一次聚会。

四月十日甄家大院的活动因为有了前几次的成功经验，还增加了熟练的服务队伍。两个“皆大欢喜”本来就是海城一带出名的婚丧主持人，事无巨细，人人佩服，而二人受业于舅爷爷，所以只要舅爷爷要求办的事，二人从不含糊，绝对安排妥帖。

甄家大院在甘泉小有名气，说是大院，是说这个院子有历史背景，是一九四七年土地改革的遗留物。当时在这个院子里把地主的物资和牲口集中，然后统一分给贫下中农，由于分配公平合理，故此有了名气。最后将这个大院分给了甄心诚的父亲。甄心诚的父亲早年就以公平著称，他家分的房子是一户七间房的大院落，他的两个儿子老大做教员，老二经商，女儿甄心诚也当教员。甄老爷子现在已经年过八旬，精神矍铄。这七间房原来是村公所，后来不需要了，甄家便用土将大院围了起来，所以一提甄家大院无人不知。院子当然也确实很大，房屋坐北朝南，自然延伸，总面积能有接近一千平米，显得特别气派。

这次聚会甄心诚早早陪着丈夫赶到甘泉，带来了台湾带回的高粱酒，其实台湾的高粱很一般，多半是借金门的名，所以时间长了，只要是从台湾回来，必带几瓶高粱酒。其实好喝不好喝，只要是古法酿造，虽然不算好酒，但也不会很差。其实甘泉也产白酒，有一定名气，海城总是不主动宣传，当地的牛庄大曲、甘泉白酒，如果要在腾鳌酒厂估计早就出名了。创腾鳌老窖品牌的周旭东先生应有近百岁了。可惜腾鳌老窖的四个酒窖最后都没有保存下来，很是遗憾。并不是说海城出不了名牌，其实只是缺少发展品牌和推广品牌的人而已。

章玺地夫妇今天带了好多信封，都是按辈分分别装好了新台币。过一会儿牛庄大厨也到了，与他一起到的还有龚家妈妈等人。八里“皆大欢喜”带来一位贵客，是县政协崔主席，崔主席说今天海城市委书记会到场讲话，让甄家这边找个相当的人作陪，想来想去当然只有请甘泉镇新任党委书记。

八里的“皆大欢喜”宣布欢迎章玺地和岑里明从台湾回乡探亲，甘泉镇欢迎仪式正式开始。首先海城市委书记讲话，这位书记姓万，据说后来很快就调任省中小企业局任局长，属于连升三级，且是正职，这在海城还是第一次。听说县长跟他不睦是他调走的主要原因。书记说：各位上午好，我代表海城市委向从台北返回故乡的章先生、岑先生表示亲切的问候。这个书记似乎准备不足，不知是不是对于抽调到省里有想法，反正只是草草讲了几句，随后万书记礼节性地走到章玺地和岑里明的桌边握了握手，就说县里有个会必须马上赶回去，万万不能迟到。后来我们知道书记叫万福民，继任者是张海宽。张继任后曾到台湾谒见了张学良，还出了笑话，他向张学良敬酒时说祝会长长命百岁，不知是否真有此事。任职的事中或有很多雷同的传闻。有一次我到省招办开会，在新华书店附近看到了万书记，同行的人说那不是海城的万福民吗？然后说万调到省政府中小企业局做局长，中小企业局属于“缩脖局”，不同于省政府下属各厅，所以人们用“缩脖局”来形容此类“局”的地位。现在介于县处之间常有正县、副县的说法，实际上例如省，没有正省，省就是省，现在叫惯了，除了部队，地方很少称呼已经很少有人直称某人为副XX了。“副”都省略不用，背后介绍时才会提及正副。实际上任职时在文件上是要标记清楚，不可含糊的。所以当学校没有正职校长时，文件上一定会写某某副校长（主持工作）。

万书记讲完话匆匆离开，牛庄的“皆大欢喜”相送。这边由八里的“皆大欢喜”继续主持宴会。实际上万书记今天就不该来，但是既然来了而且讲了话，就不该匆匆而去。这让我想起了“华威先生”，“我还有个会，万万不能迟到。”与华威先生何其相似。当然这种情况对于章玺地和岑里明来说根本不会产生任何想法。在中国，有些干部很注意出席会议的规格，有些人对于能出名的会议非常重视，某些人甚至为此争名次呢。万书记的匆匆离去很扫大家的兴，章临觉得很没面子，而岑随很早以前就对万书记有一些看法，尤其对万书记轻视别人颇有不满。舅爷爷是见过世面的人，对于万书记的行为也认为有些莫名其妙。用餐过后龚家妈妈找到八里的“皆大欢喜”，商量了几句，最后定下四月十八日龚家的酒席一切照常，但是头面人物一个也不请，都请各自朋友参加聚会。这时龚家两个兄弟苦笑着说响应母亲的号召，一切照常，没有官方出席，老百姓照样过节。舅爷爷感觉到万书记的举动冷落了自己，尊严受到了挑战，万的形象从此在海城不名一文。万是文革期间海城高中的老高三毕业生，当时海城高中名气很大，其实不止海城高中，往南的营口高中和金州高中复州高中年年都有高材生考入北京的名牌大学。如果不是文化大革命，发展得应该更好。现在社会上有一种怪谈，认为文革后期的下乡青年热潮为社会培养了不少人才，其实这种论调是错误的。人才当然年年有，但是文革后期可不是培养人才而是毁灭人才。那些人如果没有文革或许更能显现出超凡的才能，总的来说文革是扼杀了人才。文化大革命初期毛就公布了停止招生的规定，开创了世界先河。毛的胆子太大了，没有任何法制观念，教育部也不敢提出反对意见，间接助长了毛的无法无天，毛感觉自己就是法，就是最高指示。到了一九六六年全世界范围看，中国的革命歌曲最多，从六三年到六六年全国高唱革命歌曲，且周恩来还组织编排《东方红》。我想问，是毛被周绑架了，还是毛与周各得其所？六三年全党大抓阶级斗争，周利用这个机会宣传党的阶级斗争理论，毛的阶级斗争在继续革命的时期应理解为“无产阶级的对敌斗争”。当时的提法是“在无产阶级专政下继续革命”。我们到现在也不明白这是哪位革命导师提出来的。到九十年代时以苏联为首的社会主义国家纷纷解体，而中国、朝鲜、越南、古巴还有老挝等国还在坚持。美国常以意识形态划线，现在美国与俄罗斯不睦，与中国的关系时好时坏，中国当然也不愿意与美国闹僵，毕竟中国还不愿意得罪美国。所以也盼望新的领导人出现，但中美两国关系好与坏对普通老百姓来说关系不大，中国领导人的子女大部分也都在西方国家求学。美国与中国都无力制约对方。

大陆和台湾按以往的关系看，有松动的迹象。台湾更倾向于美国，而美国是中国大陆在台的主要障碍。如果将来民进党继续执政，对大陆有害无利。现在全世界范围内谁也没能力压制谁，有三足鼎立之势，这样也好。大陆多说少做，关键时刻给予对方威胁，这样或许更好。大陆不要说自己有没有能力的问题，让对方慢慢品味，大陆当然也没有能力阻止民进党执政，不过谁也不要提动武的论调比较好。现在的民进党和国民党都有依靠美国的心情，他们认为大陆不能对台湾动武，理由只有一个，就是后面有美国撑腰。大陆有比美国多几倍的兵力，任何一位美国总统都很难在美国动员一场与中国大陆的常规战争。因为美国不会因为台湾而与中国大陆动武，除非美国总统罹患精神疾病。那么中国大陆为什么迟迟不动用武力呢。主要是经历过战争的人都已作古，即使打过越南谅山的解放军高级将领即便健在也是八九十岁高龄的人了，早已退休。没有年富力强的好战者或者出战者。像当年邓小平那样的敢战者，中央没有了。剩下的都是油头粉面的人，没有勇气也没有能力发动战争，他们也不敢承担战争带来的后果。一个国家把命运交给不会打仗也不敢打仗的人，老百姓也不会放心。当然如果到了外界刺激不打不可的时刻，无论是常规战争还是核战争，对老百姓、对国家的伤害都无疑的巨大的。能忍则忍，忍无可忍再说吧。

四月十八日到了，龚家两位公子在八里“皆大欢喜”的参与下准备好了海参席，这次龚家妈妈一点也没有参与准备工作。龚文雅与岑里明从中小镇带着儿子儿媳乘车赶到了八里。今天没有请外人，只有岑家、章家、甄家诸人。各位长者身体都不错，没什么慢性病，都很硬朗。没有领导的宴会才是真正的宴会，各位长者喝酒也才畅快。而章玺地和岑里明还是比较约束，可能是常年在眷村居住，逐渐养成的习惯。毕竟在外四十年，暂时还不太适应。但是即便有些约束，毕竟面对的都是家里人，没有所谓领导的出席，还是相对放松一些的。其实章与岑在台湾还是有一定身份的，都是师级待遇，每月工资大概有四五万新台币，比大陆军官工资高得多。国军待遇一直很好，中共对于部队的工资只是近些年大幅提高，之前一直比较低。虽然新中国刚成立时到五五年实行军衔制时工资比较高，但那是相对当时的物价而言，且维持了不到十年。到了六十年代民众的钱都只能勉强满足购买粮食，军人的实际工资倒显得低了。到了六六年之后，毛取消了军衔制，当时的军队工资标准如何，地方不得而知。文革后十多年没有调整工资，全国各行业的工资水平极低，随着六十年代的货币回笼，农民的收入高了，但都被货币超发抵销了收入。凡是靠工资生活的人普遍认为自己收入满足不了生活所需。企业有一段时间实行计件工资制，一部分勤劳的工人得到了实惠。但是中共军队的工资那时候确实不高，且军队内部总出问题，军队的问题实际上就是毛的问题。例如十大军区换防，倒是没出什么大问题，邓小平任军委主席时也没有出什么问题，一九五六年至一九六六年邓做了十年总书记，这可是毛赋予的权力，也给了邓小平锻炼机会，邓借机掌握了全党的秘密也未可知。中央六位主席、副主席，除了毛和周以外就是刘管事，但刘很不成熟，他动心计哪里是毛的对手，毛几乎是在幕后指挥着刘，而刘浑然不觉。毛是一个权力欲极强的人，党和军队的权力紧握手中。刘或许真的以为毛要退居二线，实际上毛从未放弃权力，记得聂荣臻做总参谋长时一次极小的人事安排没有向毛汇报，被毛批评，说以后涉及到人事问题，必须向党汇报，当然毛就是“党”。

毛的权力欲导致他容不下他人自作主张。邓小平对付毛的做法就是文件运动，都是形成文件后拿给毛批阅，这样虽然没有毛病，但是很难与毛建立和谐关系。所以毛说邓十年来一直不向我汇报工作，好像是对我敬而远之。

如果邓像康生那样总找毛探讨书法和历史，毛就肯定能喜欢邓了，但邓是务实的人，他愿意有具体工作，书记处相当于国务院，他又兼国务院常务副总理，周出国访问，都是邓代理总理职责，所以毛早就看好邓小平的能力，曾说过邓有举重若轻的能力。

龚家的宴会都准备好了，这一次已经变为纯民间的聚会。没有所谓领导，也不需要盛装打扮，大家都觉得随和而自由，不像劳动时后面总跟着生产队长，比比划划监督指挥。农民干什么活心里有数，知道自己什么时候做什么事。农民的劳动只需要自己的认同，就能发挥干劲，不需要生产队长督促。劳动者自己满意，就说明劳动质量没有问题。毛怎么就不认同农民发动起来能产生很大热情呢，任何思想政治工作都显得苍白无力。龚家妈妈可能看到几次宴会效果都是差那么一点，差在哪里呢？有了所谓的领导，民众无法酣畅淋漓得喝酒和表达看法，总得端着，戴着面具的那种感觉。这顿饭吃到最后成为黄瓜大酱的聚会，大家都酒足饭饱心满意足。也不知道是谁发现的黄瓜地和大酱缸，似乎就是为他们准备好的可口酱菜。龚家妈妈自然是应大家要求将黄瓜采摘下来洗净，配上酱碗供众人在嬉笑中大快朵颐。

返回台湾是否要带上甄心诚和龚文雅，这个念头在章玺地和岑里明心中很是纠结了一番。因为从台湾回来，章与岑并未像谢明经那样请示蒋经国。因此他们得请示眷村委员会，委员会同意后，甄心诚和龚文雅获得了逗留三个月的批文。但是对于分别四十年的痛苦来说，短短三个月能弥补什么呢？不过大家都退休了，以后见面的机会很多。几人还特别惦念冯先生，既然现在要返程，无论如何也得去看望，因为冯先生身体很差，故没有参与这几次聚会。六月中旬，章临和岑随各出一辆车，带了不少新鲜水果赶往腾鳌，本来想一并探望我的父亲，但是父亲回山东老家了，无奈只好通过电话寒暄了一番。又过了几天，海城市委和政协协助购买了返台的机票，并出车将众人送到桃仙机场。

谢明经这边早就接到了金百枝的回信，谢明经于四月初启程返回大陆，四月份的东北正值桃树、杏树、李树开花之季，但东北最多的实际上是槐树花，因为槐花蜜很受欢迎，所以种植率高。到机场迎接谢明经的有市政协主席、副主席、市长、副市长，谢的儿子从一个教员到进修学校的副校长、校长，再到市政协副主席，每一步都与台湾有关。台湾人也知道这种坐火箭的升迁速度是统战需要，至于能起多大作用，估计还是心理安慰居多吧。既然儿子做官，其父回到大陆必然也要到相关部门走动走动，各部门也要好生招待，新闻部门还要跟踪报道。台湾原来的不接触、不见面、不和谈似乎应该改变一下。当局有人与大陆有往来，就等于“三不”形同虚设，无论怎么说，总得交谈吧，不谈具体事情，总得见面吧，相应的规模也得有吧。所以说回大陆只是为了祭祖和探亲，属于自欺欺人。

其实台湾人不知道，在大陆，凡与宗教有关的地方都在政协的领导之下，中国有佛、道、伊斯兰、天主、基督，这些领域都与政协有千丝万缕的联系。是避不开也躲不过的。名山、名寺有级别，住持也是按照国家干部编制定级别。所以谁回大陆也躲不过“统一战线”。政协以下有八个民主党派，民革、民盟、民建、民进、农工党、致公党、九三学社和台盟，还有无党派人士。谢冠军是政协鞍山市委员会副主席，中国的政协全称是：中国人民政治协商会议全国委员会。以下有某某省委员会，一直到县以下都有常设机构。但是部队中没有分支机构，民主党派也不允许在军队发展党员和会员。军队只执行中国共产党中央军事委员会主席的命令，不存在政治协商的问题。在中国大陆，各个机构都有严格的管理权限和范围，都有管和被管的范围。例如法院有审判委员会。谢明经的儿子加入的是中国国民党革命委员会，简称“民革”。但他在政协鞍山市委员会都不是以民革成员身份加入的，这就是中国的实际情况。中国民主党派有一个固定的排列顺序，谢明经可能得熟悉一段时间才能具体了解。在机场接机的自然有他的妻子金百枝和儿子谢冠军，至于其他人员按照什么规格，我党和政府都有固定的标准。政府出车，将一行人一路送到政协鞍山市委员会。

回到鞍山自然由政府相应的部门按其级别安排住宅，当时的情况我不太清楚，听人金百枝当时并不十分愿意。其实这是传言，不准确。谢与金都是读书人，不会因此心生怨恨的，况且市领导对这类事情的处理和把握不会出现明显的瑕疵。

第一天由市政府出面招待，主宾为政协主席，每个市的政协主席都是市委常委。谢明经则代表受礼遇的一方发言，都是一些礼仪式的官样文章，会场的气氛显得有些假，当然该鼓掌的还是很真诚。这些人官样文章会做，官样礼节会搞，不需要事先打招呼，不会出任何问题。谢主席两个女儿也都不小了，已经上了初中。金百枝是南地号人，后来市区扩大，谢冠军当上副主席之后房子分在哪里不清楚，但既然是国家干部，就有统一规定，肯定能办好房屋的分配。谢明经到家后跟儿子商量回请政协主席，儿子说这个就不需要你出资了。谢明经打开行李，拿出给家人带的礼物，金百枝一份，儿子一份，儿子的礼物是劳力士手表，当时是最贵重的，至于给儿媳妇带什么礼物，谢明经没法选择，干脆以红包的形式作为表示。谢明经月薪几万元，准备些礼品不在话下。他以为大陆市场还像六十年代传说中那样，结果到家一看，还不如回大陆购买礼品了。大陆上商店可以说应有尽有，只要有钱，不愁买不到东西。儿子列出了需要招待的人的名单，定为两桌。但是涉及到统战工作，最后由政协办公厅定多少人出席宴会，政协主席、副主席、秘书长、政协虽然不是权力机构，但毕竟也是市委四大班子之一，级别是一样的。且市委在各种事务的安排上也是多了一层小心，因为政协有些人的特殊身份必须照顾到。比如海外关系、与他国政界工商界有特殊关系的人，都要考虑到，很多事公事公办不一定好办，而通过私人关系或许更方便。

研究谁出席宴会的事交给政协办公厅，秘书长一看，仅用几分钟就处理完了。谢明经真佩服秘书长办事的干练程度。那些人都是老油条，考虑名单先是斟酌“关系”，然后才是政治，这在台湾实际上也是司空见惯的事务。回请只是名义上的，凡是与政府或党委联系的事，都由政府划拨款项，不需要个人出资。秘书长处理这类事务都是驾轻就熟，上下一联系，如何处理自在心中，不需要谢主席操心。谢冠军回家后把父亲准备回请的钱塞给父亲，什么都没说，谢明经本来话就少，一看就明白了。看起来这类事从来不需要谢主席办理，他似乎与办公厅也没有什么联系，但如果有事，秘书长自然知道怎么做。过了几天，秘书长告诉谢主席政协组织到千山活动，主席和副主席，在家的都去。其实在家的只要谢冠军，这就是安排给谢家父子的专门活动。一辆面包车，谢家一家人，说到哪就到哪，他们走的是千山南坡，走香岩寺，据说那的本院住持是局级干部。八十年代我去过南坡，比北坡要好爬一些，且千山都修了人工路，没有什么危险。但上到“一步登天”往下看，有恐高症的人还真受不了。但登山越是到危险处，反而越安全，因为谁都会百般注意。中午政协准备了午餐和饮料，应有尽有。谢氏父子都不吸烟，谢冠军也没有一点架子，很随和。读书时就这样，当然这肯定也与金百枝对他从小的教育有关。有政协的通行证，车辆从南到北一路畅通无阻，因为千山当时归公用事业局管，而公用事业局局长的编制就在政协，实际上是一家人，刚说的本院住持也归政协管，他们本质上是一个部门的。况且涉及宗教事务都与政协联系紧密，到了千山就等于到了政协的大本营。

谢明经在鞍山没有其他亲属了，尤其建国前后他一直在重庆、南京、台北之间往返。他的儿子则有几个同学，联系比较少，谢冠军当年受家庭所累，很少交朋友，总是大家做什么他就跟着做什么，从不出格。所以他的个性也确实很适合在政协工作，对什么事也不拿出明确的态度，如果讨论问题，他的特点就是没有问题，说有人天生适合做政协工作的话，应该说的就是谢冠军这种了。我所在的民盟里有一位郊区的副区长，总认为自己有不同凡响的意见，总在他认为合适的时刻发表，就因为他是民主党派，因为被安排到市人大当副主任。他一直认为他自己水平如何如何，像李谷一、范增都是民盟盟员，反倒很少提及自己的民主党派身份。

谢明经是否携金百枝一同返回台北我不得而知。总之谢明经也算功德圆满，他的儿子也一切顺利，只要国家没有大的变化，他的安排也不会差。一个国民党的军官能有这样的结局应该不错了。这也是他与他夫人一直追求进步、追求真理的结果吧。

第七章

《孟子·公孙丑上》……宰我、子贡善为说辞，冉牛、闵子、颜渊善言德行。孔子兼之，……昔者子贡问于孔子曰：“夫子圣矣乎？”孔子曰：“圣则吾不能，我学不厌而教不倦也。”子贡曰：“学不厌，智也；教不倦，仁也。仁且智，夫子既圣矣。”宰我曰：“以予观于夫子，贤于尧舜远矣。”子贡曰：“见其礼而知其政，闻其乐而知其德。由百世之后，等百世之王，莫之能违也。自生民以来，未有夫子也。”有若曰：“岂惟民哉！麒麟之于走兽，凤凰之于飞鸟，泰山之于丘垤，河海之于行潦，类也。圣人之于民，亦类也。出于其类，拔乎其萃。自生民以来，未有盛于孔子也。”中华文化博大精深，孔子几乎涉猎了全部，图书可分为四个部分，经、史、子、集。孔子生活的年代“经”的部分很发达，孔子参与了除《孟子》和《尔雅》之外的“经”的全部整理工作。例如十三经的第一经《周易》、第二经《尚书》、第三经《诗经》、第四经《周礼》、第五经《仪礼》、第六经《礼记》、第七经《春秋左传》、第八经《春秋公羊传》、第九经《春秋谷梁传》、第十经《论语》、第十一经《孝经》。

《周易》是十三经中的第一经，由《易经》和《易传》两部分构成。《易传》部分基本上是孔子对《周易·经》的部分的解释。一般将其称为“十翼”，包括：彖辞、象辞，大象即卦象辞和爻象辞，目前分得不十分明确。《十三经注疏》为上彖、下彖、上象、下象、系辞上、系辞下、文言、说卦、序卦、杂卦。我们习惯于象辞分为卦象、爻象。不按《周易》中卦的上下来分。《周易》中的十翼归纳例如分成上半部的三十卦和下半部的三十四卦，本来就有争议。读《周易》往往卦象归卦象，爻象归爻象，分起来方便，读起来也方便。因为卦象只有一句话，而爻象则卦中六爻要分别熟悉。我们读《周易》时便知道卦象和爻象不便于细分。另外卦辞和爻辞，在《周易》中卦辞在卦的下面，中间隔了彖辞，然后才是卦象辞。而爻辞后紧接着是爻象，认知方便。另外，爻象内容较多，加上爻辞应该单独表现，但十翼有时也是为了凑足十的数字。其实《周易》孔子参与的内容比《易经》的字数多，内容也多。还是放下《周易》的十翼来看孔子的贡献吧。孔子对《周易》的“系辞下”从古者伏羲氏之王天下也开始到上古结绳而治到万民以察盖取诸夬。这一段都不是孔子的出版物，也没有将其列到十翼之外的地方，可能是孔子的推测或者猜想。总之这段内容在孔子的其他著述中没有看到类似的表述。尤其文段中用到“始作八卦……盖取诸离”。按古代汉语的语法“盖”一般表推测，而非确有其事。且文中所举事例都用“盖”表推测，故难以找到历史档案。可能孔子也没有确实的足以证明的历史记录。

本文侧重于解释上经的“解”和“豫”卦以及下经的“革卦”。我们还是先从孔子的“伏羲氏之王天下”开始了解吧。

古者包牺氏之王天下也，仰则观象于天，俯则观法于地，观鸟兽之文与地之宜，近取诸身，远取诸物，于是始作八卦，以通神明之德，以类万物之情。作结绳而为网罟，以佃以渔，盖取诸离。神农氏之前人们用卦如“离”，人们用“丽”的功能中具有网罟的功用，从事渔、猎的生产劳动，这说明中国当时生产力水平只是渔猎的劳作，但开始使用工具，到原始人能够从事农业生产则说明早期人类的劳动进步到农耕社会。农耕社会必然具有将人类固定下来的社会条件。系辞的描述是……神农氏作，斫木为耜，揉木为耒，耒耨之利，以教天下，盖取诸“益”。日中为市，致天下之民，聚天下之货，交易而退，各得其所，盖取诸“噬嗑”。接着便有了神农氏没，黄帝、尧舜氏作，通其变，使民不倦和“神而化之，使民宜之”，“易”穷则变，变则通，通则久。表现人类社会早期的发展现象。孔子用“是以自天佑之，吉无不利”。

到了黄帝、尧舜时代，孔子用“垂”衣裳而天下治。文中用“盖”取诸乾、坤描述，一个“垂”衣裳而天下治，至少给人们以社会进步的认识。衣裳的“裳”应注意为下衣是对“男女杂游，不媒不娉”这种原始行为的否定。基本上结束了人类社会婚姻中的野蛮行为。造成了人类社会理论上的“对偶婚”的出现。

当然这种对偶婚还处在人类社会的初级阶段，且一夫一妻制还没有形成社会现实，社会上的夫妻相匹的阶层限制在农民，社会的等级制度还是有顽固的基础。

神农氏没，孔子认为在自然科学方面，由于在利用人类社会已经取得的生产技术方面，尚有刳木为舟，剡木为楫。舟楫之利尚能使交通方面为社会人类活动取得一定的作用，故用盖取诸“涣”。另外人类的生产力在神农氏之后又有如“系辞”所言的九事。包括“涣”卦为人类所利用。“系辞”中还有“服牛乘马，引重致远，以利天下，盖取诸随。”相传黄帝时中国就能造车，但车只能解决陆路的交通。有了“涣”卦解决了水路的运输，人们学会了用牛马，提高了运输能力。

下面的几个方面是建立了国家制度。系辞中表述为：重门击柝，以待暴客，盖取诸豫。弦木为弧，剡木为矢，弧矢之利。以威天下，盖取诸睽。

中国的古代国家建立军队，生产武器，保卫国家。所以豫为有军队，弧矢是有武器。前面说的涣和随是提高生产力，在系辞中还有其他的与国家建设相关的内容。表现在：断木为杵，掘地为臼，臼杵之利，万民以济，盖取诸小过。

以下是学习建造房屋：上古穴居而野处，后世圣人，易之以宫室，上栋下宇，以待风雨，盖取诸大壮。

学习改进丧葬习惯：古之葬者，厚衣之以薪，藏之中野，不封不树，后世圣人易之以棺椁，盖取诸大过。

文字的出现是只有国家才能有条件造文字。系辞描述为：上古结绳而治，后世圣人易之以书契，百官以治，万民以查，盖取诸夬。

以上的九种行为均是建立国家所必需的举措。系辞中以乾坤为主导，通过对国家的初步认识和人类的不断进步，从早期的单纯为生存，人们利用“包牺近取诸身，远取诸物”创作八卦满足于原始的渔猎社会。人们不断地适应社会的需要，度过了渔猎社会漫长的时期。

包牺也叫伏羲，距今约八千年，为中华人类的始祖。

八卦产生于中国的早期，对于中华民族的产生发展和多民族大家庭的形成起到了奠基的作用。当时的“八卦”没有卦辞、彖辞、卦象和爻象，不具有筮占的功能和功用。史书记载到了殷商之后才具有了筮占作用，且当时都是文化水平很高的人才能接触到筮占的。中国通史所载，殷商王朝凡重大事件，国君、大臣、平民代表对于国家决策有权利表达自己的意见，而具有筮占特权的筮者的意见具有举足轻重的作用。

解卦：利西南，无所往，其来复吉，有攸往，夙吉。

彖曰：解，险以动解，险以动，动而免乎险，解。解利西南，往得众也。其来复吉，乃得中也。有攸往夙吉，往有功也。天地解而雷雨作，雷雨作而百果草木皆甲坼。解之时大矣哉。

象曰：雷雨作，解；君子以赦过宥罪。

初九：无咎。

象曰：刚柔之际，义无咎也。

九二：田获三狐，得黄矢；贞吉。

象曰：九二贞吉，得中道也。

六三：负且乘，致寇至；贞吝。

象曰：负且乘，亦可丑也；自我致戎，又谁咎也？

九四：解而拇，朋至斯孚。

象曰：解而拇，未当位也。

六五：君子维有解，吉；有孚于小人。

象曰：君子有解，小人退也。

上六：公用射隼于高墉之上，获之，无不利。

象曰：公用射隼，以解悖也。

易曰：负且乘，致寇至。负也者，小人之事也。乘也者，君子之器也。小人而乘君子之器，盗思夺之矣。上慢下暴，盗思伐之矣。慢藏诲盗，冶容诲淫。易曰：负且乘，致寇至。盗之招也。

豫卦：利建侯行师。

彖曰：豫，刚应而志行，顺以动，豫。豫，顺以动，故天地如之，而况建侯行师乎？天地以顺动，故日月不过，而四时不忒，圣人以顺动，则刑罚清而民服，豫之时义大矣哉。

象曰：雷出地奋，豫。先王以作乐崇德，殷荐之上帝，以配祖考。

初六：鸣豫，凶。

象曰：初六鸣豫，志穷凶也。

六二：介于石，不终日，贞吉。

象曰：不终日贞吉，以中正也。

六三：盱豫悔；迟有悔。

象曰：盱豫有悔，位不当也。

九四：由豫，大有得；勿疑。朋盍簪。

象曰：由豫大有得，志大行也。

六五：贞疾，恒不死。

象曰：六五贞疾，乘刚也。恒不死，中未亡也。

上六：冥豫，成有渝。无咎。

象曰：冥豫在上，何可长也？

中国的抗日战争领袖蒋委员长就将自己的名字依豫卦改为名中正，字介石。就源于豫卦六二爻辞的介于石和爻象辞的“不终日贞吉，以中正也”的中正。

中正包含周易各卦中的第二爻和第五爻，因为第二爻和第五爻分别处在上下卦的中间，一卦六爻，上半部是四五六爻，下半部是一二三爻。而上下的二、五分别处于上下半卦的中间，所以称为“中”，如果处在二爻的是阴爻处在五爻的为阳爻，则“中，且正”，反之只称中而不能称正。

中，中正，是儒家的思想方法，实际上中、中正，就是一卦的上下各三个爻分别在卦中所处的位置。处在一卦的二、五爻，二为阴爻则正，为阳爻则不正。同理二与五都为阳爻，则五爻正，而二爻不正。八卦用于筮占专门研究。筮占者得出的规定性结论，即一卦六爻分成上半部称四、五、上和下半部称初、二、三。又规定二、四、上阴爻为正，一、三、五，阳爻为正。中正、中及以后的中庸一直作为儒家的思想方法。讲求中、中正、中庸。例如在《中庸》里孔子就称赞舜，说“舜其大知也与！舜好问而好察迩言，隐恶而扬善，执其两端，用其中于民。其斯以为舜乎！”在《中庸》中通篇都讲既不能过，又不能不及孔子的名言即“过犹不及”，也就是“过”和“不及”都不是儒学所主张的。中国刚建国时制定劳动法大纲，基本上用“中庸”作为指导思想。劳动定额既不能太高也不能太低，体力强者工作起来绰绰有余，体力差的稍加努力也能完成。正是用“舜”的“用其中于民”，既不能用最强者的标准也不能用最弱者的标准。即“舜”所谓执其两端用其中于民。可见孔夫子的思想方法的“中庸”是非常好的办法。蒋先生就热衷于“中正”“中”及以后的“中庸”。

《论语·先进》中有：子路问：“闻斯行诸？”子曰：“有父兄在，如之何其闻斯行之？”冉有问：“闻斯行诸？”子曰：“闻斯行之。”公西华曰：“由也问：“闻斯行诸？”子曰：‘有父兄在’；求也问：‘闻斯行诸’。子曰‘闻斯行之’。赤也惑，敢问。” 子曰：“求也退，故进之；由也兼人，故退之。”同是《论语·先进》还有子贡问：“师与商也孰贤？"子曰：“师也过，商也不及。”曰：“然则师愈与？”子曰：“过犹不及。”

上例一说明对不同个性的学生应区别对待，因材施教。

上例二是孔子有名的“过犹不及”的出处。

《中庸》为孔子之孙孔子思所作，全文多引孔子之辞。明代以后，科举将礼记中的《中庸》和《大学》连同《论语》、《孟子》称为四书，将以往的《周易》、《尚书》、《诗经》《春秋》和《礼记》称为五经，作为科举考试的必读。此四书、五经，亦是中华文化之必读，直至二十世纪初科举制度废除为止。

《周易》分上经、下经。上经三十卦，下经三十四卦。为什么这样分，说法不同。在此不探究。但《周易》的卦辞四德俱备的有七卦，上经有六卦，四德即“元、亨、利、贞”，上经有：乾、坤、屯、随、临、无妄；下经有一革卦，共七卦。下经的革卦还有汤武革命的描述，在此简要介绍一下革卦。

革卦，己日乃孚，元亨，利贞，悔亡。

彖曰：革，水火相息；二女同居，其志不相得，曰革。巳日乃孚，革而信之；文明以说，大亨以正，革而当，其悔乃亡。天地革而四时成；汤武革命，顺乎天而应乎人：革之时大矣哉！

象曰：泽中有火，革；君子以治历明时。

初九：巩用黄牛之革。

象曰：巩用黄牛，不可以有为也。

六二：巳日乃革之，征吉，无咎。

象曰：巳日革之，行有嘉也。

九三：征凶，贞厉，革言三就，有孚。

象曰：革言三就，又何之矣。

九四：悔亡，有孚改命，吉。

象曰：改命之吉，信志也。

九五：大人虎变，未占有孚。

象曰：大人虎变，其文炳也。

上六：君子豹变，小人革面，征凶。居贞吉。吉。

象曰：君子豹变，其文蔚也；小人革面，顺以从君也。

革，卦名。即革命，或改革。卦辞的巳日乃孚，巳日即“己”，是地支的第六位，相当于六个月孚，是信孚。是说改革需民众认同，要有一定时间，先定六个月，民众逐渐信服。

彖辞：革，水火相息；二女同居，其志不相得，曰革。二女，以人事言兑为少女，离为中女，巽为长女，乾为父，坤为母，震为长男，坎为中男，艮为少男。所以说二女同居，其志不相得，曰革。革卦上为兑，下为离，二女，读为泽、火革。彖辞，孔子说读完彖辞一卦大概便能理解了。己日乃孚，孚然后乃得元亨利贞

巳日乃孚，是说改革要给民众认识的时间，所说巳日乃孚是说改革的事情民众有一个认识的过程，定为六个月。“巳”，是地支的六，相当于半年。所以说革而信之，革而当，其悔乃亡。天地革而四时成，四时是四季，从自然风貌讲天地革四时乃成，进入民事，即社会政治生活，用汤武革命，顺乎天而应乎人。革

命的事为大事件，革命一词出自《周易》，卦象是泽中有火，比喻革命。君子以治历明时，像辛亥革命，改清末一九一二年为民国元年，中国革命定一九四九年为中国人民共和国元年。

初九，以巩用黄牛之革喻旧势力，保守思想的坚固。

六二，用巳日乃革之，喻改革要一定时间民众才能习惯。

九三，用革言三就，有孚，喻改革要反复宣传，要有信用。

九四，用有孚改命，吉，喻改革成功。

九五，用大人虎变。

上六，用君子豹变，小人革面，喻改革的结果，即使是小民百姓也“革面”。

夫民可与虑习常难于适变，可与乐成难与虑始，故革之为道，即日不孚，巳日乃孚，孚然后乃得元亨利贞。悔亡也，革而当其悔乃亡。

天地革而四时成，汤武革命而殷、周成功，汤革夏桀、殷之命立殷、周天下。

乾卦，元亨利贞。

初九：潜龙，勿用。

九二：见龙在田，利见大人。

九三：君子终日乾乾，夕惕若。厉无咎。

九四：或跃在渊，无咎。

九五：飞龙在天，利见大人。

上九：亢龙，有悔。

用九：见群龙无首，吉。

彖曰：大哉乾元，万物资始，乃统天。云行雨施，品物流形。大明终始，六位时成。时乘六龙以御天。乾道变化，各正性命。保合大和，乃利贞。首出庶物，万国咸宁。

象曰：天行健，君子以自强不息。“潜龙勿用”，阳在下也。“见龙在田”，德施普也。“终日乾乾”，反复道也。“或跃在渊”，进无咎也。“飞龙在天”，大人造也。“亢龙有悔”，盈不可久也。“用九”，天德不可为首也。

《文言》曰：“元”者，善之长也；“亨”者，嘉之会也；“利”者，义之和也；“贞”者，事之干也。君子体仁，足以长人；嘉会，足以合礼；利物，足以和义；贞固，足以干事。君子行此四德者，故曰“乾：元、亨、利、贞。”

初九曰“潜龙勿用”，何谓也？子曰：“龙，德而隐者也。不易乎世，不成乎名，遯世无闷，不见是而无闷。乐则行之，忧则违之，确乎其不可拔，潜龙也。”

九二曰“见龙在田，利见大人”，何谓也？子曰：“龙德而正中者也。庸言之信，庸行之谨，闲邪存其诚，善世而不伐，德博而化。《易》曰：‘见龙在田，利见大人’，君德也。”

九三曰“君子终日乾乾，夕惕若，厉无咎”，何谓也？子曰：“君子进德修业。忠信所以进德也。修辞立其诚，所以居业也。知至至之，可与言几也。知终终之，可与存义也。是故居上位而不骄，在下位而不忧，故乾乾因其时而惕，虽危无咎矣。”

九四曰“或跃在渊，无咎”，何谓也？子曰：“上下无常，非为邪也。进退无恒，非离群也。君子进德修业，欲及时也，故无咎。”

九五曰“飞龙在天，利见大人”，何谓也？子曰：“同声相应，同气相求。水流湿，火就燥，云从龙，风从虎，圣人作而万物睹。本乎天者亲上，本乎地者亲下，则各从其类也。”

上九曰“亢龙有悔”，何谓也？子曰：“贵而无位，高而无民，贤人在下位而无辅，是以动而有悔也。”

“潜龙勿用”，下也。“见龙在田”，时舍也。“终日乾乾”，行事也。“或跃在渊”，自试也。“飞龙在天”，上治也。“亢龙有悔”，穷之灾也。乾元“用九”，天下治也。

“潜龙勿用”，阳气潜藏。“见龙在田”，天下文明。“终日乾乾”，与时偕行。“或跃在渊”，乾道乃革。“飞龙在天”，乃位乎天德。“亢龙有悔”，与时偕极。乾元“用九”，乃是天则。

《乾》“元”者，始而亨者也。“利贞”者，性情也。

乾始能以美利利天下，不言所利，大矣哉！大哉乾乎！刚健中正，纯粹精也。六爻发挥，旁通情也。“时乘六龙”，以“御天”也。“云行雨施”，天下平也。

君子以成德为行，日可见之行也。“潜”之为言也，隐而未见，行而未成，是以君子“弗用”也。君子学以聚之，问以辩之，宽以居之，仁以行之。《易》曰：见龙在田，利见大人”，君德也。

九三重刚而不中，上不在天，下不在田，故乾乾因其时而惕，虽危无咎矣。

九四重刚而不中，上不在天，下不在田，中不在人，故“或”之。“或”之者，疑之也，故“无咎”。

夫“大人”者，与天地合其德，与日月合其明，与四时合其序，与鬼神合其吉凶，先天而天弗违，后天而奉天时。天且弗违，而况于人乎？况于鬼神乎？

“亢”之为言也，知进而不知退，知存而不知亡，知得而不知丧。其唯圣人乎！知进退存亡而不失其正者，其唯圣人乎！

坤卦，元亨。利牝马之贞。君子有攸往，先迷，后得主，利。西南得朋，东北丧朋。安贞吉。

彖曰：至哉坤元，万物资生，乃顺承天。坤厚载物，德合无疆。含弘光大，品物咸亨。牝马地类，行地无疆，柔顺利贞。君子。君子攸行，先迷失道，後顺得常。西南得朋，乃与类行。东北丧朋，乃终有庆。安贞之吉，应地无疆。

象曰：地势坤。君子以厚德载物。

初六：履霜，坚冰至。

象曰：“履霜坚冰”，阴始凝也，驯致其道，至坚冰也。

六二，直方大，不习，无不利。

象曰：六二之动，直以方也。“不习无不利”，地道光也。

六三，含章可贞，或从王事，无成有终。

象曰“含章可贞”，以时发也。“或从王事”，知光大也。

六四，括囊，无咎无誉。

象曰：“括囊无咎”，慎不害也。

六五，黄裳，元吉。

象曰：“黄裳元吉”，文在中也。

上六，龙战于野，其血玄黄。

象曰：“龙战于野”，共道穷也。

用六，利永贞。

象曰：用六“永贞”，以大终也。

《文言》曰：坤至柔而动也刚，至静而德方，后得主而有常，含万物而化光。坤道其顺乎，承天而时行。积善之家必有余庆，积不善之家必有余殃。臣弑其君，子弑其父，非一朝一夕之故，其所由来者渐矣，由辩之不早辩也。易曰：“履霜，坚冰至”，盖言顺也。

“直”其正也，“方”其义也。君子敬以直内，义以方外，敬义立而德不孤。“直、方、大，不习无不利”，则不疑其所行也。

阴虽有美，“含”之以从王事，弗敢成也。地道也，妻道也，臣道也，地道无成而代有终也。

天地变化，草木蕃。天地闭，贤人隐。易曰：“括囊，无咎无誉”，盖言谨也。

君子黄中通理，正位居体，美在其中而畅于四支，发于事业，美之至也。

阴疑于阳必战，为其嫌于无阳也，故称“龙”焉。犹未离其类也，故称“血”焉。夫玄黄者，天地之杂也，天玄而地黄。

《周易》乾、坤两卦分别多了用九、用六和“文言”。在其他的各卦无“用九”和“用六”及“文言”，这是乾、坤两卦才有的内容。

我们先看看乾的用九。

乾的“用九”说：九，天之德也。能用天德，乃见群龙之义焉。夫以刚健而居人之首，则物之所不与也。以柔顺而为不正，则佞邪之道也。故乾吉在无首，坤利在永贞矣。

《疏》曰：用九见群龙无首吉。《正义》曰：用九见群龙无首吉。另外说乾元能用天德也。若体九为天德，群龙之义以无首为吉。故曰见群龙无首吉，盖九天之德。《正义》曰：九天之德言六爻俱九仍共成天德。非是一爻，即天德所示为六爻而非一爻。

《疏》曰：用长也，真正也。《正义》曰：用六，利永贞。此坤之六坤爻总辞也。言坤之所用，若不用永贞，是柔而又圆。此永贞即坤卦之下安也，贞吉是也。

乾文言：描述四德。

元者，善之长也，亨者，嘉之会也，利者，义之和也，贞者，事之干也。君子体仁，足以长人；嘉会，足以合礼；利物，足以和义；贞固，足以干事。君子行此四德者，故曰：乾，元亨利贞。

初九曰：潜龙勿用。何谓也？子曰：龙德而隐者也。不易乎世，不成乎名；遯世无闷，不见是而无闷；乐则行之，忧则违之，确乎其不可拔，潜龙也。

九二曰：见龙在田，利见大人。何谓也？子曰：龙，德而正中者也。庸言之信，庸行之谨，闲邪存其诚，善世而不伐，德博而化。易曰：见龙在田，利见大人。君德也。

九三曰：君子终日乾乾，夕惕若厉，无咎。何谓也？子曰：君子进德修业，忠信，所以进德也；修辞立其诚，所以居业也。知至至之，可与言几也。知终终之，可与存义也。是故，居上位而不骄，在下位而不忧。故乾乾，因其时而惕，虽危无咎矣。

九四曰：或跃在渊，无咎。何谓也？子曰：上下无常，非为邪也。进退无恒，非离群也。君子进德修业，欲及时也，故无咎。

九五曰：飞龙在天，利见大人。何谓也？子曰：同声相应，同气相求；水流湿，火就燥；云从龙，风从虎。圣人作而万物睹，本乎天者亲上，本乎地者亲下，则各从其类也。

上九曰：亢龙有悔。何谓也？子曰：贵而无位，高而无民，贤人在下位而无辅，是以动而有悔也。

潜龙勿用，下也；见龙在田，时舍也；终日乾乾，行事也；或跃在渊，自试也；飞龙在天，上治也；亢龙有悔，穷之灾也；乾元用九，天下治也。潜龙勿用，阳气潜藏；见龙在田，天下文明；终日乾乾，与时偕行；或跃在渊，乾道乃革；飞龙在天，乃位乎天德；亢龙有悔，与时偕极；乾元用九，乃见天则。乾元者，始而亨者也。利贞者，性情也。乾始能以美利利天下，不言所利。大矣哉。大哉乾乎！刚健中正，纯粹精也。六爻发挥，旁通情也。时乘六龙，以御天也。云行雨施，天下平也。君子以成德为行，日可见之行也。“潜之为言也，隐而未见，行而未成是以君子弗用也。君子学以聚之，问以辩之，宽以居之，仁以行之。《易》曰：见龙在田，利见大人，君德也。九三重刚而不中，上不在天，下不在田，故“乾乾”，因其时而“惕”，虽危“无咎”矣。

九四重刚而不中，上不在天，下不在田，中不在人，故“或”之。或之者，疑之也，故“无咎"。夫“大人”者与天地合其德，与日月合其明，与四时合其序，与鬼神合其吉凶。先天而天弗违，后天而奉天时。天且弗违，而况于人乎？况于鬼神乎？

亢之为言也，知进而不知退，知存而不知亡，知得而不知丧。其惟圣人乎？知进退存亡，而不失其正者，其为圣人乎？

坤文言：坤至柔而动也刚，至静而德方，后得主而有常，含万物而化光。坤道其顺乎，承天而时行。积善之家必有余庆，积不善之家必有余殃。臣弑其君，子弑其父，非一朝一夕之故，其所由来者渐矣。由辩之不早辩也。《易》曰：“履霜，坚冰至。”盖言顺也。“直”其正也，“方”其义也。君子敬以直内，义以方外，敬义立而德不孤。“直方大，不习无不利。”则不疑其所行也。阴虽有美，“含”之以从王事，弗敢成也。地道也，妻道也，臣道也。地道“无成”而代“有终”也。天地变化，草木蕃，天地闭，贤人隐。《易》曰：“括囊，无咎无誉。”盖言谨也。君子“黄”中通理，正位居体，美在其中，而畅于四支，发于事业，美之至也！阴疑于阳必战，为其嫌于无阳也。故称“龙”焉犹未离其类也，故称“血”焉。夫“玄黄”者，天地之杂也，天玄而地黄。

七十年代中期，毛与周合力办成了一件人们都认为不可能办成的事，即中国通过发展中国家的努力，终于获得联合国席位，且将中华民国驱逐出联合国。当时以阿尔巴尼亚、阿尔及利亚率先提出议案，中国赢得了三分之二的有效支持票。此举非同凡响，因为世界霸主美国操纵的联合国，竟然提出如此重大议题且获得三分之二有效票数通过决议，中国获得压倒性的多数赞成票。而蒋介石所代表的中华民国就在中华人民共和国获得三分之二赞成票进入联合国的当年，被联合国逐出，这是很狼狈的。因为此前的中国席位一直被蒋氏集团占据，尤其中国还是联合国的常任理事国。中华人民共和国建国伊始便通过各种办法欲获得应属于大陆中国的联合国席位，由于以美国为首的势力的极度阻挠，一直未能达成目的。毛和周尽了极大的努力，在大陆中国获得联合国席位的几十年努力中，非洲的很多小国始终不遗余力地支持大陆中国，或许大陆中国也付出了许多物质上的努力吧。而联合国一直由美国人控制，尤其重大事件，必须三分之二以上的赞成票才能通过。所以在入联的前前后后大陆中国的确付出了巨大的努力。阿尔巴尼亚一直是中国入联的强有力的支持会员国。而期间美国、台湾的中华民国则千方百计令大陆中国入联一次次功败垂成。我们不能说入联的努力大陆中国做得不够，但必须承认在世界范围内美国还是颇具号召力和深度影响力的。记得一九六三年之后的几年中，法国承认大陆中国的地位，对大陆中国的世界影响的确起到了举足轻重的作用。尤其当时的法国总统戴高乐表现出了不惧美国霸权的姿态，在众多西方国家不愿或不敢得罪美国的世界格局中，率先与大陆中国建交，展现了法兰西民族的与众不同。无论如何大陆中国的入联对美国和中华民国都是不小的打击。尤其是蒋先生的中华民国，从此便失去了在世界格局中的影响力，且一蹶不振。邦交国日渐萎缩。据说到目前连十个国家都不到了。台湾在世界的体系中江河日下，且日子非常不好过，过去还有中美洲的一些小国碍于美国的影响力与其建交，现在看，大陆中国的影响力日趋强大，且经济实力也非当年入联前的水平。可见毛和周在大陆中国入联一事上的确付出不少的心血。而中国当然也为此付出了相当多的物资和金钱。尤其对于非洲的一些穷困小国。入联是天大的事，联合国的席位问题解决之后，一切与国家地位相关的事都迎刃而解，如外交、体育等各种各样的活动。但大陆中国在体育比赛活动中还给台湾留有余地，把台湾同胞看作与大陆民众同等地位。我们还记得六十年代中国的举重、乒乓球在国际上有一定影响力。尤其乒乓球六零年以后先后获得了男子和女子单打的世界冠军。我们能清楚地记得邱钟慧和庄则栋。特别当年的男子乒乓球运动员的五虎上将，庄则栋、李富荣、徐寅生、张燮林、周兰荪。第二十六届世锦赛中国还获得了男团世界冠军，当时我才上小学三四年级。全国人民正在举国学打乒乓球，就是受益于这批名将的影响。中小学也有乒乓球比赛，但是那个时候体育器械缺乏，且价格过高，民众都承受不了高昂的费用，大多数只能买一个拍子一个球。我记得那时候一个乒乓球大概是七分钱。每天一下课大家就争先恐后地跑到操场上的水泥台前打七分制的比赛，用小木条当球网，打得不亦乐乎。因为课间只有十分钟，所以只能打一两局，现在回忆起来还很有意思。那时候当裁判很容易，因为乒乓球裁判规则不复杂，不像其他比赛还需要专门培训。那时候一所学校只有一两张球台，大部分都是在水泥球台上练习，球拍要两元钱一支，普通人家能买起的只有流星牌球拍。那个时候，青少年大都学习乒乓球，成本不算高，兴趣都很浓郁，大家过得很愉快。现在六十年代的记忆除了饥饿之外，最多的就是打乒乓球，那个时候还可以将书桌拼起来当球台，书桌就是两人一桌的那种，每天大家都会找时间“厮杀”一番。

但是好景不长，很快就到了六六年，放暑假还没有什么，但高年级的同学六六年暑期就开始了写大字报。那个时候每一个年级都能揪出几个老师，学生一般与老师不应该有什么仇恨，有些学生为了表现自己参加了活动，便搜肠刮肚想尽办法去揭露老师，也不知好奇还是对文化大革命认识模糊，没看到毛主席“我的一张大字报”时还人云亦云。待大家知道，毛的“我的一张大字报”后便知道我们的身边没有或很少有走资本主义的当权派。当北京传来了“彭、罗、陆、杨”的消息，矛头指向了中央的大干部，人们开始感觉到问题的严重了。但是小城市，尤其农村根本不太可能有被揪出来的人，因为农村不具备掌握大权力的当权派。北京的揭批高级干部以“刘、邓”为最高，文革的目的日益清楚了。

从联合国的事牵扯出文革期间的事，现在回过头来还是说说中国七十年代入联的事情。当时人们的兴奋点不在加入联合国本身，而是马上联想到入联后的一系列有兴趣的事。第一是体育，那个时候奥林匹克似乎离人们比较远，一提奥林匹克，大家先是感觉到神秘，紧接着便是展开联想。比如与中国相关的体育项目。人们自然先联想到的是球类比赛，辽宁省的体育项目以球类居多，像男子足球，当时因为有大连的球员参加比赛，水平确实不错。七十年代足球主要在几个沿海的大城市展开，如广州、上海、大连和作为首都的北京。辽宁因为有大连的存在，所以男子足球曾经是全国十连冠，无敌一般的存在。当然那时全国还没有开始引进外籍球员。如果吸纳外援参赛，就得看哪个省份有钱了。记得到了九十年代之后，篮球、足球先后开始引进外国球员。不过由于八一队的特殊性质，不能引进外援，但是靠着部队这个吸引力，在国内还是维持了相当长一段时间的好成绩。随着本国球员的老化，成绩开始明显下滑。另外美国的NBA比赛中国开始直播，看国内比赛的观众越来越少。而足球主要是转播意甲比赛，广大观众一饱眼福。八十年代中期中日围棋擂台赛曾经风靡一时，尤其是聂卫平在前三届的表现，曾经获得过十一连胜，这些都刺激着本国体育项目的蓬勃发展。

第二是股市，主要是美国的资本市场，过去曾经听说过，但那时还小，只是看电影里有些台词说看股市行情之类的只言片语的信息透露。国人普遍还没有参与过美国人的股市投资行为，可能上海有人有机会参与吧。辽宁似乎参与的机会比较少，就像当年炒卖邮票，国内的炒家只炒卖本国邮票，很少有人触及外国邮票市场，可能股市也是承袭这一习惯吧。但无论如何，股市中尚有外国市场的信息，这与中国入联应该有关吧。不过对于香港的股市也可能广东的部分股民也有机会参与，但是这类消息在当时来说还是比较闭塞的。

关于中国入联的期望，我们知之甚少。年轻时和同学聊天时还对天下大事有了解的渴望，现在可能是年龄的关系，好奇心日益下降，对社会新闻的敏感热情日减。

对于中国派员参与联合国的相关新闻，在七十年代中期还是比较热衷了解的。自从八九年六四之后，每每想起当年的学生领袖大都流亡美国和法国，近几十年也鲜有这些人的消息，可能这些人现在也放弃了当年的追求吧。三十余年过去，那些学生领袖也大多进入了中老年，当年热切追求自由民主的热情可能已不复存在。有时还想起当年中国政府同意方励之出国的消息，似乎就在眼前。有时也为这些人叹息，何苦为了当时的所谓“观点”之争闹得背井离乡呢。现在还有谁为了当年的事耿耿于怀呢？毛和周争得联合国席位这么大的事，又有几个人还记得呢？当年热衷于什么什么主义者更是不足一提了。如当年像周可能以此向毛泽东请功。如果毛、林的后人看到当年十一次接见、检阅红卫兵的毛十分冷清地安卧于纪念堂，人们会有什么结论呢。毛在建国以后的确再没有值得人们歌颂的行为了，而当年的华国锋可能也没有七六年接受毛“你办事，我放心”的踌躇满志了。而“你办事，我放心”的确是毛留给华国锋的尚方宝剑，那时离邓小平到联合国讲话也就不到三年，而邓小平的后代如邓朴方、邓质方及其他女儿倒是可以很自豪地说其父为中国办了若干大事。

中国入联的确是毛和周的功劳，而入联并担任常任理事国，毕竟不同于此前的中国的处境。但记忆中六四动乱后西方七国对中国的制裁，邓的应对是那么地从容不迫。西方七国制裁他人的确有据可查，当年对中国政府的制裁大有黑云压城之势，中国的海产品西方七国都拒绝购买。现在看俄罗斯也处在黑云压城之际。联合国给人的不仅仅是正义、平等的信息。八九年对中国有的只是制裁，而这个制裁是打着维护人权的标签的。联合国当年保护人也没得到终生保护，且他们都不在国内，都不愿回来。我听新闻说欧盟和美国制裁俄罗斯对其自身也有伤害，但美国和欧盟本领很大，俄罗斯那么多政治家竟然也束手无策。乌克兰原是苏联的加盟共和国，就在本文描述的六四动乱哪一年苏联解体，加盟共和国又成立一个独立国家联合体。可能现在这个联合体只有中亚的五个斯坦和白俄罗斯还算是联合体的中坚力量，而其他的加盟共和国都纷纷倒向欧共体，有的甚至加入了北约。如果这种情况持续下去，显然不利于俄罗斯。其实我们也不必替他人担忧，中国不能盲目自尊，听说中国政府还向乌克兰施以人道主义援助，我想可能是多此一举，是自作多情。当然这些是我们凡夫俗子的理解而已。乌克兰在原属独联体时俄罗斯不能“墙倒众人推”，乌克兰不应该参加挤兑俄罗斯的活动。且以乌克兰的土地面积，自给自足绰绰有余，指望欧盟就是想占欧盟的便宜而已，中国没必要参与其中。在对待美国和俄罗斯的问题上，中国没有责任帮任何一方，但对美国的举动中国应持鄙视的态度，美国唯恐天下不乱，最终露出其流氓的面目。此次的欧盟加上北约扮演的角色太过可耻，而中国也没必要强挺俄罗斯，本来乌克兰的时局就不太乐观，俄罗斯也没必要发动军事打击。因为乌克兰也不是你原来的加盟共和国，俄罗斯此举不妥。

俄罗斯有些气急败坏，进攻乌克兰为欧盟和美国的制裁找到了借口。美国表现得最为明显，北约唯美国马首是瞻，其他国家基本上没有能力和权力对美国发表任何意见，也改变不了这种混乱局面。法国为选举在极力表现自己，德国也是对俄罗斯的石油有想法，所以表现得很积极。西班牙和葡萄牙这些国家则躲得远远的，英国虽然没有表现得比美国积极是因为其自身力量大不如前，没能力“冲锋在先”。

乌克兰是自找麻烦，作为前加盟共和国，做任何决定之前都应当慎重考虑，而不是草率鲁莽地下决心。欧盟有二十八个国家，人口排序德国第一，法国第二，意大利第三，西班牙第四，波兰第五，罗马尼亚第六。其他国家人口偏少，没有超过三千万的，原来的南斯拉夫由于解体也不具备大国实力。其他经济实力不错的如荷兰和比利时，奥地利也算一个比较大的国家。

俄罗斯将来一定会报复欧盟和美国，碍于自身经济力量薄弱，发动大规模战争的可能性倒是极小。

欧盟中的卢森堡和葡萄牙，人口都不到千万，北欧四国瑞典、挪威、丹麦和芬兰人口都不到两千万。经济实力、科技水平、民众富裕程度都世界领先，但不具备参与现代化战争的条件。再如冰岛，人口不过几十万人，连中国北京和上海一个区的人口数都不到，所以欧洲虽然宽裕，也不愿意打仗，真打起来当然也不可能是俄罗斯的对手。

在资源的占有上，当属俄罗斯最为富庶。土地面积有一千七百多万平方公里，人口1.44亿。

英国虽然退出了欧盟，但毕竟是老牌资本主义强国，一个英国繁衍了一个美国一个加拿大一个澳大利亚一个新西兰和一个南非。这些国家人口如美国有三亿多，加拿大三千万，澳大利亚两千五百多万，新西兰五百万，南非将近六千万，这些国家总人口数四亿多人。

俄罗斯被美国挤兑得几乎翻脸，如果真打起来，就是核战争。如果真如此，吃亏的肯定是美国和欧洲。我们可以判断文官政府的所谓文官对于俄罗斯最后还是服了。他们负不起打响核战争的责任，因此没有一味示强，而是给世界留有余地。美国最后还是进行了妥协，否则俄罗斯任意率性而为的话，核战争似不可避免。

我们应该庆幸，两个核大国没有不管不顾。给了世界人民一次机会，但是确实很危险。从中可以得出结论，美国政府的体制非常好，冷静而沉着。

现在世界上的有核国家应该集中开会，由联合国出面，而非美、俄主导。因为现在的美国不像以往，俄罗斯经济不好，乱的可能性很大，有一触即发的危险。而美国毕竟是一个民主国家，不会出现战争狂人。

目前全世界的有核国家有很多，上世纪东方社会主义阵营有一个华沙条约组织，以苏联为首，而华沙是波兰首都。当时较大的国家有罗马尼亚、捷克斯洛伐克、民主德国、匈牙利、保加利亚、南斯拉夫和阿尔巴尼亚。而世界上有核国家有俄罗斯、美国、英国、法国、中国、印度、巴基斯坦、以色列和朝鲜。以色列属于准有核国家，现在美国独裁的可能性很小，美国的国会制度决定不可能某个人或某个党派下命令就能发动核战争。况且有核国家也有可能不止上述几个。另外有核国家是民主决策的如美、英、法是大家公认的非独裁国。而剩下的某几个国家属于没有人或者政党能限制领导人独自发号施令。美英法当然不可能由独裁者掌控核武器的“按钮”，这几国毕竟是老牌的民主国家，肯定有制约机制。

总之，本次世界性危机险些给全世界带来灭顶之灾，几十亿人口就是在这么一种无任何保障的危机中生活。确有必要召开一次世界性会议，将这种危险消灭于萌芽之中。

目前中、俄不具备结盟的条件，而具备结盟条件的伊斯兰民族因为其自身地位不具有核条件。像伊朗、沙特和过去的伊拉克，尤其伊拉克连铀活动都没有，却被人杜撰成有大规模杀伤武器而招致美国的进攻，苦心经营几十年的伊斯兰帝国生生被扼杀，当然其领导人自身毛病也太多。如同欧洲社会主义国家危机一样，罗马尼亚的总统齐奥塞斯库竟然被民众无审判当街杀戮。而中国政府竟说是中国认同罗马尼亚人民的选择，不发表任何其他意见。可能当时的苏联也无力制止欧洲各国的社会变动，也可能当时苏联也不愿意干涉以波兰为首的主要国家的社会变动。罗马尼亚政府失民心，共产党的国家机构失去了执政能力，总共不到一年，欧洲的社会主义国家中共产党几乎都失去了执政权，给人以欧洲人不喜欢社会主义的结论，实际上究竟是什么原因不言而喻。当时的美国并没有派军队或者政治家参与到这些巨变之中。此前苏联曾干预过捷克的社会动乱的治理而进入捷克首都布拉格。而全欧洲社会主义国家的变革几乎是同时发生的，根本不给苏联任何机会介入。二战后苏联苦心孤诣建立的社会主义联盟一夜之间就被和平演变了。而苏联由于当时的领导人对于共产党失去政权连唱挽歌的机会都没有，这也省却了美、英、法自己动手，像波兰，人口众多，在世界上也算大国，而罗马尼亚也有近三千万人口，全民齐心合力处决了独裁者后社会制度一夜变动。可见共产党失去政权之前早已失去了民心。当时的中国是邓小平先生掌舵，采取了静观其变的态度，根本不曾动过扶大厦于将倾的心思，真是静静地看着那么多欧洲社会主义国家一夜之间变了颜色。而更让人意外的是没有一个国家对于社会主义制度的消亡而感到悲伤。当年苏联借二战从德国开始分得三分之一的前德国领土和三分之一的民众，另三分之二则由英美处置。英美沿用其原来的国家制度不曾改变，苏联控制的三分之一的德国则实行社会主义。由于社会主义制度并非德国原有的模式，所以没有深入人心。最终柏林墙倒下了。

至此全世界最早由列宁创建的苏维埃国家及其在欧洲的社会主义阵营集体消灭，资本主义制度重新入驻。

以上我们讨论了：

俄乌战争，现在已进行谈判，总说双方几乎达成一致，而且美国也不再挑拨各方面激怒俄罗斯，且引发世界大战的灭顶之灾的可能已经逐渐平息。

浅谈了社会主义制度在欧洲的失败和消弭。

该讨论中国的文化认同及对中国社会制度的支撑点即儒家

思想。

儒家思想都体现孔子所创立的儒家思想及其对社会文化的认同。我们看到以《易经》为主要内容的“儒家思想”。因为《周易》的“经”和“传”基本上是孔子思想的体现。尤其用“易”的大、小象辞，更是十足体现了儒学思想。我们把孔子对社会的认识展现给民众，孔子的很多观点很可贵，如民众观、国家统一观、对人的仁慈观。在对《周易》的介绍中我们突出了伏牺氏的社会发展观念，引用了系辞中“古者包牺氏之王天下也……盖取诸夬。”通过孔子的推测，认同《周易》中的推测用卦中的离卦及益卦、噬嗑卦和其他“九事”，直至早期的国家形态创立文字。

这应该是儒学的历史贡献。中华民族的文化，孔子确是其中最为优秀的代表。

國家圖書館出版品預行編目

儒道 / 易中和著. -- 臺北市 : 獵海人, 2023.02
面； 公分
ISBN 978-626-97026-0-2(平裝)

857.7　　112000460

儒道

作　　者／易中和
出版策劃／獵海人
製作銷售／秀威資訊科技股份有限公司
114 台北市內湖區瑞光路76巷69號2樓
電話：+886-2-2796-3638
傳真：+886-2-2796-1377
網路訂購／秀威書店：https://store.showwe.tw
博客來網路書店：https://www.books.com.tw
三民網路書店：https://www.m.sanmin.com.tw
讀冊生活：https://www.taaze.tw

出版日期／2023年2月
定　　價／480元